乡土中国记忆

乡野的风

顾文显 著

山西出版传媒集团

北岳文艺出版社

图书在版编目（CIP）数据

乡野的风 / 顾文显著. — 太原：北岳文艺出版社，2017.4（2025.4重印）
ISBN 978—7—5378—5029—2

Ⅰ.①乡… Ⅱ.①顾… Ⅲ.①小小说 —小说集 —中国 —当代 Ⅳ.①I247.82

中国版本图书馆 CIP 数据核字（2017）第 002964 号

书名：乡野的风	策　划：商爱欣	责任编辑：赵　婷
著者：顾文显	封面设计：宗彦辉	印装监制：巩　璠

出版发行：山西出版传媒集团·北岳文艺出版社
地址：山西省太原市并州南路 57 号　邮编：030012
电话：0351－5628696（发行部）　0351－5628688（总编室）
　　　0351－5628695（编辑室）　传真：0351－5628680
网址：http://www.bywy.com　E－mail：bywycbs@163.com
经销商：新华书店
印刷装订：三河市天润建兴印务有限公司

开本：660 毫米×960 毫米　1/16
字数：213 千字　印张：19.5
版次：2017 年 4 月第 1 版
印次：2025 年 4 月河北第 4 次印刷
书号：ISBN 978—7—5378—5029—2
定价：49.80 元

目 录

1	**第一辑　善良无价**
02	在天梯
05	理发男孩
08	指甲卖钱
11	老师的承诺
15	过年
17	假币
20	等待
23	睡过头的老人
27	纸条儿，纸条儿
30	积攒自信
32	豆腐事件
34	绒线帽子
36	独力撑天
39	共同秘密
41	不说爱情

45	第二辑　正气如虹
46	精气
48	水赌
51	家恨·国仇
54	蛇杀
57	情结
59	骨气
62	矿长
65	墨宝
68	称呼
70	人·狗
72	铁杆儿朋友
75	谎言
79	孝子
82	哑嫂
84	匣子

87	第三辑　乡野微风
88	箫声
91	白毛
94	哭嫁
97	经验
101	话谜
105	李玉的老婆和李玉的癌细胞
109	大脚
112	缘分这东西
115	不革命的春节
118	影谜
121	吻你手一下
125	歌王
127	一袋麦麸
129	宿怨
132	第二个谎言
134	豆腐东施
137	长发连心

141	**第四辑　酸咸苦辣**
142	厂长，放心
145	老谭啊，老谭
148	结论
151	汇报
154	局长生病
156	正宗阅历
159	总闸
162	酒桌游戏
164	单位无案情
167	领导不抄袭
171	竞争对手
174	钢琴奇案
177	吉祥工程
179	**第五辑　人生百味**
180	五元钱
182	装

184	比鬼难缠
186	素质
188	有事吱声
191	需要帮忙吗
195	感应灯的感应
197	都是开玩笑
199	发水
201	超质佳酿
203	哎哟，存折
205	买方卖方
207	拿款
210	高难动作

213	**第六辑　笑比哭好**
214	楼盖维修工程
218	莫名其妙增了值
219	流泪的答卷
222	说假真不了
224	突发的怪病

228	专利技术
231	账目问题
233	失败的诱导
236	心理较量
238	善得恶报
240	申请双规
243	相互扶贫
246	熏陶工程
248	产的不如捡的
250	不冷静行吗
252	电话陷阱
254	年龄不饶人
257	平均室温
259	对付老婆

261　第七辑　哲理感悟

262	南方人与北方人
264	噩梦
266	哪个男人在我家

- 269 换种说法
- 271 英雄
- 274 心宽路不窄
- 278 重复的故事
- 281 房子问题
- 283 超脱
- 285 "一把手"
- 289 过关
- 291 变换角色
- 294 思维方式
- 296 正确引导
- 299 喜鹊的故事

第一辑 善良无价

在天梯

大汗淋漓。

走过一小半路程，教授就深深体验了什么是举步维艰。昨夜从阳坡乘车上来，住在半山腰，早晨导游带着团，沿着石阶攀到了山顶。这山两坡落差太大，阴坡要深出好几倍，且险，因此，游客大都坐升降机下去，三十元。而教授见仍有人要步行下去，也认为，登山嘛，坐索道什么的多没劲。结果走到一半，就陷入了进退两难的境地。

原来下山要比上山难，尤其在这陡峭的天梯上！

教授不是为省那三十元钱，他就是想为亡妻还一下愿。他们初恋时，就曾经攀登过一座很险峻的山，彼时他牵着女友的纤纤素手，不胜惬意。如今世上只剩下他一个，或许他要感受一下什么。总之，一种说不清楚的情愫，让他在刹那间做出错误决定。

前边那些要徒步感受的游客，现在都不见了影儿。

天上又下起了小雨。险峻的山崖上，只有当年山民们用铁钎凿就的脚蹬，这是山里通向山外唯一的通道，被称作"天梯"。山民们就是把土产从这儿背下去，从山外换得日用品，又从这里背回来，现在修了盘山公路，要绕几十里呢，所以天梯至今没有完全废弃。

教授叹了口气，当初大脑一闪念：自己走过这条天梯，是不是就会见到天堂里的妻子呢？于是就有了这场磨难。唉，老了，真的是老了。

雨越来越大，天梯越来越滑。教授小心翼翼地艰难前进，臀部时常碰到石阶。偶尔向下一望，深不可测，两腿就不由得哆嗦起来。教授告诫自己，过险处时切不能向下看，那会摧毁意志，要坚信，山民们肯定在比这还要糟糕的天气里走过，我怎么就不行？

脚下略微一滑，教授顿时有灵魂出窍的感觉！他想，往回爬吧。爬到山顶，大不了明天再坐升降机嘛！

教授深吸了一口气，往上攀爬时重心向上，还是比较安全的。

突然，教授一愣，他听到了下方有女孩子的哭声！是，真是女孩子在哭！

教授义无反顾地调头，扶着侧边的石壁往下。他看到前方拐弯处蜷缩着一个女孩，手颤抖着按在石壁上，哭得梨花带雨。

教授不由得挺直了身子。这时，他来到女孩面前："孩子……"

这时候，教授看清楚了，女孩的前面有一个"之"字形急转弯，小路被挤得很窄，有人在路边担上一截木棍，使小路宽出一点。然而，木棍上沾满泥土，让雨水一泡，滑得要命，女孩试探着踩了一脚，那小棍活动了！她吓得魂飞魄散，只会哭。

"别怕，孩子，有我呢！"教授再次挺了挺腰。

"爷爷，您不能过，太滑了，底下那么深……"女孩说。

"没关系。"他爽朗地一笑，原来自己的笑声仍然像当初站在讲台上那么有感染力呢，教授越发添了自信："你倚住石壁，站稳了。我先过去，然后接你。"

教授贴着女孩，慢慢地踩住对面的窄路，另一只脚虚踩在木棍上，一下子跃了过去。教授深吸了口气："孩子，不怕了，这边很宽呢。来，拉住爷爷的手。"

女孩的手伸过来，他紧紧握住，另一只手又前伸，握住女孩的腕。

终于过了险地。女孩羞涩地一笑："谢谢爷爷。我真不中用。"

"不，你很坚强呢。刚才不是配合得挺好吗？"教授再次挺直了腰。

十几步后，天梯的路况越来越好，可以坦然地信步了。

女孩说："爷爷，下山后，我一定要请您喝酒。多亏您救了我。"

教授笑笑。他想，他得感谢女孩呢。若不是面对她，他怎么可能敢去踩那根溜滑的木棍？想起刚才无意间向下的一瞥，仍旧不寒而栗……

理发男孩

某天,我去市场买菜,突然被一个哑巴男孩扯住不放。我抬头看向他所指的方向——马路对面一座小雨亭,廊柱上挂着片纸壳儿,上面写着"理发、刮脸"四个字。

这么俊俏的男孩,怎么偏偏是个聋哑人!我对他晃了晃手中的食品,对他用夸张的口型说:"明天。"

他高兴了,在手上认真地写了一个"明",又写了一个"天",征询地望着我。我点点头,那男孩仿佛真的做成了生意,冲我做了个长揖,就转身物色另外的顾客去了。

走出去一百多米,我越想越觉得不对劲:他会不会认为我骗了他呢,如果回过味儿来,这孩子今天得多伤心啊!我提着东西转回去,拍拍他的肩。

这下子坏了,他以为我改主意要马上理发,就堆满一脸笑,把我往马路对过请。我赶紧解释,指指他手腕上,意思是问他明天几点工作。费了好大劲,他才彻底明白我的意思,很感动地告诉我,明天九点到下午五点,他都在那个雨亭中等我。

一路上,我暗暗叮嘱自己,不可忘记对那聋哑男孩的承诺。

第二天上班,领导突然要开会,为一个问题,大家争论不休。吃完工作餐,继续争论,我早把理发的事儿给忘到九霄云外去了。下午四点多，窗外猛然下起瓢泼大雨，马路上积水很深，行人狼狈不堪。大家隔窗欣赏外面人的窘状，很有一种优越感。我看到一位推车子的小贩，在积水中艰难地行进，突然就想起了那个聋哑男孩，我答应过他今天去理发的呀！跟同事说了，同事就笑，这大雨，谁还在傻等着你，你以为你是谁呀？

不行，我无论如何得过去一趟，如果他不在，我也就安心了。我冲进雨中，好歹拦住一辆出租车，钻进车子时，我身上便湿透了。

远远地，我看到那个雨亭子，孤零零地站着一个人影，双手抱臂，显得那么孤独和凄冷！车子只能在路边停，我顶着雨蹿过去。那男孩认出了我，傻乎乎地咧开大嘴，只知道笑，马上为我脱去湿透的外衣，小心地挂在亭柱子上，他开始为我理发。

雨淅得厉害，本来就湿透的膝盖又淅上了雨水。男孩尽量把我往后挪，这样就淋不湿衣服了。可我无意中一回头，发现他的脊背露在亭子外，雨水哗哗地流在他身上！

我俩推让了好几次，才算把头发剪完。男孩很兴奋，好像为我做什么都心甘情愿。剪完了，我掏出一张十元人民币给他。而他哇哇叫着不接。我心里咯噔一下，要敲诈？可毕竟是聋哑人，别跟他一般见识吧。我又掏出一张百元的。这回他还是不接，只是直冲着我鞠躬。

怎么，一百元还不知足？这个男孩身体强壮，手中还握着锋利的剃刀，我一个五十多岁的文弱书生，想抵抗，想逃跑，都是不可能的。雨中望不见一个人影儿，我的确感到从未有过的后悔和恐怖！口袋里共有一百六十块钱，我都掏出来。咳，我找这份不自在干什么？真是活该。

那男孩看出我误会了他的意思。他将剃刀收起，反复跟我比画，终于，我看出门道来了，其实哑语不是很复杂的，比画多了，我能懂。他是说，你能来，我很感谢，不收钱了。

他等在雨中，又淋得后背透湿，都是为了免费为我服务？这回轮到我内疚了，刚才还怀疑人家要敲诈呢！

男孩又朝我竖了竖拇指，似乎是夸我守信用。接着，他从兜里掏出一把带尖柄的塑料梳子，探到雨亭外的草地上，每写一个字，让我看一下，他写的是："可以叫你爸爸吗？"

我的眼泪一下子涌了出来。可怜的孩子，我如何担得起那么神圣的称呼！我一把搂住这男孩儿，任他顶着冷风呜呜地哭，把眼泪鼻涕都蹭到了我的身上……

不能给他很多钱，那会伤害他的自尊心。我写一篇文章吧，呼吁大家都来关心、尊重和爱护残疾人，之后再把样书送给他。我知道，这孩子能活到今天，他一定还会同样坚强地活过明天、后天，直到他老去……

指甲卖钱

小干沟子20世纪70年代还没有学校,因为那儿成了学大寨的先进典型,公社书记一句话,各大队一齐支援,办成了一座民办小学,可当地没老师,于是就从外地知青中出。老师把大大小小的学生排到一处,一瞧那黑乎乎的小脏手,总是免不了皱眉头,骂上一句:"你这小脏手赶上猪爪儿啦,怎么拿干粮吃?"有勤快的找来脸盆,倒上热水,选最脏的给打上肥皂,洗得孩子杀猪般地叫。老师火了:"有那么遭罪吗?"好歹洗出个七八成,没几天,又"复辟"了!老师没办法,也就不再管。老师是要招工进城的,初一换,十五换,孩子们的小脏手今天有人训斥,明天反而受表扬:"看这些学生,真正贫下中农的后代,学大寨的接班人!"

进入80年代,知青走得差不多了,小干沟子学校调来一位小高老师,大女孩,听说成分不好,所以招不上工,情愿来这儿当教师。小高老师第一天上课,就让孩子们把小手平伸,放在课桌上,然后,她把自己那白嫩的手伸出去跟孩子比较:"哪天你长成我这么一双大手,你就该上大学啦!"老师的手真白真细啊,比得孩子们小脸跟红领巾一个颜色!最后,老师站到讲桌前:"同学们,坏事往往能变成好事。大家看到你们的长指甲了吗?它可是一味值钱的中药,能卖钱治病救人,还可以支援国家建设呢!"

指甲能治病能卖钱？孩子们惊愕了。老山沟子，不管多少，只要沾上"钱"字，那就是宝，何况还能支援国家建设。小高老师又告诉大家，先把手指甲都洗干净，然后用剪刀小心翼翼地剪下，装进一个结实些的空火柴盒里，上面写上你的名字，老师每个月收一次，给你钱。老师又说，那是给人治病的，你们都是好孩子，别洗不净拿去坑人啊……

小高老师用竹筷自制了一杆小秤，每月的第一个周一放学，她就逐个收购孩子的指甲，并按重量发给钱。钱不多，孩子和家长却都惊喜无限，手指甲能卖钱，多亏小高老师给找的这个财路！

打那以后，孩子见指甲稍长一点，就赶紧剪了攒进火柴盒里。一双双小手再伸出来，虽然有树枝的划痕和些许伤疤，却再也找不到污垢了。

小高老师在这里教了好几年书，后来，到底回了城里。听说小高老师考上了正式教员，又调到省城去了，多年后，还当上了特级教师。小干沟子人看到小高老师上了电视，都觉得骄傲："那是俺们的老师哩！"

多少年后，小干沟子破天荒有了自己的大学生，有一个还读了博士。大家想想，这一切都归功于这所山村小学校，更归功于在这儿任教最久的小高老师。当年她教过的学生都说想老师，他们集体去了省城，找到了小高老师家，献上一份厚礼。

小高老师笑了："怎么还送礼物？你们已经给过我最好的礼物了。这些年，我经常看它们，经常受到鼓舞，没有它们，我做不到今天这个样子……"

同学们你看我，我看你，哪个瞒着大家单独给老师送礼？当初因为穷，约好了的，合资请老师吃一顿饯行饭，不再格外表示，那个叛徒是谁?

　　小高老师从一个装修柜里捧出一个纸箱,打开,里面是几十个裱糊得精美的小盒儿,她一个个深情地念着名字:"刘文亮,许洪林,郭小燕……"

　　同学们呆了,小高老师珍藏的,是孩子们当年剪下的指甲,原来老师用这方法让他们养成讲卫生的好习惯——老师啊……

　　同学们顿时明白了小高老师为什么会是特级教师!

老师的承诺

20世纪70年代末，我在家乡的小学读初中。学《海上日出》这一课时，范老师神往地说，咱们山村没人看到过大海，这样吧，明年全公社统考，谁能进入前十名，老师就带他看海去，所有花销都是老师出。课堂上欢声一片：整个小队祖祖辈辈都圈在这大山里，连火车都没见过，对大海的向往可想而知！

从那天起，全班同学都较上了劲儿，虽然我们清楚，考前十名根本不可能。全公社十二个戴帽中学，四百多名学生，那也不包括我们，我们是不被上级承认的"黑学校"，两位老师可怜12名小学毕业生无人能去公社所在地读书，硬是在队办小学之外扩充了一个初中班，所有课程都由他们讲授，这样的基础，敢与外面的"正规军"比吗？

而范老师却无比认真地说，他心中有数："假如没那个希望，我岂不是给大家个空头承诺，跟流氓有什么区别？"

就冲范老师这一片苦心，我下死力气读书。大海是从来没敢想的，范老师是个民办教师，全年挣的工分不过值一百元左右，万一考上一个，那可就尴尬了，他拿什么买车票？

那时候初中总共两年，之后，就得到公社读高中了，需要考试，全公社取250名。名单一公布，范老师哭了，我们12个同学全部入选，最差的排第101名，而我和另两个男生位列第2、3、6名！范老师严肃又有些内疚地说，花不起钱啦，我只带你们三个看大海去，回来给同学们一人一份礼物，他们也应当受奖……范老师耐心地到我们三家做工作，家长哪好意思让老师破费，可自家又穷得叮当响，只能推三推四。老师急了："您总不能让我说话不算吧，以后我怎么教学生？"他找出地图，反复计算："咱们就近到锦西县，火车票10元整，来回有150元够了。"

终于在暑假中一个浓雾弥漫的早晨，范老师率领我们两男一女三名弟子，走出了大山沟。范老师快活地吟诵宋词："青山遮不住，毕竟东流去……"

我们见到并坐上了火车，那颗心呀，简直要蹦出来了。傍晚，到了通化市，在那里换车。剩余三个小时，老师带我们在站前游览。城市灯火辉煌，把我们三个全看傻了。老师问："城市大不大？"我们答："大。"老师意味深长地说："北京上海，比这不知要大上多少倍。回去一定要读高中，我做你们家长的工作，你们不能总圈在山沟里！"那一刻我明白了，范老师不仅是为了兑现他的诺言，更是要让我们认识山外的世界。

在火车上，我发现范老师不睡觉，时常在过道上焦躁地走。考试前那几天，他的鼻子一侧陡然起了一片红肿，据说特别疼。师母逼他去医院，他嚷着说，什么时候，我还顾得去医院？考试结束，他匆匆去了趟地区医院，又带我们来看海。现在，老师的患处肿得更高了，把内眼角使劲往下拽，样子有些滑稽，他能不疼吗？我不时悄悄地捏我的裤子，那里有妈缝在内裤里的五元钱，我想，不敢花，留着给老师看病。

范老师让我们三个成为山沟里第一批看到大海的人！范老师问我们："有什么感想？"我们三个异口同声："将来考大学，不在山沟住了!"范老师笑了,笑得好开心。那天,他还在海边就着小咸鱼喝了一些酒。

回来以后,范老师不顾休息,挨家做工作,让我们一定读高中,没文化不得了啊!范老师可不是一般的教师,能常在省报上发表诗歌……据说在全市作者中都是优秀的。市里一家名校两年前就有意聘请他去专教作文课,并且有转为正式教员的可能。然而,老师为把我们这个班送出山沟,迟迟不走。这次,他总算松了口气,并对我们几个成绩特别好的学生说:"我调过去,接着也把你们转去,只有到市里,才能考上大学;出不了读大学的,咱山沟就没指望。"

入高中的第一个星期忙得很,直到半月后,我们才于周末回家。到家后,发现父母眼睛红红的,原来我们的范老师没来得及去市里那家中学报到,就先病倒了。父母马上带着我去看范老师,说他快不行了。

范老师患的是额窦癌,已经到了晚期。没有钱住院,索性回家等死……我吃惊地看到,平日里谈笑风生的范老师半边脸肿得跟南瓜相似,眼睛已失明。我抓住他的手失声痛哭。范老师用力握了握我的手,说:"别这样,丫头,我这一生足了,我看到了大海,我还带出了山沟头一批看海的学生。"我哭着说,如果不为我们,您的病是不是不至于这样?老师笑了:"早知道是这种病了,出发前我去过地区医院。迟早是个死,我不能在你们面前失信……只是把你们带入市区的计划成了空话……白姗姗,你答应我,将来有了好消息,要告诉老师一声。"我一下子明白了这句代表生离死别的话,一头钻进他的怀里,哭得昏天黑地!

我们几个坚持要陪老师到最后。书不读了,什么都不重要了。可范老师几乎是把我们骂回了学校。他说不想看到这样的学生,假如视学习于无足轻重，那他的心思可就白费了。于是我们天天放学后跑回来看老师，天不亮又往回赶……这样，我们也没送成敬爱的老师，10月4日的中午，我们还在学校上课，范老师悄然离开了这个世界。

  我永远忘不了"青山遮不住"的词句。后来，没有了学校，那个小山沟的村民陆续搬走，那条崎岖的山路也生出了灌木和荒草。

  我在北京读完大学，分配到省城机关。差不多每年暑假，我都让丈夫陪同前往，那崎岖的山路尽头，安睡着我心中的偶像，是他把我带出这荒僻的小山沟。我跪在老师坟前烧纸，不是冥钞，全是我当年发表作品的复印件。我要让敬爱的老师知道，他的学生当年也对他有过郑重的承诺……

过 年

雅间高档、华丽、温暖而舒适。苏文老师被按在主宾座上，却如坐针毡。

今晚真诚相邀的大款朱葭是他十多年前教过的一个不起眼的学生，商海弄潮，衣锦还乡归来，难得他百忙中记得老师，难得他更记得今天是苏文五十岁的生日，更让苏文既感动又不安的是，连市府秘书长这样踩一脚半个城市乱颤的人也只好坐在他一侧陪衬。苏文老师差点要落下泪来，当年这个朱葭脑子笨，成绩不佳，隔三岔五总挨他训斥呢。

丰盛的酒菜，热情的祝寿敬酒词，苏文老师心不在焉，仅仅机械地应付，他今夜有重大许诺没兑现呐。偏偏朱葭把他推到这个位置，众人要尊重东道主，便首先要尊重他，头一回到这场面的苏老师真不知如何是好。

"谢谢朱葭啦，"苏老师觉得无论如何不应对这样一个诚实的学生讲假话，"其实，我待你不好，你说出姓名后我老半天还没回忆起来，你本不该这样待我的。"苏老师这样一说，秘书长赶紧说些朱总裁人格的魅力之类的恭维话，他可以在苏文老师的顶头上司的上司教育局长面前挺胸腆肚，而当着朱葭这位京师大贾必须哈腰点头，真有点像酒桌上那虫子小鸡棒子老虎的游戏。

"老师言重啦。"朱葭起立抱拳，"我也经过十几位老师，不是哪位都惦记着，唯独忘不了的，就是您哪。——老师您其实不完全了解学生。"

苏文坚持要辞席时，宴会也没了兴致，大家一同要撤。有个陪吃的看满桌子好菜几乎没动多少，便喊小姐，找方便袋装上一些，问大家"哪位家养狗，带回去，省得另费事"。

苏文老师立即说："给我！"

众人就诧异，连老伴都养不住，咋反而弄条狗喂着？这老头。

苏文老师宁死不让用车送，朱葭知他有为难事，不便相强，便由他提了剩菜踉踉跄跄晃进雪夜里。

他直奔学校。宿舍里有几名外地学生，矿工子女，家贫路远，新年不回家，留下了。苏文曾嘱咐他们："今晚我和你们一同吃饭，听钟声。"

谁知许过愿后就被朱葭接了去，他方才食不甘味就是为的这几个孩子，他曾经咬牙要掏五十元钱来丰富这几个苦孩子的餐桌，这下好了，方便袋里的菜肴值几百元呢。

学生们已经等了苏老师几个小时，他们坚信老师一定有事耽搁了，但保准会来。苏文一笑："我拣了几样剩菜，同学们，现在咱们过年。"待大家七手八脚把"饭桌"摆满，苏老师缓缓地说："今夜好寒酸。来，祝大家明年好运，从此不再过这样的年。"

"不，老师。"一个学生说，"我宁愿永远这样过年，老师，这样真好。"众人一起举起了水杯。

忽然，大家停住。寝室的门开了，朱葭带着几个人不知何时跟踪来到这里。

朱葭两眼潮潮的，趋前来双手抓住苏文一只胳膊："老师，我错了。不是老师不了解我，是我远远不了解老师。"

假 币

人有时一犹豫就错过了良机。辰这样想，此时老教授正在滔滔不绝地和新生们沟通感情，辰就没办法把那两千元钱交上，而早上乘乱交这笔钱再好不过，可那时辰就是犹豫了一下，错过了。辰为此如坐针毡。

终于熬到下课，辰遥盯住围了一群叽叽喳喳的女同学的老教授，好歹待女娃们散尽，他才跨前一步，把钱递上，这时，辰脑子"嗡"的一声，一片空白，他感到一种灭顶之灾的降临。还好还好，老教授点了点，装在上衣兜。

辰这一夜没合眼，那钱是单独交的，万一老教授发现呢？为了进京到这家文学院深造，他卖光了全部药材，没想到该死的药贩子在交款时夹了三张假币！他曾想到市场上买点零碎花出去，可小贩们不收这假钱。他已没有更多的钱了，逼急了才出此下策。但他又怕被识破，同学们个个是贵胄富子，只他一个穷孩子，假币的事抖搂出来，他如何混得下去？

辰决定次日主动坦白，就说不小心夹带了，求老教授容他宽限些日子回信借来补上，这样总比当众揭穿好。

辰拿定主意次日就恭候在老教授上班必经路上，见到，他说："老师，我昨天交的钱……"老教授的脸立刻板起来："别提你那钱！"

辰魂飞魄散！却听教授说："早不交晚不交，偏我揣了你的钱，在市场上走,被小偷割了兜。"

啊呀,谢天谢地!辰一边赔小心,一边回到教室,这贼其实是帮了我的忙呢。辰想。

兴奋之后,辰又陷入了苦恼。毕竟老教授损失了恁多钱,并且直接怪他学费交得迟!想到教授总穿一件皱巴衣服的寒酸样,他心里就凉渗渗的。辰想,好好努力吧,非出人头地不可,有朝一日,我加倍报偿这善良无辜的老人。

辰勤学苦作,不断写出好文章,连《人民文学》这样的名刊也有他一席之地,老教授时常当众夸赞,每当这时,辰就暗自道,等着,老师。

学习期满,辰交了大运,脱掉农田鞋,直接成了市文联干部,这当然要得力于《人民文学》等等;又一年,他又成为省作协聘任的专业作家。辰一步登天,阔步文坛,名声大得吓人,令许多杂志派编辑上门来泡他的议价稿,辰从此再不愁钱。

辰依然惦记着那可怜兮兮的老教授,该彻底了结这块心病了。他为老教授准备了一万元现金,专程来京。

老教授高兴:"学生出了大名,不忘师德,这就好。"坚持设家宴款待高足。酒前,辰鼓足全部气力,向教授认错:"老师,我交给您那两千元学费中,混着三张该死的假币……"他眼圈红了,并哽咽起来。

老教授哈哈大笑:"三张假币你还没忘哪?在,我留着呢,如今集什么的都有,我集几张假币玩玩有何不可?"说着,从一本影集内拿出那几张玩意儿。

"老师,那您说让贼偷了……"辰目瞪口呆。

"假话。兴你假币就不兴我假话?"

"为什么？您当时完全可以揭穿。"

老教授的脸色立刻无比严峻起来："揭穿容易。但我更知道一个山里出来的孩子该多艰难，那样做对他产生的后果不堪设想，为区区三百元钱，扼杀一个人才，吾不屑为之也。"

"老师！"辰扑通一声跪了下来，泪流满面，"不回去了，我还要跟您学几年，您一定要收留我！"

等 待

听朋友说，某山区小镇还保留着好多旧时的木板楞房，老画家异常激动，就在一个夏季，带着五个学生去那边写生。辗转数日，找到了那个地方，却发现一切都变了，小镇重新规划，木楞房早就没影儿啦。老画家才反应过来，那朋友也不知道把记忆中哪年的事说给了他！但山林风光还是蛮好的，老画家就带着学生们顺着一条马车土道往深山里走，找到满意的地方，就画到黄昏才返回。

这一天，师生一行走得远了些，拐过一个弯儿，眼前突然一亮：隔着一道陡峭的山涧，对面半山坡十几间草屋隐现于浓荫淡雾中，柴篱豆花，鸡鸣狗叫，闲步的牛犊，那景色简直太美了！不待盼咐，学生们抢着打开了画夹子……

吃过午餐，师生们正稍事休息，忽听到枯枝踩断的声音，一个衣襟破旧的男孩，站在他们不远处，怯怯地望着他们，想离开，又有些不甘心的样子。老画家不由生出些热情来，招招手："孩子，过来。你是那边山坡上住的？"

男孩得到允许，大着胆子地过来，观看学生们的画作，那张脏兮兮的小脸上，写满了惊奇。老画家问，几年级了，孩子？

孩子眼里一下子蓄满了复杂的神色，他摇摇头："没念书。"孩子说，原来有村小学，后来，修水库，把小屯子隔在这边，上学太费事了。孩子们到了年龄，家长到学校报个名，就算是上了学。

这不是坑人吗！老画家问孩子，知道北京不？孩子点头。知道奥运、知道国歌不？孩子摇头。

这么好的孩子，居然被阻隔在求学的大墙外！老画家心里一痛，让孩子倚树而立，他亲自给画了张像。问："是不是你？"孩子接过，一下子笑出个鼻涕泡，可能意识到失态，谢字也没说，飞也似的逃了。

学生感叹，不读书就是差劲，咱全省有名的画家亲自执笔，他就这么拿走了，白浪费老师师的感情。老画家笑笑："一个孩子。画画！"

谁也没想到，画到太阳悄然跌落，老画家带领学生们急往小镇返，走到马车道口，却听见急匆匆的跑步声，是刚才画像的男孩，他身后跟着四五个七大八小的孩子，一律的衣衫破烂。孩子们站在路边，贪婪地望着他们，像一群要吃人的狼崽儿。

老画家恍然大悟："孩子们，是不是想找我们画像？"

刚才那男孩不住地点头。

"太晚了。"老画家说，"天黑，我们可就找不到家了。这样吧，明天上午，还在这里。咱说话算数。"那男孩急忙回身安抚了伙伴们几句，孩子们就站在路边，目送着师生几位下了山。

吃过饭才躺下，有个学生报告老师，明天有车子出山，咱正好搭乘，招待所老板都给联系好了。学生们一片欢呼，在这深山老林待久了，他们渴盼回到现实生活中去。

可老画家正色道，不能回去。咱答应给小孩画像了。

学生们不解："老师，不就画张像吗，为几个孩子，何必那么认真？老板说过，那车子好几天才遇到一回。"

老画家往床上一倒："老师像你们这么大时，这种地方没少走，哪一回信赖过车了？再说，这小镇不可能找不到车，花多少钱算我的！"他望着天花板，缓缓地说，"我反应过来了，山涧'对面能说话，拉手得半年'。那男孩跑回屯里，再带伙伴们来，就费掉将近半天的时间，怪不得他们不能到这小镇读书！跟我们分手，他们到家得半夜！明天，孩子们还去那里等，咱就这么走了？"

"等不着，难道他们就不活了？"一个学生轻声嘟囔，"谁那么死心眼。"

老画家腾地坐起来："谁要回，明天请便。我必须得到那边去。这些孩子，不知道国歌，不知道奥运，老师这一夜都没睡好，太空白了呀。难道要我在这些白纸的第一笔，先写上'欺骗'二字？"

第二天，学生们跟着老师又来到了那个地方。一直等到中午，孩子们也没来。学生纷纷谴责，山沟小孩素质低，不知道名画家特意为他们滞留一天吗？老画家厉声道，他们还是孩子。孩子可以犯错误，而我们不可以！

正吼着，听到有人咳嗽，见一个老农站在不远处，惊喜地说："原来你们在这儿！大伙等了一上午，寻思你们不来了呢。"

这是怎么回事？隔崖相望小村屯，昨天……师生们跟着老农往前走，这才恍然大悟，马车道是些连续的S形的拐弯，他们少走了一个……

土路边，师生们全呆住了：十多名老老少少，把瞧上眼的衣服全穿在身上，他们陪孩子们请画家画像，各自胳膊上都挎着土特产！

画家老泪纵横："东西不要。请带我们到屯子里去，画。什么时候你们说足了，我们再离开，就因为你们这一番等待……"

睡过头的老人

林继文因为对工商局的干部讲了实话，公司遭受到罚款处分，他随即被老板炒了鱿鱼。林继文很难过，但为了生存，他刻苦学习了汽车驾驶技术，借款买到一辆中巴，搞起乡间客运来。虽然由于他不舍得给有关领导"上炮儿"，拿到的营运区域偏远，生意不怎么好，可是不再用受别人的气了，自己说了算。所以他每天乐呵呵地开车，活得有滋有味。

他的营运路段是市区通往偏僻山区的鸡冠砬子村，一天两个往返。这一阵，正是农忙时期，农民都忙着种地，没几个人进城，所以上午一趟，只拉到四个人，几乎成了专车，连油钱都跑不出来；下午，更惨，眼看到发车地点，才见一个一脸疲惫的老头子慢腾腾地坐上车，拿出十元钱，对林师傅说："小师傅，到了棋盘岭，你提个醒儿。"说完径自去后排找了个座位，呼呼大睡。噢，原来是中途在棋盘岭下车的。这车无论多远，反正都是八元钱，林继文并不计较。没想到老头子上车后，陆续又上来好几个乘客。林继文想，这老爷子是福神，给我带好运气来了。

汽车总共拉了十个人，离开市区，直奔鸡冠砬子方向。林继文边开边想，棋盘岭有个老汉下车，别忘了。可是，车开不久，就有人在他身边赌扑克牌瞎闹，其实是设骗局等不知情的乘客上钩。林师傅心里另扭,又不敢说什么,只好暗暗在肚里说,大家千万别犯傻上当啊。还好,几个骗子干张罗一阵,就是没人参与,最后只好讪讪地下了车。林继文好不兴奋,现在新闻媒体常常揭露这些骗子的伎俩,老百姓不会再上当了!心情好,车速快,天刚刚擦黑,车就到终点,而人早已下光。按规定,他的车宿在鸡冠砬子,次日一早回返的,可他和司乘拿起扫帚准备清扫车内垃圾时,不由呆住了:刚才那位要在棋盘岭下车的老汉,依然伏在车后熟睡呢。林继文和司乘你看我,我看你,可能由于骗子的干扰,俩人都把老头给忘了。这可怎么办?

司乘说:"这老头也睡得真是太死。干脆让他在这儿跟咱俩挤一夜,明天回返时免费捎他到棋盘岭吧。"

林继文瞧司乘那不情愿的样子,就说:"老人家已经交代过,咱们给忘记了,那责任就在我。如果他家里人盼不到他,该急坏了。"司乘说:"那就叫醒他,先问他急不急。若是不急,就让他宿下。"林师傅仍然不同意:"这么大年纪了,他知道咱给拉过了站点,会生气的,莫如你先下车休息,我送他回去,不就再跑一个小时的路,搭点油,只当练车了。"

林师傅悄悄拉着老头子往回返,心里不住地检讨自己心粗误事。到了棋盘岭,林师傅想,尽管为这老人单独跑一趟冤枉路,搭上不少油,却只当是给自己买个教训,这也算是一种缘分吧,我何不索性把事情做到底,送他到家门口?便停下车,打亮车灯,喊醒老人家:"我刚才把您拉到鸡冠砬子终点了,真不好意思。您要去哪家,我直接送您到门口。"

老爷子问清楚经过,哈哈大笑:"小伙子,我就是要去鸡冠砬子,不然我能睡那么死吗?你说你这一趟跑得冤不冤?"

"那您不是嘱咐过,让我到棋盘岭提醒您一下吗?"

"噢。我那是受朋友委托,到了棋盘岭,替他把路边那棵大松树给录下来。怕自己睡过站,才嘱咐你的。谁知道那时候我恰巧醒过来,就顺便给录了。"老人拍了拍挎包,"录像机在这里面呢。你既然到了终点,怎么不问我一下呀?"

"咳,别说了,咱们返回。"林继文哭笑不得。

林继文把车子开回到鸡冠砬子,跟老人握别,并一再就误时的事向人家道歉。老头子只会说:"没事没事。我白坐了车还有啥说的。"

几天后,林继文正在市区内拉客,客运站的领导带着一名司机来了,对林师傅说:"这趟车我派专人替你开,你帮我办点事。"拉林继文坐上他的车子,七拐八拐,汽车驶出市区,眼前出现一片漂亮的别墅,林继文知道,这是著名的湖心岛开发区,住的都是名商大贾。领导拉我到这儿做什么?

林师傅被领进一座别墅里,室内的装修气派,让他目不暇接,进入客厅,只见沙发上站起一位满面红光的老人,热情地伸出手:"小伙子,不认识我啦?——棋盘岭睡过站的老头儿。"

哎呀,果然是那位老人家,换到这别墅里,就认不出来了!林继文仍然摸不清到这儿来的目的。

"小伙子,我想聘你给我开车,我亲自考察了半个多月,你是唯一合格的。"

"你看我,怎么忘记介绍了。"客运站领导说,"这位是东方奥林公司的总裁恽老先生,是咱们市最大的投资者。林师傅,你好心好报,幸运地被老人家选中了。"

原来,恽老先生久闻此地山区道路凶险,所有司机技术没有不过硬的，便想在山区线路上物色一名司机，为了让自己满意，他亲自设计了一套考核方案，就是任选一个中途站点，然后装睡。其间自有安排的人想法子干扰司机，让他故意错过站点。老人家达到了目的，却没找到合适的人选，不是坐过站被指责贪睡硬赶下车，就是给拉到终点抛在那儿……直到遇上了林继文这位任劳任怨的老实人。

"恽老先生，得到您的赏识，这就足够了。对于您的提携，我却不敢接受，您知道我是怎么被前任老板炒掉的吗？"林师傅说了他从前下岗的遭遇。

"哈哈，我不怕。我投资经商靠守法经营，绝对不怕你给工商税务讲真话甚至举报，你先把家搬到这边，你的月薪暂定为三千元，你看看还有别的要求吗？"

林继文竟忘记了回答，只顾一个劲地掐自己的大腿，难道这是一场梦？

纸条儿，纸条儿

一进教室门，华博文的眼前一黑，差点晕了过去。

他清楚地看到，那张绿色的纸条儿用图钉按在黑板上，分外刺眼。昨天傍晚，清扫教室，他乘乱偷偷放进岳莹莹的书包里的，纸条儿折叠成一只仙鹤，折痕清清楚楚！

华博文转身退出教室。在大杨树下，他死的心都有。岳莹莹啊岳莹莹，好毒的女人啊！不同意就拉倒，凭什么当众公布那封情书，这不是羞辱我吗？

升入高三，华博文得以跟岳莹莹同座。这个女孩呀，清纯美丽，那双眼睛，瞅你时总是笑，搅得华博文神魂颠倒，夜里经常做一些有关他与莹莹的怪梦……他眼瞅坚持不下去了。高考在即，他知道这样下去意味着什么。高中生谈恋爱不允许，探一下对方的心思，埋下个伏笔总可以了吧。如果能得到莹莹的恩准，那他华博文义无反顾，一定考入名牌大学，以莹莹的名义！折腾了好几天，华博文终于下定决心，如义士赴死般地给岳莹莹写了一封求爱信。他当然不可能写那么露骨。他想，字用仿宋体，看不出来；悄悄塞入她的书包，如果她不反感，再向她承认……华博文精心选择了一张绿色的纸，写了如下的诗句："与君邻座久，欲执子之手；愿结百年盟，不知聊允否？"犹抱琵琶半遮面，文绉绉酸溜溜，揣在口袋里好几天，到底瞅了个机会，把那封求爱信塞到了莹莹的书包里……

如今被她给公开到了黑板上！她什么意思？是炫耀自己有追求的，还是标榜自己守身如玉，出淤泥而不染？华博文想不出所以然来，幸亏他留了一手，反正没署名，"同座"又含糊成"邻座"，给她个死不认账，能怎的！想到这，华博文若无其事地回到教室。

从此后，他对岳莹莹丝毫提不起兴趣，只是死命学习，定要弄出个名堂，气气那不懂事的岳莹莹。苦心人，天不负。居然让他实现了愿望，考入北大！令他意外的是，那岳莹莹也考入北大，跟他一个系！报到时，岳莹莹率先伸出手："同学兼老乡，大才子可得多照顾小女子啊。"

入京后，随着时间的流逝，华博文渐渐把纸条事件给忘掉了，就是，年轻人犯错误，上帝都会原谅，何况自己写纸条也有失冒昧，岳莹莹的抗议也许是对的。再说，她并没大吵大闹或者弄到老师那里呀，如果是那样，他华博文可就不是今天了。于是，他开始感谢岳莹莹了，姑娘美丽的笑靥重新浮现在他的脑海里，他不再给对方脸子看，两人的关系日益亲近，最后，在一个樱花怒放的夜晚，岳莹莹把初吻献给了他……

岳莹莹伏在他怀里哭得如痴如醉："博文，有什么了不起呀，你在我面前那么牛……"

什么了不起？这可是你挑起的呀。博文佯装认真，捧起她梨花带雨的脸："坦白，那纸条儿为什么给按到黑板上？"

"纸条儿？什么纸条儿？"好半天，莹莹才恍然记起来，"有这么回事。我放学后拿书包，发现地上有个纸鹤，对，好像是绿色的。拆开，是一首情诗吧，没好意思细看，反正也没署名，我就给按到黑板上了，谁的谁收去呗。对了，后来那纸条究竟哪去了，怎么啦博文？"

居然会是这样。华博文悔出了一身汗。他怎么也没想到，莹莹在高二时，就暗恋着他了呀。女孩想表达亲近，然而，女孩的矜持和成绩方面的自卑，使她一直羞于开口。后来，华博文因为纸条的误会，总对她板着脸。莹莹伤心欲绝，你华博文不就成绩好吗，有什么了不起，我非证明给你看看。女孩咬紧紧嘴唇，刻苦学习，越是遭到华博文的冷落，她越是努力，终于把成绩追了上来，她又费尽心机，跟博文报了同一所学校……

纸条儿，纸条儿！如果不是阴差阳错，假如当初岳莹莹收到了博文的心意，两人一拍即合，双双坠入爱河，他们会相拥在北大的校园里吗……

积攒自信

卧铺车厢里有这么父子俩,儿子去哈尔滨打工当水泥匠,父亲要去陪着,这才忍痛买了硬卧票。儿子发现对铺旅客翻看一份故事杂志,那眼睛就不停地盯着,待人家一放下,他立刻赔着笑脸:"师傅,借我看看行不?"杂志拿到手,儿子迫不及待凑到父亲身边,低声读给父亲听,父子俩的亲热劲儿,感染了周围的旅客。

见那父亲去了厕所,旅客们问儿子,你父亲喜欢听故事?

儿子说,母亲去年刚走,父亲孤苦无依,为了生活,他又不得不背井离乡赚钱,真是身在南朝,心在北国呀。谁知道父亲又得了绝症,父亲那病怪,一听他拉胡琴,疼痛顿时消失,所以,他这回决定把老人家带上,每天晚上给他拉一阵子。可车上不能制造噪音,所以,就改成念杂志。"我爸说,听我念书,他一点都不痛了。"

这么孝顺的儿子。旅客们大为感动,纷纷把自己的杂志送过来:"你带去,拉烦了胡琴就读杂志。"

又过了一阵子,儿子去厕所。旅客们又问父亲:"你儿子胡琴拉得好吗?"

"好什么。"父亲轻描淡写,"才学会两三年,比推碾子强不了多少。"

"那你还喜欢听?"

"唉，你们有所不知。"老人说，"孩子长多大，他也是孩子。去年他妈走了，闪下他没着没落，钱赚得少，见人抬不起头来。我夸他胡琴好，能止痛，就是让他感觉他有特长，给他树立那种……"老人描述不出来了。

"自信心。"有旅客提示。

"对了，就是那个……自信心，"老人说，"我陪伴他，鼓励他，儿子就会更坚强，就会更有主意，只可惜，阎王爷留给我的时间不多了。"

原来他知道自己的病。旅客们都很同情："你跟在儿子身边，不是更给他增加负担吗？"

"不会。"老汉说，"我尽量自食其力，比方说，捡点破烂什么的。再说，我死在这边，他就不用跑回去发送了，就地处置，还省车费呢。"

"真是个好老人。"众人感叹不已，"假如您有一天不在了，儿子……"

"活着，我是他爹，死了，我也就不算是他爹，是死尸了。自信心也像钱财，得一点点积攒。我活一天，必须帮他积攒一点。"

唉，父亲，哪怕是到了山穷水尽的那一步，他为之煞费苦心的，仍然是儿女。

豆腐事件

从六楼下到一楼走出门洞，我忍不住打了几个哆嗦。

楼角前瑟缩着一个卖豆腐的老头儿，胡子挺长，胡梢梢挂了霜，见我来，可怜兮兮地说：大妹子，买两块豆腐？一句话把我打动，要买一块来着，却掏出两元钱："来两块"。

老人实在太老啦，让我念起远在更北方的爹，他抖抖索索地将两方豆腐装入最简易的那种塑料袋，递给我，再忙着找钱，差六角。

天暗，人冷，老头儿掏出张五角票念叨说，一毛，又掏，又掏，掏了八角，道："四毛了，先给你。"

仁慈之心一下子迷惑了我，也许我更想到了北方的老父。我说，"慢慢找吧，我豆腐也放这，回来一并拿。"本来还要去买瓶酒的，我扔下这句话就去了小卖店。

无论如何也想不到的是，返回之后，老头儿踪影皆无。一瞬间我大脑一片空白，我浑我蠢我活该，这年头越装成朴实的人越具有欺骗性，电视广播报纸没闲着告诫，凭什么我就视而不见充耳不闻！

跑回家一头栽在床上，死的心都有。世界完了。人类完了。丈夫女儿劝吃劝喝全不顶用，我要迷迷糊糊睡个够，然后，我见一个坑一个，非把整个地球上的人坑尽了不可！

天也随人恼！大雪三日。待我病好再度走出家门，已是雪塑冰雕的世界，所有上班的人如同冲刺，全变得异常积极！

楼角前我一家伙定在雪地上：迎面而遇的正是害我大病三日的老冤家！他没推豆腐车，戴狗皮帽子，着破棉袍，抄着手。看见我，他猛地站住，竟如抓到凶手的警察般，抖掉大片雪屑，拉住我："大妹子，哪去了你？"紧接着，从怀里掏出六角钱，又弯腰从雪上提起一袋豆腐："都冻了。有人就稀罕吃冻的，你若是不爱要，我找你钱。——这几天哪去了你？"

呵。老人那天候我片刻，忽然家人来寻，儿子酒醉被人刺伤，匆匆离去，次日便来这儿，专在楼角处候我，偏我不出来，人老了，又疑自己忘了地方，在附近三四个楼角逡巡，至今已是第三日……

什么也不敢说。我无法接过豆腐，又怎忍推掉它们。

我更念起远在更北方的老父。

绒线帽子

这家饭店别看两层楼，其实就是一家小吃店的规格，吃饭的都是工薪族甚至打工仔，并且喝上点酒就磨磨唧唧没完没了。戴小红懒洋洋地倚在楼梯栏杆上，边等顾客呼唤，眼里却瞧不起她这些"上帝"。本来她很热爱这项工作，可是老板已经通知她，再干两天满这个月就"另谋高就"，反正她竞争不过孙玉梅，人家长得甜，嘴也会说……所以，小戴心烦意乱地想，混一天少一天。然而，那一桌喝酒的怎么这样有耐性，二十一点了，还要添啤酒！

戴小红好容易熬到最后这桌结完账，歪歪斜斜地走了，她赶紧收拾残局，好下班休息。这时，她发现最里面的一张椅子上丢着一顶绒线帽。拿起来掸了掸，好不错的毛线哇，就可惜帽子式样太旧，也脏了点儿。若是平时，戴小红无论如何也得把它保管好，等帽子主人日后来寻找，可现在她心情不好哇，顺手就把帽子放进了自己的兜里，她的手巧，会织好多种毛线活儿，回去拆了给小侄儿织一顶像样的。

当天晚上，戴小红拆洗了那顶绒线帽，心情好多了。然后，她去上最后一天班，领完工资，走人。

可是傍午，昨天喝酒的一位老头儿急匆匆地找来了，问，昨天晚上，是不是把帽子丢在这儿啦。老板说，没见帽子呀。

这时候小戴正端着菜往楼上走，听了这话，心里咯噔一下，那么大岁数的老人，自己凭什么把被炒鱿鱼的坏心情往人家身上撒？可是那帽子已经被她拆了……她没来得及想好对策，嘴里已经喊出来了："帽子在我那儿……"

"大爷，是不是浅蓝色的？"

老人家惊喜地点点头。

"大爷，我真不知道您这么快就来找它。我看它沾了些灰，样子又太旧，没经您同意就给拆洗了，我给您织一顶新的。您隔天再到这儿来怎么样？今天中午的饭我请您。"

老头子吃惊地睁大了眼睛："有这么好的人……"他没吃饭，走了，当然，他不知道姑娘已被炒了鱿鱼。

第三天，小红把一顶新织的帽子如约送到饭店，还剩下一小撮绒线，她把它们交给老板，委托他送给那位老人。

老板瞅了她好久："小戴，你别走了，继续留下，我每月给你加五十元。"

"为什么？"

"就冲这顶帽子。"老板说，"你有这样的好心，饭店怎么能不兴旺。"

"可是老板，我……"戴小红把当时的心态如实地说了，"我会找到工作的，我不想挂这虚名。"

"知道。"老板说，"人一时有什么想法，不那么重要，我看重的是结果。留下吧，算我求你啦……"

多年后，戴小红也成了老板，她常常对人说那顶绒线帽子的事，"那顶小帽一直压在我的心上，我用它约束我的行为，凡是跟我打交道的顾客都说我心好人热情，所以我才有了今天。"

独力撑天

大雨倾盆,在崎岖的山路上颠簸了三个多小时,这辆长途班车突然抛了锚。车内所有乘客的心都着了火!

皱着眉头下车,司机师傅在车子外捅咕了几下,立即逃回来。他穿着雨衣,但雨大风狂,鞋和裤子还是浇得直滴水。司机师傅摇头:"这老破车,又灭了火,麻烦各位下去推一下吧。"

话音未落,车厢里立刻沸腾起来:"我们花钱是坐车的,凭什么推车?你穿着雨衣都淋那熊样儿,想让我们都感冒啊。"

那司机双手一摊:"我没说马上推,我也没说非推不可。反正车子不推,神仙也打不着火。我愿意找这麻烦吗?谁让公司分给我这破车的。"

"我们买同样价钱的票,凭什么给破车坐?这败家的公司,倒霉的公司!"大雨天,本来没个好心情,此时乘客们心理更不平衡了。

"骂!使劲地骂!"司机不阴不阳,"话别说那么难听,这乡下路况差,谁会把好车弄这儿呢,各位怎么不去大城市?听说首都好,差一点儿的车子连路都不让上呢。"

你一言,我一语,双方吵了起来。司机势单力孤,懒洋洋地闭上眼,反正车子不推是发动不起来。大家有时间,就这么着。

就在这时,后排一位青年男子插话了:"大家把吵架发牢骚的工夫用在推车上，现在是不是走出挺老远啦？"

"哟，好人哪，高风亮节！你去，你去呀？"居然有人站在司机的立场上，乘客们几乎全站起来，所有的火冲着青年男子发了过去。

那青年男子歉意地冲大家笑笑："我这就去。"他扶着椅背慢慢站起来。一迈步，众人的目光一下子凝住了：原来小伙子一条腿安的是假肢，怪不得他坐在后排不动弹！

年轻人走到车门口说："师傅，不敢再等了。这雨反常，怕出现滑坡哩！"这时，司机把车门一开，他率先冲进雨帘中……

没有人吱声。但全车人全部站起来，默默地走下车，一位女孩子伸不上手，就撑起随身带来的小花伞，给这个遮，给那个遮……哪个也没遮住，她自己也淋得透湿，仿佛不这么淋，就对不住哪个似的。

汽车终于发动了。众人一齐拧衣服，车内水淋淋一片，这也挡不住乘客们的说笑声，他们刚才简直就是获得了什么重大比赛的金奖！

猛地，司机一声惊叫，大家顺着他的眼光回头一瞧，个个魂飞天外！原来真让那残疾青年说中了，刚才停车的地方出现山体滑坡，那段路转眼变成了一座小山丘！

乘客们有的流泪，有的感慨，纷纷向青年男子表示感激。不是他预见到危险，带头冲进雨中，大家此刻成了冤魂野鬼了！

青年男子不好意思地说："我哪知道要滑坡。我是急着看奶奶去。滑坡的事是编出来骗大家推车的。"

毕竟是他救了一车人，众人还是感谢，问他奶奶怎么回事。

青年男子说，他此行看的不是亲奶奶。

青年男子与伙伴去南方打工，结果出了工伤，伙伴推开了他，自己却碾在机器下。小伙子虽然失去了右腿，却捡回一条命。可怜他那伙伴

第一辑 善良无价

是孤儿，靠奶奶拉扯大，如今孙子没了，老人家今后怎么生活呀。小伙子急着去见奶奶，他必须陪伴老人度过晚年……

　　这答案出乎所人的猜想！班车开动了，没奔终点，而是拐进了残疾青年要去的山有村。这是一车乘客的共同决定，大家坚持要陪小伙子一起去看望那可怜而又让人羡慕的奶奶……

共同秘密

那一年初秋，工会组织秋游，我们单位四十多名职工，包了一辆大客车，开到一个很偏僻的农村去疯了两天。头一天，大家喝了不少酒，个个玩得无比开心，直闹腾到深夜，人们才陆续回到各自的宿处休息。当地农民已经为我们腾出好几间房，事先也分配了你住哪儿他住哪儿。我们四个年轻气盛的女性说，不用为我们操心啦，我们守着火堆打一宿扑克。

可是事实往往跟预计的不一样，玩到下半夜三点多，由于其中有个人打赖，众人的积极性一下子就低了下来，一个个呵欠连天，就说，算了，睡一小会儿吧，熬到天亮，没什么意义。

上哪儿去呢？小吴说，到孙老师的房里挤去。老夫子本来就自己还混到那么一间大屋，咱去了四大美女，不高兴出鼻涕泡才怪呢。这一说，我们四个的灵感都起来了，都说，去撩老孙。谁让他一天到晚酸腐腐的，见咱们几个一本正经，连句笑话都没敢讲过。四个年轻女子很快想出了方案。几个人憋住笑，悄悄潜到孙老师窗前，我们藏好，让最机灵的于小华去叩老夫子的窗户。

"孙老师，孙老师。"小于这鬼东西演戏真像，声音压得低沉而充满神秘感。

屋里老夫子醒了，或者他根本没睡。很紧张地问："谁呀？"

"我，小华。孙老师，我的孙哥哥儿，快开门，冻死小奴家了。"

"那她们几个呢？"屋里人不放心。

"霍遇才去了，替出我来……"

我们几个简直要憋死了，这于小华，可把老孙坑苦啦，他以为真遇上投怀的淑女了呢。

门终于开了，于小华闪身进门，她已冻得浑身哆嗦。我们也冷得忍无可忍，随后也冲了进去。

然而一进门，我们全呆住了。孙老师一把搂住小于，正没头没脸地狂吻，小于嘴里刚刚喊出"孙老师……"可嘴又被他堵住……

屋里空气一下子凝固了。孙老师松开小于，僵在那儿！

我在一分钟内大脑飞快地转了几百圈，孙老师那么要面子，这事传出去，他还怎么活人？都是这玩笑开得过火。我不顾一切地凑过去，说："孙老师，您别偏心，为什么搂她不搂我？你必须一样对待。"

孙老师在我的鼓励下，挨个儿搂了我们四个，他大颗的泪珠滴在我的脸上。

这件事成了我们五个人的共同秘密。孙老师回到单位后，精神焕发，事业一天比一天旺，很多作品在全国都获了奖。他对我们一如既往，玩笑也不甚开……

后来，孙老师患了胰头癌，病重时，我们四个单独看他。他用虚弱的手拉住我们，说："谢谢……"我们几个同时说："孙老师，我们是天下最幸福的女人，感谢您提高了我们的品位。"四个人都吻了他……

那天半夜，孙老师离开了人世。他走了，我们四个姐妹却好得跟一个人一样，因为大家共守着同一个高尚而无法说给别人的秘密……

不说爱情

话不投机，儿子晓光转身离去。

亚凤呆呆地坐在床上，一时不知所措。

晓光也并非无理取闹。他的母亲刚过五十岁，容貌也还清丽，如今要嫁个瞎子，他跟媳妇无法面对亲友，面对同事。这是奉养不起了，还是咋的？儿子质问："您跟他有爱情吗？妈，感情和恩情都不会是爱情，这您懂吧。"

儿子刚离开，老法就过来了。老法这回是搀着她走出房间。她靠在老法的肩膀上，软软的，暖暖的，离开了这双肩膀，她真不知道怎么办。这会是爱情吗？

老法说："凤子，别瞎想。"

亚凤没吱声。

"我挺知足的。"老法说，"见天攥着你的小手，你整个身子趴我身上，那股好闻的味道，这辈子值了。我从来也没想三想四。听话，别惹你儿子了。"

听话。

老法第一次要把她抱到室外锻炼，她不信奇迹会发生，更有些扭捏。老法说的也是这俩字。亚凤鼻子又酸了。

就是那一觉睡醒，她浑身失去了知觉。医生摇头。单位垮了，她不可能总在医院里耗费儿子的钱。为儿子的今后，更不敢自杀。于是，儿子便送她来了这幸福院。一个潮湿的小房间，三个会喘气的：她，对面精神有点错乱的大妈，侧面那位永远抱怨不休的老姐。服务员把她掀起来靠在被垛上，这一依就是一上午，就是一下午。每回她在床上小便，大妈就扯着嗓子叫，老姐同时拼命地筋鼻子，好像这潮屋子里所有的异味全是她一人制造的。

几天后，老法头来了。那个大她三岁的盲人，自打把她抱出室外，而后，早晨，上午，下午，夜晚，一天四回强制带着她出门。如果天气不好，就在走廊里活动，竟然一次也没误过！

亚凤也惊奇："你难道就不感冒啥的？"

老法也诧异："刚进来时，倒是经常有过。这会儿大概是病得腻了，没事。"

是缘分？

四年多，老法先是抱，背，接着是架，而后改成了扶。没有人敢信，亚凤这种病人，不但没死，还能扶着墙自己迈出几步了。迈出第一步时，老法哭得那个凶啊，他是感动的、欣慰的。如今，她奇迹般地看到了康复的希望，一声"谢谢"，或者送点酒、钱，就把这么颗滚烫滚烫的心给打发了？

亚凤说，我要尿。老法就扶她进了厕所。头一回，亚凤特别不习惯，老法扶她在马桶上坐好，安慰她："我是个瞎子，啥也看不见。"如此说，她也还是好久才尿出来。渐渐，亚凤习惯了。老法再说，我是瞎子。亚凤就抗议道："以后少说这话。你看见了才好，我不怕。"说这话时，亚凤的脸腾地热了。

这就是爱情？

可儿子劝诫她，感情、恩情都不是爱情。儿子有大学问，他的话对着呢。那么，她对老法是什么？

离这儿不远，有老法一处平房，入院后托他妹子照管。亚凤跟老法去看过。看过那房子后，亚凤就坚定了信心。以后她就是老法的眼睛。她有退休金，老法有低保，怎么就活不出个人样来？

下午，老法扶着亚凤锻炼。老法几乎没说什么话，亚凤心里就隐隐作痛。

儿子央求她："妈，你有什么要求跟儿子说。只是别跟那瞎子搅在一块儿。"

亚凤点点头："妈知道那瞎子丑得吓人。妈还知道，从你九岁起，我独自拉扯你到二十四岁大学毕业，十五年啊！这世上没谁可能比儿子更亲。可是，谁又能风雨无阻地帮妈站起来？也就瞎子吧。"

儿子只能叹气："妈，两回事的。"

第二天早晨，大雨。

亚凤老早梳洗完了，老法咋还没来呢？喊服务员问，才知道晓光夫妇特地起了大早，送过来一万块钱。那钱让老法狠狠地掷在了晓光脸上。老法说："你这么会骂人！我一个瞎子，有可能打你妈的主意吗？我打从抱她出门，到昨天，一共7636次，往后由你继续吧。别害怕，我明儿起早走。"

老法一大早离开了幸福院。

晚上，幸福院里不见了亚凤。

院长大惊，她是什么时候失踪的呢？没见有外人进来，一个瘫子如何会失踪？

院长急忙带人冒雨寻找。

在向东那条马路对面，发现亚凤倒在泥水里。她是扶着墙前行的，穿过这条街，继续走，就是老法的家。然而，这条窄窄的马路对于亚凤，无疑是难以逾越的鸿沟，她没有可以扶靠的墙了。亚凤显然咬着牙硬过这条路，只差几步就可以抓住那只邮筒歇一阵，然而，她没能坚持到……

"阿姨，您这是干什么？您刚刚能站起来……"待亚凤睁开眼，院长抱怨。

"我宁可这辈子不要站起……只盼望永远瘫下去。"亚凤幽幽地说，"我这年纪，不说爱情，说良心。"

忽然见一个人影，正张着两手，冒雨往这边摸索过来。是淋得透湿的老法！服务员赶紧抢过去搀扶，问他做什么？老法说，刚才梦见亚凤摔倒了，这才想起，离开前没跟她道个别呢。

雨更急了……

【第二辑 正气如虹】

精　气

谁知是哪个不小心，一膀子把那家伙蹭掉到地下，借着惯力，滴溜溜转至地中间，口就开了，噗噜噗噜冒白沫儿，吓煞个人！

新开的井口，连工棚都是简易的，矿工们装束好了，下井之前挤在这简易工棚里，都年轻、好疯，闹得小偏厦地动山摇，就闹出这桩事来。

冷不丁把众人吓得哄地散开，一愣，又渐渐地明白，知道原来是灭火器，就都站住，等头儿或哪个懂行的去拾起，关上，不就结了？

也就是一愣神的工夫，箭一般地从人堆里射过一个人去，一头扑在那冒白沫的灭火器上。他不懂怎样关闭，只用手拼命去堵，身子死死地压在那物件上，一边火烧火燎地冲大伙喊："快！快跑嘛你们！"

这是个小合同工，刚从农村招上来不到两个月。

看他那认真样儿，大伙笑得前仰后合。

小合同工更急了，破口大骂："你们还不滚开，要死呀你们？"

大伙儿更是大笑，连个灭火器都不认识！

忽然笑声停住，井长来了。

井长过去把灭火器关上，看着已经自己爬起来的小合同工，那小脸弄得一塌糊涂。井长忍不住也笑了，他和蔼地问：

"小伙子，你这是表演哪路功夫？"

小合同工脸腾地红了，赶紧扭向一边："我当它要爆炸呢。"

井长的神色立即严肃起来。

几天后，井长跟矿长汇报，谈到那个小合同工，并要求给他转正，井长说："我一定要留住他，就冲这种精神！"

井长说这话时，满脸是泪！

水　赌

　　一场实力悬殊的恶战后，团长只带着三十多人冲出重围，一路狂奔，甩脱了强敌的追击，三十多人几乎是瘫倒在一座小山坡脚下，三十多张嘴裂出了有三千道血口子，大家已是几昼夜滴水未进，现在咳嗽一声都能打出火花！

　　警卫员爬到旁边拐弯处，喊不出话来，他只能举起手臂示意。团长把残部带过去，发现山脚跟的乱草里隐着一个两只脚大小的窟窿，窟窿里静静地卧着一泓清水……三十多双眼睛顿时亮了起来，有水，就有了命，否则，他们就算是逃出了敌人的包围，也还是得活活渴死！

　　可大家把目光投向团长时，团长却一摆手，慢。

　　团长皱起眉头，端详了一阵这个小泉眼：怪怪的，四周没发现野兽踩踏的爪印，哪怕有溅在边上的水滴也好啊，至少说明有动物饮用过它了，然而，没有，小泉眼静得跟死人一样，满满的，一滴也不外溢……不久前，曾经发生过一支小部队误饮毒泉全体死亡的事件，全军上下都通报过的，假如一下子误饮中了毒，这些从枪林弹雨中杀出来的勇士们，就得软绵绵地倒下！

　　空气仿佛要凝固了。冒烟的嗓子被泉水诱着，好多人心里说，喝他一阵，就是毒死，也比渴死强啊。

　　团长凝望着远方。四周是一望无际的盐碱地。也就是说，舍了这眼小泉，在他们力所能及的情况下，是不可能找到水源的，成败在此一赌，得有人先尝这水！

团长吩咐几个强壮些的战士附近看看，哪怕是抓到一只小蜥蜴，就让它来试水，然而，大家失望了。

团长用眼神命令大家别动，他走到小窟窿边蹲了下去。

"团长！"几个沙哑的声音止住了团长的行动，谁都有义务先闯这道水关，只有团长不可以，他是这支队伍的主心骨，是部队的灵魂呀。

几名精壮的警卫冲上来，要求尝这水，保护首长是他们的义务。

团长摇摇头。他还在沉思，在这一泓摸不透底细的泉水面前，这个身经百战的老兵有些优柔寡断了。

突然，那个受伤的小号兵挣扎着站起来："团长，让我试试。"

团长一下子呆住了。

众人的目光一下子聚焦在小号兵的身上，他年龄小，又是那么瘦，抵抗力最弱了，何况还受了伤。轮也轮不到他，刚才突围出来时，团长竟然背着他跑了挺长一段路，怎么可能让他尝这水！

然而，团长盯着小号兵的脸凝视了好久，才郑重地说："郑理想同志，谢谢你。如果发生意外，我会告诉你娘，你表现得很勇敢。"团长认识小号兵的娘？

小号兵神色庄重地蹲下，双手捧起一捧水，像捧起这支部队生的希望，他运足气，咕咚咚，连喝了三大捧。

战士们听见，团长捏着皮带的手指关节嘎嘎地响，团长的眼睛盯着西方的一抹晚霞出神。

"报告团长，肚子没疼，就是有点咕噜。"小号兵报告道。

团长又盯了小号兵片刻，突然笑了："小家伙，你肚子没食儿，它不咕噜才怪。同志们，可以喝水了，小心点儿，别弄脏了它。"团长拍拍小号兵的头，"很勇敢呀，你。"

"爹……"号兵刚发出一个字，却被团长严厉的目光给噎了回去。

这支队伍借着月光，喝足了小泉眼的水，肚子里填饱了草根，他们在团长的率领下，雄赳赳地上路了。没有人议论小号兵是团长儿子的事，但是，每个人身上都鼓足了劲儿……

家恨·国仇

河东片这块好地是宋家祖传的，肥得流油，无论丰歉，一样好收成。宋家老头子咽气前，要儿子再三保证，饿死也不丢这几亩田，他还是大睁着两眼蹬了腿。

老头死后，儿子大保牢记住爹爹的遗嘱，咬牙拉扯着弟弟二保过日子，为的是延续宋家的香火，也为给后人守住这块肥田，财东吴滨软的硬的都使尽了，那田还是姓宋。

吴老爷见天睡不踏实。

碰上抗联打鬼子，有几个伤兵经过宋家门口，大保见伤得可怜，就给了些草药，又给了两方野猪肉，这就惹下了祸端。

晚上，吴滨亲自来到宋家，对大保说："你不央求我点什么？日本人可是听到了你私通红胡子（指抗联）的事，要来满门抄斩呢。"

大保血气方刚："我有数，你不去下舌，日本人怎会知道？我劝你别光盯着那块地啦，仗打起来有谁没谁都说不定呢。不为你那个'吴'想想？"

谈得很僵。次日吴滨便去了一趟县城，再一天来了些日本人把大保绑了就走，没几天，脑袋挂在县城外的栅栏上了！

宋家房宅就成了火海一片。

没了大保，二保活不下去，只好待在炕上等死，他打小是个瘫子。

隔河的王瞎子这当口便来找吴滨："烧死他顶屁用，一个瘫子。不如赏给我当个支使。"

王宋两家也是世仇，宋家那片地有一部分是从王家夺来的。吴老爷清楚，瞎狠瞎狠，有数的，这二保若掉在王瞎子手里，那滋味定比死了难受，便喷出一团烟儿，算是点了头。

二保归了王瞎子。王瞎子不算卦，做乌拉。家里多的是生牛皮。新掌柜的王瞎子头一天就对二保吩咐："你这条命是吴老爷赏的，你得好生给我干活。往后，你用手抻皮子，抻一下，须叫一声'吴老爷'，替老爷祷告，不然我扒你的皮。五年满了，我放你走。"

二保不从，想着五年后还有点儿报仇的机会，只好忍了。那皮子又柴又硬，狠瞎子掼过来一卷："抻吧。"他便抻一下，叫一声"吴老爷"，心中却恨不得把那汉奸立马剥了皮！

王瞎子人狠，名不虚传，那些原本要泡软了才能用绞棍儿抻软的干皮子，他生生让二保用手抻，抻不够，没饭吃；抻不细，没水喝；今儿抻了三根，明日、后日必须到四根，二保把皮子抻直抻细，然后捻成绳儿，做出来的乌拉又结实又好看，叮当响的洋钱也就塞满了王瞎子的腰包。

吴滨也常常来瞧王瞎子怎样管教二保，听到他一口一声"吴老爷"，便拍拍王瞎子的肩："你小子真行，自己赚了香的辣的，却弄个看不着的虚祷告送我干巴人情。"

两人哈哈地笑，吴老爷看见瞎子的眼，瞎子却只能揣摩吴老爷的心，吴老爷已是日本人的座上宾，敢惹吗！

一晃三年，"吴老爷"只怕念了几十万遍，二保的活做得连瞎子也拣不出毛病来，一块干皮不须浸泡，他喊声"吴老爷"，一把就能攥平！

王瞎子说："成啦。二保呀，你想报仇不？"

二保不作声。

"你个瘫子，如何能杀得吴滨？这些年我让你捋干皮，就是练手劲儿，让你喊吴老爷，是让你因恨而手上加力，现在看差不离啦。明天，我让他来讨一双乌拉，就看你的啦。"

宋二保眼泪就下来了："咱也有大恨哩，你凭啥帮我，操恁大心血？"

"傻小子，咱是家恨，恨再大也是咱家门里的事儿；我们跟姓吴的是国仇，他舔小日本，伤着几千几万家呢，这还不明白呀你！"

第二天，果然吴老爷来拿乌拉，进了屋，漆黑，凑前去看，二保候着，只一把，哼也没哼，脑袋便扭了劲儿，二保这三年练就了硬功！

俩残废合成一人，瞎子背着二保，瘫子指路，不知哪里去了。

蛇　杀

　　从来没有人看见蔡独眼洗过脸，那张脸上灰一层、碱一层。蔡独眼从未笑过，连自个儿属什么的也含含糊糊。人们无法看出他真实的年龄，说他三十六岁也行，说他六十三岁也中。

　　靠打点山兽、栽点大烟、种点平板子地，蔡独眼便活了下来，在滚兔子岭对面阴坡，盖了间小草屋。墙是烂泥垒的，屋盖是苞米秸子苫的，一秋苫上一层，也不定有多厚，多重了，屋里竖着叉着，顶上不少柱子，蔡独眼说，这样暖和。

　　独个儿拱冷被筒，没个热乎屋子还中？

　　这年初春，一天，蔡独眼的炕洞子不好烧，烟倒得凶。他的烟囱就地砌在屋后，灶烟通过炕洞子，再由这里冒向青天。屋里生烟呛嗓子，令懒汉蔡独眼实在受不住，就找铁锹扒炕。炕里没找出病根，就又扒烟囱，蔡独眼扒得性起，房子也敢刨了。

　　蔡独眼把烟囱扒倒后，疏通了堵炕洞眼的冰凌子和烂泥，他想，趁机会将烟囱好好弄一下子吧，六七年没动了。他又往下挖三尺多深，这时，眼前的情况令他目瞪口呆。

　　烟囱底下卧着几十条蛇，冬眠似醒未醒，蠕蠕地刚能动弹，划拉划拉，一抬筐装不下。蔡独眼脑瓜皮麻了一阵，叹口气道："本想把你们一锅端了，够我老蔡喝半个月鲜汤，可你们这样子，我又下不了手。"

说着，又照原样埋上。

蔡独眼想，我丑蛇也丑，它不嫌我，来跟我搭伴，也是缘分哩，我怎好反嫌人家？

后来春暖花开，蔡独眼房前屋后便有大蛇小蛇游着爬着，蔡独眼高兴了，便蹲下跟蛇说会儿话。夜里睡觉，被窝里脚底下就爬进不少蛇来，有时蔡独眼翻身压着哪条，三挣扎两挣扎爬出来仍赖在被里不走，从没咬过老蔡。

老蔡就破天荒地自个儿笑笑："小东西通人性气呢。"他因为有了蛇，夏天便快活而充实，冬天便孤寂而空虚。

蔡独眼养了几十只鸡，狐狸黄皮子都躲得远远的，山里来个人都眼红："这独眼，交上蛇缘，蛇是你小舅子！"

又一年初夏，日本人来到蔡独眼的小房前，院子里站了不少鬼子兵和满洲兵。顶大的那个太君捂着鼻子，大骂蔡独眼："单门独户在滚兔子岭这儿，什么的干活？快快大堡子的滚去！"蔡独眼说："我一个人没亲没故，就是嫌闹腾才在这儿图清静，人又到了该死的年龄了，搬什么家？"

太君大怒，抬手抽了蔡独眼一下："巴格，你一个人种大大的土地，粮食的抗联的干活！"手一挥，早有日本兵把蔡瞎子的草房点着，霎时烈焰冲天！

"小鬼子我咬死你！"蔡独眼抱住大太君咬了一口，却被日本兵揪住摁倒，大太君吩咐，把他那只管用的眼珠子抠出来！

蔡瞎子没了眼，伸着手到处挠人，日本兵笑得前仰后合。这时，只听一声喝，蔡瞎子跳进了大火里。

蔡瞎子养的鸡狗鹅鸭也让鬼子抢掠一空。

日本人把方圆百里的中国老百姓驱赶到一起，变成个好大屯子，圈起来。屯前一片开阔地，造一炮楼，派兵日夜守护，凡有人影出现，一顿枪打成蜂窝状，成固若金汤之势。

抗联要拔除这棵钉子，但敌人火力太凶，冲突几次，伤亡惨重，却奈何那炮楼不得。

这一仗从入夜直打到拂晓，抗联退入林中，以图夜间再求一逞。但近日中时，猛听炮楼内传出惨叫声声，亦有朝天鸣枪者，抗联指挥大喜，知道日本人必是闹内讧了，才自相残杀起来。许久，没了声响，便传令迂回包抄过去，却惧他火力，迟疑着不敢贸然前进，又许久，诱以火力，连屯中的百姓都惊动了，炮楼内仍无声息，后索性派人去屯子里，由百姓编一个理由向皇军禀告什么事，喊话，也无人答应，壮着胆进去，见鬼子个个紫脸凸睛，死得横七竖八，地下亦有死蛇数十段，才知是人蛇大战的结局。

抗联进屯，尽得日军器械、粮草，又把炮楼炸平，胜利而归。

此后，长白山下有一小村子，至今家家敬蛇，村北有蛇神庙，岁岁供奉。老辈人都记得群蛇杀鬼子替蔡独眼报仇的事。

有一年，这个村的蛇咬死一个外地人，经细查，此人日伪时当过汉奸，谁也不知道蛇是怎么辨出来的。

情　结

马六砌了一天砖，拖着老寒腿往家奔，突然发现路边围着一些人，原来是这家小店把电视搬到门外，大伙正看奥运比赛呢。马六一瞅，CCTV 5频道，他家没有，而画面上正是马琳、陈杞打一对丹麦选手！他早忘记了肚子和腿的事儿啦，立即凑过去。

可是马六发现，苗哈哈先在，咧着张大嘴瞅着电视笑。他心里一阵厌恶，他跟姓苗的为装修的事儿干仗，六年没搭腔，真不想见他。离开？可屏幕上显示，中国3：2领先，而这局又是8：7，差仨球就胜了！马六恶狠狠地想，兴你看，老子咋就看不得！他理直气壮地挤过去。

比分咬得惊心动魄，眼看中国胜利了，对方追上一个，又追平了。这时，苗哈哈那张臭嘴竟然说出了挺中听的话："中国必胜！"还有意往他这边瞧了一眼，似乎寻求支持者。马六虽然没接话，心里感到他说得有理，中国就是厉害嘛。这时，解说员说，接下来还有一场半决赛。姓苗的脱口道："这体力能受得了吗？"

马六终于忍不住，纠正说："那是另一对，累不着这俩孩子的。"马六看到，苗哈哈感激地望了他一眼，本来嘛，你不懂还要瞎评论，丢人。

10平。11平。马六觉得心要从嗓子眼里蹦出来！孩子呀，你们可把握住哟，中国人民在盼呢。他开始有些哆嗦。这时，苗哈哈不知什么时候挨近了他，说："没事，中国必胜。"

这是马六最需要的一句话！马六觉得苗哈哈不算最坏的人，他知道好歹哩。果然，12∶11，果然，13∶11！中国胜了！马六不晓得咋回事，竟然跟苗哈哈这多年的仇人互相击了掌！片刻，他才回过味来，自己发誓一生不理他的呀，可开了口，不认账是不行的。他讪笑道，扯，人家获奖拿奖金，关我们啥事？

苗哈哈正色说，升旗、奏歌可是咱的哩。

对。马六有些内疚，这么浅的道理，我怎么就不懂呢？

俩老犟巴不由自主，相跟着进了小酒馆，那兴奋劲儿，仿佛刚才那球是他俩帮着胜的。马六想，今天若是输了，我理你！苗哈哈也想，你也就是沾赢球的便宜，否则，那事没完。

差点又干起来，那是争着买单。

骨 气

几百年来，赵家河一直风平浪静。谁知五年前一场山洪，把河北面地势低洼的赵村冲走了小半个。此后年年水大流急，发生淹死人、畜事件多起，弄得这儿人人谈水色变！

赵村是不足一万人口的小乡，跟外地联系的吊桥喂了洪水，河面被冲宽，若是想充分利用当地野生资源丰富这一优势，将大量优质山菜及时投入市场，尽快脱掉贫困乡的帽子，就必须在赵家河上修一座大桥。可是，修桥要近千万元的资金，赵村是省级贫困乡，钱从哪里来？上级不能投这份资。县领导告诉乡党委书记、乡长，发动群众，集资。现在都兴这。等钱集得差不多了，上面做些补贴，还可以。

但是赵村老百姓砸骨卖髓也拿不出这笔巨款来：人均一千多，这穷地方！群众说："桥不修，受一辈子穷也只好认了，要是集出这么多钱，哪个也活不到过好日子那天。你们这是逼大家伙死呀。"情况属实。哪家的底细乡干部不一清二楚啊。可桥不修，更没指望啦。书记、乡长要愁死了！

就在这节骨眼上，天大的喜讯传到赵村：爱国华侨赵继祖听说家乡有难，自愿捐助人民币三千万元，不但够建桥用，还可以造一所相当漂亮的乡中学！赵先生有要求，他是个孝子，其父亲赵忠贤生前就念念不忘要为赵村办一件好事并永远留念，到死此心未泯；为实现先人遗愿，等大桥建成后，要称"忠贤大桥"；剪彩之日，遵遗嘱要将父亲骨灰撒入赵家河，以实现老人家"魂归故里"之遗念。

三千万元，这点代价算甚？乡领导欢天喜地点了头。

谁也没想到，第二天一大早，乡政府门前就跪下七八位白发苍苍的老人，紧接着越跪越多，男女老少都有。干什么？阻止接受捐款，请愿人员心甘情愿勒裤带扎脖子，自己捐款建桥，一年不成两年，一代不成两代！

乡领导啼笑皆非："多少年的事了，还惦记着？人家留遗嘱给后人捐款，造福乡里，本身就是一种爱国行动，功过相抵了的。"然而，这一劝说不但没奏效，请愿的人反而更多了！

原来，那个赵忠贤当年确实是赵村的大财主。20世纪40年代被贫苦农民分光了财产，他对共产党和穷人恨之入骨。可是，那阵子抗联在这儿常驻，伪满洲国政府、小日本都帮不了他。后来，战局发生变化，抗日联军撤进森林。已经当上日伪政权头目的赵忠贤见时机到了，便引来日本军队，把赵村亲抗联的骨干几乎杀光！事后逃往海外……这血海深仇，赵村人怎么能忘记，如何肯让这大汉奸"魂归故里"！

民心难违。乡领导也只好把缘由向赵继祖说明。

赵继祖也是始料不及。他沉默了半天，才说："没听过，还有见了金银伸脚踹的。能不能让我亲自到赵村去考察一下？"

赵继祖以联系收山菜的名义来到赵村。他看到很多人家饭桌上几乎顿顿都是咸菜，问原因，大家说："再困难，骨气不能丢。我们要修一座自己的桥。"他看见许多老人把积攒一生做下的棺材卖掉，有些快要入土的，还商量身后把器官卖给医院，为的是多捐俩钱好修桥，还有的中学生干脆连书也不念了，回家挣钱修桥。

赵继祖大惑不解："不念书，还有什么前途指望？修了桥又有什么用？"赵村的村民回答是："这是两码事。修桥是大伙的事，是千万年的大事，耽误前途是一个人的事，是半辈子的小事。赵村人当年面对日本鬼子的机枪都没胆怯过，如今绝对不能为一座桥让领导为难，什么都可以放弃，唯独骨气不能丢！"

赵继祖长叹一声："了不得呀，这些人！"他找到乡领导："我情愿无条件捐款修桥。"

大桥落成剪彩仪式上，赵继祖当众道歉："想不到家乡的父老乡亲如此有骨气。家父当年枉有许多钱财，可缺的就是这个，不然怎会遗憾终生？我以为只要有钱，便没有办不成的事，家父的罪恶会用钱洗刷掉。我错了。这次回家，学到的东西一世受用不尽。如果家乡父老不嫌弃，我请求回家乡办一个山菜加工公司。跟这样的乡亲们合作，没有不发达的道理！"

赵先生亲笔大书"骨气"二字。后来这桥便被称作骨气桥。

矿　长

说出实际年龄，准吓你一跳，矿长哪像个五十多岁的人呐，四十岁以下，还差不多。尤其是他发号施令的果断劲儿，说一不二，简直就是个小伙子。

可这回改革，却卡了壳。问题出在他儿子身上。小伙子中专毕业，安排到我的科室，工作干得确实不坏，正踌躇满志呢，矿长一声令下："机关下到前勤，五分之二都待在办公室，没人养活。"这条件那条件，矿长儿子在上一线的杠里。小伙子毛了："我不去。那框框教条，机关里中专毕业的再有第二位下井的，我就去。"

我也为难。小伙子说得在理，还有，偌大个矿，差他一个人？我说："先等一等，有事我顶着，谁攀，让他拿毕业文凭来说话。"

但事情没那么简单，现在的工人不信邪。"矿长少爷为什么不下？"

矿长电话打过来，一通臭骂："让他下去，其他，说啥也不行。"

小伙子眼泪在眼圈，回家病倒，几天拒绝进食，我们都不忍心，可看矿长那脸，又怎么敢说情。

小伙子到底通了："顾叔，啥别说了，我下。今后谁说我是矿长儿子，我骂他祖宗。矿长是矿长，我是他手下的矿工，就这。"此后，干脆住进大宿舍，家也不回。

矿长情绪也不好，整日耷拉个头。嗨，哪个爹不疼儿子，特别是到他那年纪了。

矿长。

这天晚上，矿长打电话，说请我喝酒，我当然求之不得。在小酒馆一坐，他说："顾，你背后说我为儿子的事犯难了？"我点点头。

"说真的，我动摇了几次，真想为他说几句话，开脱算了。但是，我没这么办。"

矿长讲了一段往事。

那时他是矿工，在一个极艰苦的小井挖煤。有一天，忽然冒顶了，排长一把推开他，自己却被一堆货压住了双脚。矿长大惊，拼命往外拽他。排长亲哥哥一样照顾他两三年，关键时刻又救自己一命，能不豁出来帮他吗？可双腿压得太死，拽不动。这时，只能找斧子把两只脚剁掉才能逃出。可是，顶上哗啦啦又往下掉渣了。排长说："兄弟，你快跑，记住，孩子托给你，长大别让他下井。"矿长哪里依？又要硬扒，这时，忽拉，又下来十几吨货……

排长的眼睛没闭上，矿长哭着说："排长，你的话我记住了。"边哭，边为排长合上了眼睛。

矿长娶了排长的遗孀，那孩子才三个月，就是扬言要断他父子关系的中专生。

矿长眼圈红了："就为了拉扯他，我不再生育。如今，想想我失信于排长，不过，当一名矿头，几千号人的饭碗等着添米，不采取点措施，怎么办？排长要是活着，你说，他会怪我吗？"

我点点头,又摇摇头。"矿长,我们跟您没错。"我冲动地抓住他的双手,"明天,我要把这事说出去,给全矿的弟兄们听听。"

细看矿长,眼角的皱纹挺密挺密,到底是年过半百的人啦。可是矿长,您手里握的这整座矿山,却一日比一日年轻……

墨　宝

将军与日寇血战至弹尽粮绝，壮烈殉国，他的儿子才五岁。一晃五十多年，作为将军遗孤和旅日华侨的刘先生风尘仆仆回到祖国，寻根认祖。

先生回乡，为报效祖国，也为了一桩心愿：严格地讲，他根本就未见到他的将军父亲。这些年一岁岁步入暮年，先生思父之心简直到了无法扼制的程度。哪怕有张照片看上一眼……但是烈士没能留下。然而，将军读过几年私塾，通文墨。他有一幅墨宝赠给过一个部下，也就是说，这墨宝散失在民间。至于墨宝是书是画，先生不知道，也不在乎，见物如父。先生第一步举措是出资一百万，求收藏者割爱。

小县城霎时间沸腾起来，真有些书画送到先生面前，至于来历，说得也有道理，或"文革"间遇难者托存，或自家先人收藏。刘先生一笑置之："这不是。尽管我不知道那是个什么宝贝，然而绝不是这。"

"丢人！"孙膘子火啦，"他那鸟钱怎怎好用，勾得一个个脸和腚全不要啦！"雄赳赳直奔刘先生下榻处，竟看不出瘸来，冲人家道："不用劳神啦。在我那儿。"

先生大喜："只要是先父遗物，一百万绝非戏言。"

"钱？我缺得多啦，一百万哪到哪？这东西是师长送我的，怎么可以给你！"

"老人家,我刘某思亲之心太炽,请您给予同情。至于钱,我可以再添。反正回乡是捐资,我不吝惜。"

"不。"孙膘子噔噔噔走了,扔下半句话,"你没资格。"

孙膘子确实跟将军干过,还当过贴身警卫。后来在恶战中被俘,所幸没暴露身份,关够了,又放出来。彼时将军已殉国,部队也散了,他就种田;新中国成立后差点弄成叛徒,结果白搭上一条腿,啥待遇没有,如今仍给人家打更。好在老东西身体壮实,八十多岁了依然硬梆得很,用他自己的话是"小日本打不死,要我的命可就不容易喽"。不过他处世跟正常人两路,气急了背后都叫他孙膘子,可怜他自己还不知道。

献墨宝的热一下子灭了火。对孙膘子那事,信的,说他膘劲儿又上来了;不信的,也说他膘劲儿又上来了。

刘先生寻根之心不泯啊,千方百计,官的私的都找了,老头一句话:"搜行,抢行,给不行。"

刘先生无奈,携妻子亲来孙瘸子的小趴趴屋:"老人家,我的确是将军的骨肉,政府可以做证……"

"不是这个。你看师长,怎么做的?你,跑到外国,还,还去了日本,你有什么资格?"

老孙头从一卷破烂里找出个油纸包,抖索索地打开。哦,政府官员,刘先生,谁也没有想到,将军的"墨宝"原来是用铅笔写在半张旧伪满报纸上的,大大小小"孙得胜同志精忠报国民国三十五年七月六日"!

官方陪同人员正尴尬之际,却听刘先生哽咽出声:"是了,是了。

我确实没资格继承这墨宝……老人家，只此一眼，今生无憾矣，可是，我苦寻多年，绝不单为此遗墨，我在找一种精神，一个人！如今我找到了……您得让我叫您一声'爹'。"说着，刘先生肘一下夫人，两口子双双在肮脏的泥地上跪了下去……

称　呼

老班长喝得不少。

我心里也怅怅地。老班长当年那是啥风采，他才思敏捷，风度潇洒，全班人跟屁虫似的围在他身后转，男生，女生，弄得我既敬又恨却无奈何。人嘛，谁让你没有过人之处呢。而今非昔比，我虽然屈居师范生，眼下却高高在上，是一个区的头儿，党委书记；老班长呢，他尽管考上省级名牌本科，农民背景，熬到今只不过是个副科级巡事员，又偏在我管辖之下，将心比心，给谁谁也快活不起来呀。

同学聚会，每月一搞，我是很重视的。不用我操心，有同学兼属下张罗。我怎么也不可脱离群众，对不对。全区机关十多名同学，数本书记出息，大家把我奉至上座，老板老板叫得亲切，令人心尖上如同拂着鸡毛，痒酥酥地好受。我绝对不能不参加，让大家看看，三十年河东，三十年河西。昔日的瞌睡虫怎么样？席间我对大家说，别叫老板，咱们同学嘛。可是他们记性不好，也不能苛求。每到这时候，老班长独独叫我的学名。我不怪，他是班长，当初领导过我，现在给他点心理平衡还不行嘛，于是我总称呼他老班长。

现在他又是闷闷地喝了点酒。他生活困难，地位又低，心里不好受，别管。大家咋咋呼呼吵着要去洗浴中心放松一下，我不反对。于是又有属下兼同学张罗。说就那么几步，不用车，老板怎么样？我看也行，老夫聊发少年狂嘛。我们就走在大路上，意气风发，斗志昂扬。迎面一个老头子，破衣烂衫，跟前面同学伸手要钱，没人理；向我伸手，我也没听清他嘟哝了句啥，这样的人见得多了，你给得过来吗？

走出几步，我下意识地回头，见老班长落在后面，跟那乞丐搭讪。真是憋闷极了，怎么理这种人？我刚想喊他，却见他掏出好多，大约是兜里所有的钱，给了那花子。花子差点要跪下，他扶住，郑重地握手作别。

我鼻子一酸。老班长，对不住了，提拔你，本是小菜一碟，看把你窝屈得病态啦。这时有人回头喊我们，便装作啥也没看见，进了洗浴中心。

老班长默默地坐着，呆若木鸡。我说，老班长，高兴点儿。有人说，老班长，遇上亲戚了？他们也看见给钱的事儿啦。但怎么也不该说亲戚来寒碜他呀。我刚要说几句，老班长却点了头。真的，比遇见亲戚还动心。

咦？我好奇地问，怎么回事？他说，好久没听到这样的称呼啦。

我的心猛一下揪紧。刚才，刚才……那老头，哦，想起来啦，怪不得陌生。他喊我，同志，灾区来的，帮帮……就被我甩了！

老班长！我浑身如同爬遍了小虫虫，我的心也在解冻。我无限崇敬地望着当年的兄长，是您又一次复苏了我被酒精和赞美麻醉了的心啊。

这时，又有一个同学喊，老板，咱来点啥？

我沉下脸，说，回去，啥也不来了。今天告诉诸位，从今以后，管我称同志，若再叫老板，我跟他不认识，什么乱七八糟的东西！

人·狗

两年奋斗，祺十分幸运地从"贫民区"搬进了集体供暖楼，成为名副其实的"上层建筑"。

喜庆乔迁，祺却碰上了棘手事：人倒没说的，但他养的一条大黑狗无法搁置，能让它住进高高的七楼？这条狗是祺在山里时养的，有一回傍晚上山拉木头，被压在爬犁底下，老婆带孩子住娘家，无人知他上山的事。眼瞅祺只能压在爬犁下活活冻死，就是这条黑狗，当时才半岁，它跑回村子，发疯地挠祺的一位朋友的门，终于把朋友领上山来救下祺的命，使得中国后来的报刊就有了许许多多署名祺的文章。黑狗的功劳是很大的，祺很感激它，从山村搬到市里，便把它牵了来。可是住从前的平房可以，如今……

祺的朋友欢呼雀跃，道这狗好肥呵，大伙把它吃了吧，正宗的新杀活狗，为示庆贺，咱们集资给祺买一个书柜如何？祺说，那怎么忍心？它跟了我七年，且有救命之恩。朋友们扫了兴，也无法硬要吃，就说，那就卖给狗肉馆。值二百两银子，也能买书柜，你急需嘛。祺仍说，这跟亲手杀了它有什么两样？

急切中祺想到一位家在郊区的朋友，他穷，对付间民房住着，有条件收留大黑狗。商量好之后，祺亲自牵了黑狗送去，让朋友把它锁在院子里。

谁知第三天,朋友的妻子却急火火地来找祺。说那大黑狗自进入新主人家,一直不吃不喝也不叫,只会拖着条长长的锁链,挣到极限,朝北面的路口张望,北面路口通市里,祺就是从那个方向走来。女人说她的丈夫怕黑狗饿坏了,今早硬逼它吃东西,反让那畜生咬了一口。

那狗只怕是疯了。女人惶惶地说道。

祺立即揣上钱奔朋友家。见朋友臂缠纱布,伤得颇重,祺甚觉内疚。掏出钱来,劝他马上注射狂犬疫苗,别的后论。

朋友拒接。虎下脸来吼妻子:"你大惊小怪咋呼什么?这狗怎会是疯?它眷恋旧主,不贪恋陌生人赏给的食物,人都赶不上它仗义!"朋友对祺说:"让它咬一口,值。这狗如此重义,我无论如何没料到,拼出些代价也要收留。让我慢慢地熟悉它,感化它,我有足够的耐心和诚意。"

祺的目光便有些游移,久久无话。

几天后,祺举家从新楼里又搬回"贫民区"。友人们认定他心理变态,读书读愚了,纷纷涌来问怎么啦,你这是为什么?

为朋友。祺淡淡地作答。

朋友?众人心里都有一股说不出的滋味,哪个跟他怎铁,苦争得的楼房竟然肯相让?

铁杆儿朋友

栾作人恨死了他老婆单位的主任于胖子，想了几天，咽不下这口气，就在"会贤楼"雅间摆了一桌，把平时要好的几个铁杆儿朋友都请来了。酒至半酣，小栾又敬了杯酒，双拳一抱："我栾作人从来不想给朋友添乱，今天实在是迫不得已。我老婆让她的上司于胖子给调戏了。"

事情是这样的：栾作人有一天闲来无事，偷偷把妻子的保险日记给弄开了，他一看内容，气得差点昏死过去，妻子竟然与另一个男人有染！晚上回来，几经盘问，妻子说了实话，说是于胖子调戏她，摸她的胸，不过她没有听对方的摆布，只是接受了些小礼品，参加了对方请的几次酒席……栾作人想跟媳妇离婚，又觉得可惜；想告于胖子，这点事又够不上判刑……打吧，他本人还未必是人家的对手，这就请来铁杆儿哥们，求大家帮他出气。

听说要搞报复，那是违法的事呀，当时有两位朋友沉默不语。其中有两个朋友说，咱打听到于胖子家在哪里，瞅空子堵住打，打他个生活不能自理……

栾作人高兴地说："这样最好。只是千万不能让于胖子认出来，那样就完了。"

栾作人有个顶铁的朋友叫高春，俩人好得合穿一条裤子都嫌肥，他说："一个打他不过，好几个目标大，怎么会不暴露？交给我，我替你收拾他。可有言在先，你栾作人不能着急。"

君子报仇，十年不晚，何况这些人中数高春最有主见和胆略，又跟小栾最铁，求他，小栾当然最放心。

过了几天，高春找到小栾，问："你想跟你爱人过下去吗？"

"当然。她保证今后不再跟于胖子来往，我已经原谅了她。反正也没出什么事。"

"那好，我准备得差不多了。"高春说。

栾作人很高兴，果然是铁杆儿朋友，其余的到底差一层。

又过了两个星期，高春又找到栾作人，请小栾吃酒，借着酒劲，领小栾去他仓房里，指着两个纸箱说："看清楚了吗，我只欠东风了。"

"什么东西？"小栾好奇地问。

"你不应当知道。这事知道的人越少越好。"高春眼睛红红红的。

他这是要做什么？小栾的酒吓醒了一半。

细问。高春悄悄告诉他："那是炸药。我一点一点从矿井偷上来攒着的，等攒到足够的量，半夜三更，轰地一家伙，于胖子一家全让他上西天！"

哎呀，原来是这样！栾作人吓得一夜没睡。自己这不是害了朋友吗？高春这么年轻义气，又多才多艺，他犯了罪，再怎么聪明也难逃法网。高春犯了法，会不会牵连到他呢？接下来他又想，那个于胖子虽然调戏了自己的媳妇，但也不全怪人家，怎么也不该连累到人家全家……栾作人越想越怕，他决定请高春喝酒。两人喝到差不多了，栾作人便劝高春算了吧。高春说，我已好不容易准备得差不多了，你怎么打退堂鼓啦？小栾就把自己的想法和盘托出："你义气，也不能让我背个坑害朋友的骂名吧。"

"你如果真的反悔了,那不怪我不尽力。你得帮我把那些炸药搬出去扔到河里。"

栾作人到高春家打开那些箱子一看,哪里有什么炸药,全是锯末子!

"人在气头上,最容易冲动。我用这方法缓解,让你逐渐淡化那种过激思想。现在好了。"高春长嘘了一口气。

小栾紧紧搂住自己的铁杆儿朋友,热泪滂沱……

谎　言

见到老人,是去年冬天。

他瘦高瘦高,一脸倦容,开口说话,口水偶尔便流出来,尤其那条破棉裤,裆胯处白花花的,积满尿碱,是小解时滴上的。

我想,老人完了。

他不知道作家是什么大干部,听说来自市里,七十多岁的老人竟给我行了一个军礼!

不过是到这偏僻山村考察民风,派饭到他妹妹家,便遇上了这老人。村长有意无意地介绍,老头当年是抗联战士,打过日本鬼子,会讲不少抗联故事,您当作家备不住听了有用。

是吗?稍一问老人,他竟然在杨靖宇将军身边担任要职。

我大吃一惊!有这样历史的人,应当在中央任职,损到家也得坐在省里,为什么弄成眼下这副模样?

老人说,日寇归堡子,把所有的百姓都强行集中成一大村一大村地看管起来。抗联队伍找不到粮食,战斗力减弱,军事上又受挫,根据当时形势,他受命率一批抗联战士将武器藏匿,分散转移。结果迷了路,饿昏在冰天雪地中,被日伪军俘虏,以后他们在一张什么纸上摁了指印,便被释放。新中国成立后他把这经历向政府说了,上级说,那是具结悔过,属变节行为,弄来弄去,成了叛徒。被俘后挨日寇的打,这是为了求解放；新中国成立后挨自己人的打，这是命里该着。

我心里一哆嗦，忙问，为什么摁那指印？

老人说，大伙都摁，你不摁，那就暴露身份了。我怕受不了刑，那批武器落到日本人手里，还不是用来杀咱抗联？

其实那张纸究竟是干什么的，老人至今也弄不明白，只想着早早放出去，明春东山再起，谁知杨司令已经牺牲，队伍拉不起来了……

不知哪个头脑发热的东西，笔头子一戳，害了老人一生！

既然没有知道这段历史，你为什么要自己说出去？我十分为他惋惜。

混浊的眼泪极缓慢地从他糜烂的眼角溢出，同志，我在日本人那里撒谎，那不算丢人，怎么向政府还要撒谎吗，我是党员。

村长悄悄和我说，什么证明都没有，再说快五十年没过组织生活了，谁承认！

我心里一又哆嗦。

饭后，我问他，大爷，要我帮您什么，说吧。

这么些年，党不要我，我根本就没有出卖党，怎么是叛徒？咽气之前，要是能承认我在过党，不是叛徒，同志，你就是我的爹娘啦。

老人"咚"地给我下了跪！

我搀他起来，问他要不要待遇。

他说，土埋到脖颈的人，要什么？能吃上苞米粥大饼子，我感谢新社会。

我咬牙切齿，一定满足老人这点要求。

我给老人以无限希望，老人提供了许多鲜为人知的抗联内幕，令我喜得发狂。

返回市里，越想越替老人惋惜，知情人说，当年他是好小伙子来着，否则靖宇将军怎能选他到警卫连；可是摊上那一回事，便不成人啦，娶不上媳妇，胡乱寻了个半吊子女人，缺心眼不说，还有尿炕病，之后连个后人也没留下，如今孤身一人，赖到他妹子家里，受尽了歧视……

这个当年出生入死的战士，别说什么功劳了，现在的人让他体验几天那种生活，也受不了，怎么能这样对待他！我找到民政局长，我俩是朋友。

他要补助？

民政局长警惕起来。

我把老人的要求说了。

局长大笑，老东西有病。恁大岁数，等着死得了，要党票干什么用？说他是不是叛徒，又能咋的？再者，说是没要求，穷山恶水出刁民哪，你一平反，事就来啦，谁纠缠得起？你老伙计真多事，吃饱撑的。

我一介书生，没心没肺，想不到堂堂民政局长、县团级干部，竟这么个水平！我去宣传部、组织部，甚至统战部，结果出乎意料，不是往外推，便是笑我无聊！

无计可施，这事我只好先放一放，待有机会了往上面反映反映，不信没说理的地方。

可转过年，老人的外甥突然找上门来，告诉我老人不行了，却迟迟不咽气，说想我，并且不许准备后事。

我的天！我立即赶到老人面前。

老人已挺了三日，昏过几次。见到我，竟回光返照，坐了起来，同志，我那事……

大爷，批了！您不是叛徒，您是中共党员，过几天市里要送证明来呢。不知哪来的力量，我急中生智就撒了弥天大谎。

我是，党员？我不是，叛徒？

我十分认真地点头。老人使劲抓我的手。

老人只留我自己在屋里。他指着一只布满灰尘的棺材说，不用了，火化，交……党费。

顺着他的示意，我挪去棺盖上的杂物，打开棺材，妈呀，有一堆钱，多少年积攒的，有拖拉机毛票，有天安门一元的……差不多五百元！

我跪在含笑逝去的老人面前。原谅我刚才的谎言吧，大爷，您最恨撒谎，我却让你为一个谎言而满足地死去，还有，这党费，让我到哪里交去呀……

孝 子

人就怕有病。古大妈原来多爽快、多慈善的一个女人,瘫在床上五年,不知从哪天开始,人就变得胡搅蛮缠了。

古大妈的二儿子二乖,读完高中,去了老远的南方做生意,长年不见人影儿,病床前就靠长子大乖和媳妇俩跑前跑后。这大乖是捡来的,待娘啥说道都没有。可山沟里日子本来穷,大乖这几年又老走背运,养牛牛被偷,养鸡又摊上禽流感,手里就没钱。没钱,在老娘面前说话就没底气。

二乖虽然远在南方,可他一刻也没敢忘记娘,每到月底,准汇来两百元钱。大乖总是悄悄给娘送去:"俺弟又汇钱来了。娘,您可得藏好了,前屋小惠见天跑集镇给她的店里进货,您想吃啥,托她买。别叫您孙女瞧见了,那丫头也不知怎么恁馋。"

多出这两百元,大妈在山沟里是最奢侈的人啦。

大妈心里就不平衡。当年她冰天雪地里捡到大乖,那么脏,她解开怀,贴肉给揣回来,眉头也没皱啊。她还特意租回一头母羊,挤羊奶把孩子喂大。喂大后整天"大乖""大乖"不离嘴,亲生的还能怎么样。邻居们都笑她傻,说养人家孩子种人家田哩,说鸡抱鸭子干费力哩。大妈撇嘴,甚话哩,俺就是疼大乖,谁有气就气吧。后来,大妈生了二乖,她左手牵一个,右手抱一个,整天满村子炫耀:"瞧俺这俩乖,给金山也不换!"

现在比出来了，还得是亲骨肉。眼前这个，光知道说空话，从不来实际的。你一天问候八百遍，它能当吃当喝？古大妈心里烦闷，不管大乖在不在眼前，总冲人说："再亲不是娇生子，再扇不是自来风啊。"大乖心里肯定也不高兴，但谁让他穷呢，又怕娘生气，每回都赔着笑脸："娘，儿子穷。那心肯定是有，可就差没那能耐啊。"

"我想二乖。你快到乡里打个电话，把他给我叫回来。哪怕看一眼，我死了就再没心事。你没钱不要紧，这话费我出。"

"没他电话号码呢。弟弟肯定是忙，改天赚了大钱，他自己就回来了，现在我找不到他呀。"

山沟落后，连个电话都没有，大妈又瘫痪，再急，也是干急。

古大妈定时享受着二乖的一片孝心，思儿之情更切，常常当着大乖的面哭，说二乖真是孝顺啊，她想她亲生的儿子。大乖听着，心如刀绞，可谁让自己没钱呢，比不得二乖受宠，活该，只能好话说着，笑脸陪着："娘，您别上火。您一高兴，咱全家就有了盼头哩。待有信儿了，我定叫弟弟回来。"

古大妈临死时，是一声声唤着二乖的名字走的。

大妈走了。大乖哭倒过去，整个人都瘦脱了相，出殡时，摔丧盆都举不动了。邻居们说，捡的儿子，还能当亲生的，这已经算尽心尽力，老太太应当知足。也都清楚大乖没给娘买什么好吃的，是心里有愧，对不住娘。唉，人穷了，就不是人啦……

第二年，二乖回来了。全村人这才知道，浑小子在南方做生意时，犯了诈骗罪，刚刚刑满获释。他哪来的钱孝敬老娘？都是大乖假托弟弟名义，每次忍辱负重地送到病榻前……

二乖一头跪在哥哥面前："哥呀，娘可冤枉死您啦，您才是孝子哪。您怎么就不肯为自己辩解一句呢？"

大乖嘴唇咬出了血："我再冤枉几十、几百回，就可以抵掉老人家活命、养育之恩了吗？孝子难道就为个名声？当初娘若知道实情，她老人家怎么可能活到去年！"

哑　嫂

哑嫂嫁到我们家那年,她十九岁,哥四十岁。

娘说:"大几岁咋啦?花了一大把钱,买回个没声的,我还觉得屈哩。"

哑嫂娘家太穷,爹做主,就给了俺家。过门后,哑嫂活儿干得煞是麻溜,家里外头,没见她有累的样子,只是脸上木木的,待哥,不咸不淡;待娘,不淡不咸。

她耳朵能听见点什么呢。比方说,打雷;比方说,娘冲她说:"你把尿罐拎回来。"她都知道。心平气和时,我高声说些简短的词,不须手势,她也点头。点头就是明白了呗。

一次,哥卖猪回来,乏,和衣睡着了,醒后一翻兜,少一百元钱,便把哑嫂喊来,用拳头捶她的脑袋,话也骂得极难听,哑嫂则任他捶,任他骂,只是咬着唇,眼泪在眼圈里打旋儿。我说:"怕是你自己丢了?"哥道:"她这不是一回,我睡前特意数过的。"

娘也愤愤:"该打!这穷窟窿,好几千彩礼填不满,还往回偷。"

有一次我对娘说:"哑嫂那耳朵能治,咱花点钱,治好了,那多美气。"

娘就拿眼横我:"胡说!哑巴是缺小舌头,你能给她长上?"见我认了真,又小声告诉我:"傻丫,治好了,她还能跟你哥过?咱花钱把媳妇治跑了，狗也能笑出屁来！"

我也无话可说，哑嫂若真走了，想也想死我。她不会说话，心眼儿却好得出奇。

哥坐拖拉机翻车，把脑袋砸坏，成了植物人，只会吃饭，不懂人事。哑嫂活干得更猛了，就像没日子干了一样。闲下来，就给哥擦呀，洗呀，然后，坐在男人身边，吧嗒吧嗒掉泪。

如此一年。娘对我说："就让哑嫂走了吧。你哥这样子，拖累了人家。"我舍不得也不行啊，就痛快地点了头。

娘叹口气："不一定能治好她的耳朵，凭心意吧，一个哑巴就算是寻着人家，也逃不掉受气。"说完，拿出一万元钱，"你陪哑嫂去上海看看。"

哑嫂正给哥扇风，转身望着娘，静静地流下泪来。她嘴唇哆嗦了半天，我清清楚楚地听见从那里挤出一个字："妈！"

匣　子

抗日将领张将军，手使双匣子，百步穿杨，弹无虚发。敌寇闻风丧胆，谁都知道，遇上张双枪，大限就到了。

张将军率众隐蔽于深山密林，时常伺机重创日伪军，名声越来越响，日寇视为心腹大患，屡次纠结重兵多次围剿，却始终奈何他不得。

后来日本人实行坚壁清野政策，将所有民众强行赶到一起屯居，集中兵力看管，使山中断了口粮的来源，抗日队伍难以存活。根据杨靖宇将军的命令，张将军将部队化整为零，继续与日伪军周旋。多日后，饿得实在受不了了，他独自带两名警卫，装扮成农民，分头混进县城弄点吃的。

张将军把两只匣子枪装在一只木匣子里，端坐于小店里吃了顿饱饭，又弄到一点食粮，他的警卫还有一个候在山林中呢。猛地闯进来一帮伪警察，五支枪逼住张将军："哪里的哪里的哪里的？"

张将军编好的话，对答如流；证件也齐备，不怕检查的。

"你那里面装的是什么？打开看看。"一个警官指着放在张将军手边的木匣问。

"匣子。"张将军照实道来。

"打开看看。"

"就是匣子，别的没有，匣子啥好看的，看了后悔。"

张将军不屑一顾。

伪警察越发来了认真劲儿:"让你打开就打开,哪那么多淡话!打开打开打开打开。"

张将军慢腾腾地站起,嘴里嘟哝着:"告诉你们就是匣子,不信。打开,你们一看不恶心才怪。"

警察们这时已懈怠起来,只道这庄稼人肉头,谁知木匣打开,张将军早已双枪在手,厉声喝道:"我是张双枪。你们把家伙扔了,咱们两不计较。"

众警察魂飞魄散,老老实实扔了枪,我捆你,你捆他,在张将军的指令下做得相当麻利。剩一个,张将军亲自动手,捆好,堵嘴。然后,冷冷一笑:"多事。告诉你们是匣子,不信,你们说,有什么好看头?"

扬长而去。

在密林中,张将军见到了候在那里的警卫,另一个大约已落入敌手,始终未见。警卫狼吞虎咽着张将军带来的吃食,边听他讲述小店脱险的经过。

"五支枪盯着您,能把枪抢到手?"警卫不大相信。

张将军说:"小家伙,也没啥,动作得快,乘对方松懈的时候,冷不防出手。"

说完便把双枪装入木匣,开匣,取枪,示范给警卫看。

警卫目瞪口呆,看不出个中技巧。

将军来了兴致,重新装枪入匣,慢慢地做给警卫看。

此时警卫已然立于将军身后,待将军合上木匣,他突然掏出枪对准将军:"师长,别恨我,我实在饿怕了,想用您换口饭吃。"

将军稍稍一愣，随即哈哈大笑："没关系。我不悔。我防不了你，这次不动手，机会还是多的是。你到底也跟我杀了不少日本鬼子，记住，你今后别为日本人做事。开枪吧。"

枪就响了。

警卫果然听将军的，日本人的事好赖不做，只要求种地。但光复后，他的档案还是被查出来，押到当年枪响的地方，用一种叫"点天灯"的死刑方式处死。

关于将军，县志上是这么写的："……由于叛徒的出卖，在一次与敌人遭遇的激烈战斗中，奋力击杀敌人无数，最后，壮烈牺牲。"

第三辑 乡野微风

箫　声

箫声每天这个时候响起,有时在屋子东方,有时在屋子正北,有时在屋子偏西。女孩痴痴地听着,她略带憔悴的俏丽面孔,泛起两片红晕。

"是谁吹的?"箫声停了半天,女孩才喃喃自语,也像是问母亲。

"人呗。"母亲有些不耐烦,"都是闲的。弄那么个玩意儿,叽里呱啦地叫唤,能当吃,还是当穿哩。"

女孩就不再吱声,瞅着窗玻璃发呆。

十天前?一个月前?女孩也记不确切了,只记得她迷迷糊糊地昏睡着,突然就有一泓甘泉从她心底流过,滤得她心底深处许多沙尘刹那间没了踪影,醒来就听到了那箫声。

母亲说,睡吧,啥时候了。

女孩说,您睡您的,这睡觉可不能结伙一块入梦呢。

于是熄灯。女孩睁着眼直到把窗格瞅白,母亲也睁着眼直到把窗格瞅白。

箫声再次响起时,母亲便循声找了去。见是一个清秀的男孩,就那么旁若无人地吹。箫声说不上好,也说不上孬。母亲其实也不懂这。

母亲板着脸问,你哪的?家里没活吗?三更半夜,跑这呜哇什么,怪吓人的。

母亲又说，你龇口牙笑个屁，显示你牙白呀。

母亲最后说，你要是再不滚，我跟村长说你扰民，把你轰走信不信？

男孩看似城里人，山村人哪有弄这东西的。回城里要翻过龙岗山的，他退到岗顶，扭头看了一眼，恋恋不舍的样子。

夜晚，女孩仍然静静地躺着。

母亲说，睡吧，人让我骂得滚了蛋，这辈子不会再回来了。

女孩没有吱声。

但母亲看到，女孩是睁着眼的。

母亲就紧张，你俩是不是……那个了？

女孩冷笑道，人家就是跟我讨了小半瓢水，还没喝完。他是地质队的，问过我叫什么。

就这？

就这。

完了？

完了。

母亲长舒了一口气，她估计闺女也没那个出格的胆量。

冬天来临，女孩就生了病，确诊是血癌。转过年来，女孩死了。女孩嘱咐娘把她葬在房后山坡上，就是男孩吹箫的地方。这个县还没实行火化。

母亲的心又一次被撕得零零碎碎的。当年，她恋上一个城里人，两人海誓山盟，死来活去。后来，她生下女孩，城里人却不翼而飞。未婚先育的母亲为此受尽歧视，把女孩拉扯大。她发誓要保护好这株弱草，绝不让她接触城里人。然而……

母亲知道闺女是害相思死的。唉，不如遂了她。母亲又遗憾地想，那小伙子若是个山里人，多好。

每当夜晚，母亲总听到凄婉的箫声。

她爬起来细听。是风。风扫过树梢，听来格外揪心。

母亲重重地叹气，闺女呀。

又一夜。母亲被风惊醒。她爬起来，哎哟，是箫声，那小伙子的箫声！

母亲跌跌撞撞地奔箫声跑去。

小伙子那次边走边回头看，不提防身后绊着了藤萝，摔到岩石下，摔断了腿。直到今年入夏才康复，他又迫不及待地来吹箫给女孩听。男孩是地质队的资料员，一眼看好这纯净的女孩，便向女孩求爱。女孩说她讨厌城里人，只要是城里人，免谈。男孩不喜欢甜言用蜜语哄女孩儿，于是他白天做资料，夜晚就赶过来用箫声倾诉。男孩坚信，凭自己的诚心，不会感动不了对方。

母亲顿觉天旋地转，她放声大哭，闺女——呀。

母亲的声音凄厉厉的，像树梢上的风。

白　毛

白毛爹五年前去世时，他娘便吵吵有了。有了就有了呗，书上叫遗腹子，山里人叫背生。如果这当娘的怀着这孩子嫁了人，便叫带肚子。白毛娘偏不肯嫁人。只是那白毛有些怪，天天讲月月讲只是不肯出来。

白毛生下来顶着一头白发。她娘一见大哭道，那日在后山大洞捋山菜，累极了睡过一小觉，猛睁眼，看见面前一只白毛狐狸。回来后便发现这小杂种上了身。

白毛小时候"鳖精"。八岁时跑八里路读书，回回考第一。白毛学字走火入魔一般。冬天上学，拿树枝将路两边雪上都写遍了。白毛得着哪划哪儿，上体育课站排，谁也不愿站在他前面，嫌脊梁上让他划得痒。

偏偏雪花不嫌，天天跟白毛一道上学，一道做作业。顽童们骂他俩"两口子"。雪花哭，哭够了还是找白毛。再骂，雪花说："两口子就两口子，你眼馋回家跟你妈去。"

雪花妈可急眼了："小贱胚子，别上学了，怎么敢跟个杂种一块玩！"

于是白毛自己上初中上高中，照样回回考第一。后来全县有两人考进北京念大学，就有白毛一个，白毛分数比哪个都多，还是第一。

雪花依然跟白毛书来信往。雪花娘管腻了，也不再费唾沫。愿咋的就咋的吧，杂种出好汉，私孩子中状元。不服劲，哪个也考北京试试，那叫北京呢！

白毛去北京头一晚上，雪花去送别，让白毛给亲了一口。雪花娘过后大吵大闹："小贱胚子跟白毛凑嘴，死活是他家的人了。"

全村公认，谁也不说白毛好，谁也不说白毛坏。大学生是干什么的，反正识不老少字，剩下的谁知道。

雪花便去侍候婆婆。谁也不说对，谁也不说不对。亲都亲了，对不对顶什么！

忽然白毛来信，跟娘说他有对象了，是湖南人，过几个月要领回来看看。

山里人眼直了：啥社会啦，怎么还兴娶俩老婆？！

白毛娘当时昏倒，醒后大骂白毛混蛋杂种，念书念哪去了？早晚怕分不出麦苗韭菜！白毛娘立即让雪花代笔写信，警告他不许在外头娶小老婆！

白毛回了信，说不是娶小老婆，主要考虑跟雪花没有共同语言，将来不能幸福，再说跟雪花什么手续也没有过，还是早分手好。

放屁！念了几天书。难道不会说中国话了？为什么没有共同语言！山里人动了肝火，比苏修侵略珍宝岛还要厉害十分！于是雪花写信，贫下中农联名盖章，告他学校去！雪花进驻白毛家，宁死不走，看他敢回来给用铁锹除了去！

白毛学校接连收到来信，便找白毛谈话。白毛的湖南妞已有了，只好电流，上手术室之前大骂白毛诓了她。白毛百般解释，哪里有人去听？只好长叹一声，自绝于人民，挂上了歪脖子树。

自此雪花发誓永远不嫁。他白毛不仁，我不能不义，人不就是争口气嘛。邻居都竖大拇指。

山里人唯独不能饶恕白毛。每每相诫："别叫孩子识字解文的啦，损事坏事，离了喝墨水的，还干不出来！"

白毛也让山里人得过好处。农科站推广玉米杂交种，邻队买回去，但一看粒子太瘪，怕误了田，都偷偷喂马用了；唯白毛村里人一听杂种二字，欣然接受，当年获利。农科站大诧，何以最封闭的山村竟最开化！

每每见雪花早晨挑水，山里人就骂白毛："这么个好媳妇，他没福享受。死了活该，死两回也不多！"

毕竟家丑不外扬。到了外地，白毛村里人却挺直了腰："俺们村，考上一个北京的呢，人家那脑瓜，喊！"回来，则又对白毛不齿。

后山大洞不知何时改名叫狐仙洞。没有人倡议，没有人研究。改就改了，叫什么还不是个叫。

通往洞口有一条小路，后来不长草了。

长不长又有啥，草呗。

哭　嫁

谁留下的这个规矩，无从考证。反正这地方几里几十里也许几百里都这样：闺女出嫁那天，无论上轿或骑马，都必须大哭着离去以表示女儿不愿离开爹娘，倘若女儿家在当新娘之日喜形于色，岂不显得傻傻咧咧贻笑大方？中国人的传统美德便是含而不露，所以出阁时必须如赴国难般生离死别般悲号，至于燕尔新婚至于两头喜主均大剪特贴其"喜"字则另当别论。

终于有临嫁姑娘哭不出来。喜事嘛，告诉你哭几声便做得到么？于是折中，父母也曾打那时过过，便从宽改为号嫁，只有哭声而无泪水，久而久之，哭声便无泣如诉进而如歌如诉进而如诉如歌了，此处人哭嫁后来如唱歌，但有做作，袖子须时时往眼上抹，以示泪如泉涌然。

几年后忽然爆出个冷门，芹子临出嫁时竟然哭下泪来。她出门只说得一句："娘，俺走啦。"走出几步，无声。猛地"呱"一家伙哭将出来，而且声泪俱下，众人慌忙搀扶的搀扶，劝阻的劝阻。想不到不劝则已，愈劝愈搀越哭得凄切，最后竟哭昏过去。幸而民间早有掐人中撬牙关等验方流传，才救活。

芹子自此被公认为孝女。

"看人家爹妈，真没白养活了闺女。"

"管怎么的，好看！仗义！"

"人家那孩子天生懂事，从小不言不语的，就晓得心里有道道，哪像这些东西，山毛野兽的，教的曲儿唱不得哟。"

芹子在婆家娘家两头均受到特殊的宠爱与尊重。婆家赞叹儿媳有家教重感情尤其本分（听到后男人高兴得眉飞色舞），娘家体恤女儿对父母对家庭的眷恋。所以夫妻恩爱婆媳和睦皆大欢喜。

芹子出嫁后，只生得一男一女，女儿小凤长大成人，也有了对象。到了结婚的临儿天，心里却发了毛。哭嫁之风直到80年代依然存在，而小凤怕哭不出来，只得鼓足勇气，跟母亲讨教。

芹子对女儿说："凤子，我可掐破耳朵嘱咐你多少回了，那天，装样子也得给妈装。"

但小凤仍怕哭不出来。男婚女嫁，古人留下的，最正常不过，有什么值得哭的？

"那么你就不想妈么？"

"想，我回来看您；不行，接过去住也行，又不是千里万里，不就翻道岭，一个小时的路程。"

当妈的叹了口气："其实哭不哭有啥？妈也长不出一块肉来，不过咱家名声好，大伙都瞅着呢。当年，妈也哭不出来，可一出门，我胡思乱想，心里一想，前岗有个闺女嫁出去三天让人家给送了回来，弄得爹打娘骂，这种事要叫我摊上可怎么办呀，一想，就跟真事儿一样，眼泪也立时蹿了出来，接着就哭，越哭越像真事儿。这哭有时怕劝，越劝越厉害，冷不丁又想起，这么哭，眼睛哭肿了可难看死啦，忍着点吧。谁知不想忍还好，越想忍越忍不住，哎呀那顿哭呀。"

女儿大笑："太好玩了，妈，您可真会整。"

但母亲脸"呱嗒"掉下来："说归说，笑归笑，告诉你，凤子那天你要不哭两声,我叫你婚也结不清闲。"

"……"

"不用笑,实话说了吧,我毒药早买下了,你一出门,我就喝下去,你能结成婚?"

凤子目瞪口呆。

那天凤子果然一出门就大哭,先是有声无泪,之后想起母亲,她也太狠,哭就哭罢,但不该用那么损的法子要挟她,于是泪真也滚了下来,虽未及芹子当年那么重,但也确实感动了邻居。

"这年头,不容易不容易。"

"人家那家庭,什么教育!"

后来凤子知道,她妈压根就没买什么药,只不过说句气话罢了。

凤子很感谢她妈,当然包括对那天误解母亲苦心的歉疚。

经　验

这沟里头，真正婚姻自主的是墨斗的妈。

墨斗妈十七大八时，夜里睡不着，就听她爹和她娘嘀咕她的事。原来已把她许了人家啦，外地的。说是那小子有文化，爹妈都是教学的，家中日子好。也可能是墨斗妈上街买洋油去，让那家看上了，图的是闺女人长得好，又稳重，就使人来媒，这好事，当爹娘的自然一口应承，哪知墨斗妈霍地从炕上爬起来："谁看中了谁去，少扯连我。"爹妈目瞪口呆：这丫头咋了？恁好的茬儿不去，难道要当娘娘？

害羞，必是害羞。也不对呀，害羞就只当睡着了，起来吵啥？这丫头。

后来渐渐知道，闺女原来心目中有人啦。是本沟小二驴子。二驴子是小名，其实人倒挺老实的，天天在队上干活，免不了有侧重地帮衬些个，如铲地，男的给女的把上垄，帮拉一锄，女的就轻快多了，等等。

这点情谊，细说起来，不算啥。

"怎么，你想跟二驴子？"娘问。

闺女搓苞米，不作声，脸红红的，手越搓越快。

"告诉你，别跟二驴子。这穷山沟沟，兔子不拉屎的地方，熬一百年也不带出头的。二驴子人倒挺本分，可人能当饭吃？当衣穿？你娘过的桥比你走的路都多，你听娘的，没亏吃。"

可姑娘铁了心，盐酱不进。她念了几年书，在山沟里算个文化人。她当着记工员，二驴子是民兵排长，二驴子帮她干活，她教二驴子识字，哪点儿不好？非要找个不认不识的去过，不干！说下天来也不干！

"你怎么不听俺姥娘的，跟俺爹跑这么个穷地场？"逼急了，墨斗妈也揭她娘的短。

"哎呀，我的亲孩子。娘可不就是吃了不听老人话的亏啦。那时给我说的那个人，人家十分乐意，可我就鬼迷心窍，跟你爹这个老熊种跑这儿遭罪来啦。那个人呢，如今当区长，看家里势利的，要什么没有？孩子，别傻了，虎毒不吃子，娘还能哄着自己亲闺女下火坑？"

有理，可闺女不听。二驴子哪点不好？十年河东，十年河西，怎知道人家就穷一辈子？

反正外地那人坚决不看。娘让她去一趟，看不好也不要紧，看不好再跟二驴子，娘也不再管。假如看了，也许会动心，娘是这么打算的，可闺女不去看。

这就闹翻了脸。娘说，我锯下你的腿来，也不让你跟二驴子。

"锯吧。"闺女端坐在炕沿上，"锯掉了，二驴子背我过去，他说的。"闺女此时，竟不知羞了。

娘操起刀锯，只一下，闺女白花花的腿上便冒出红来，吓得娘当啷一声把刀锯扔在地上，捶胸顿足，号啕大哭："我的小活祖宗哎！"倒像是她让女儿锯着哪里了。

墨斗妈终于嫁给了二驴子。婚姻自主，大队团书记领着小两口，到公社。公社民政助理二话没说就登了记，并再三叮嘱："这就是合了法啦，你们今晚上就可以搬一块睡，该干什么干什么，哪个敢管，我拿小绳拴他。"

墨斗姥姥从此不许墨斗妈登门。大年正月，买了蛋糕，都给扔到雪地里。直到墨斗九岁了，墨斗姥爷病危，墨斗妈两口子张罗了帮爹爹治病，这才重认了关系。

墨斗妈受到上级的表扬。

那阵子也讲自主。不过都是先由媒人和双方父母相看得差不多了，一对小青年才见面。这么个自主法。

哪有自个找的？且付出血的代价，难怪上级要表扬。

墨斗妈跟二驴子也就是墨斗爸结婚后，就生了墨斗哥哥和墨斗。四口人算小家口，生活不太艰难。农村嘛，上哪花钱去？有口吃的就中。怎奈墨斗爸后来净生病。生病就得花钱，吃一副汤药一两块钱，工分一天才两三毛。哪家子抗得了？因此日子就不济起来。

结了婚，事多起来，墨斗妈没能教墨斗爸认字，渐渐地，自己念的几年书也就着大饼子吃啦。间或也有后生们听爹妈说，你什么婶子或什么嫂子当年好文化呢，还当过队里的记工员。后生们来请教她，墨斗妈说："那都是老皇历喽，提不起来。"但心里也蛮高兴的。也有时不大好受。总之什么滋味都有。

80年代，小墨斗长到二十多啦，细高细高，挺俊的闺女。自然多的是小后生们勾搭她。墨斗择优录取，选中了对崖的一个，选中了，搁不住，便说给妈听。

妈脸色煞白："怎的？亲孩子，你要嫁在这死沟筒子里？想跟你妈一样，挺好的大闺女成了大字不识的老太婆！不中不中不中！"

墨斗说："妈，这就是你的不对了。当年你和我爸，自由恋爱，姥娘都管不了，今天怎么到了80年代，又反回去啦？"

墨斗妈说："我可不就是当初没听你姥姥的话，嫁了你爹，遭了半辈子罪，上的几年学也白扔了。要是嫁出去，在城里找个工作，多舒心！当年看中我的那个人，如今是电台台长，哎！"

说什么也不许墨斗嫁在本沟。墨斗哭了些，闹了些，墨斗妈不着急不上火，不打不骂，就是一件，你要在本沟里找对象，你妈一天也不活了，不信你试试。

墨斗妈说："这沟里不能好了。"闺女都年轻无知，三言两语糊弄得自家姓都忘了，不懂什么叫感情，她不能让女儿再往火坑里跳。这是经验。至于婚姻法，她不管。有一个死够了，那也不能眼瞅着女儿跳火坑。

墨斗到底嫁到了城里。

嫁到城里后生活挺美满。男人开车，一月好几百，墨斗贩蔬菜，一月也是好几百。

墨斗妈又成了这沟里头一个干涉儿女婚姻的人，虽然法律不允许，可她干了，可满沟里的人除了对崖那家及有关亲属，没有说她不好的。

大伙哑巴哑巴嘴，说："还得念书。你看人家墨斗她妈，那眼光！"

话　谜

　　五娘二婚，一个高小大学生，从镇上来这山沟沟，嫁给大字不认一个的五爹。都寻思三天两早上的事儿：太不般配啦。可人家两口子过得和和美美，妒忌得一些汉子常常回家找碴儿刁难自己的老婆。五娘嫁给五爹后过了三年，五爹就因为崩石头修大寨田吃了哑炮的亏，崩得血肉模糊，终于没救过来。五娘玉也似的一个人儿，又是二十六七岁的年纪，莫说出沟，只这黄桷峪仅童男子也够一个排，哪个不惦记着？新社会谁为谁守个啥哩。可是，五娘说，我不嫁，谁劝也不中用。就一回回把媒婆噎在了那里。女人们知道她的心思，便暗示那些对五娘有意的男子：烈女怕缠郎。她在气头上，口风硬着哩，硬攀肯定不成，待过够了独钻凉被窝的日子，不由她不动意，谁个没打那年纪过过？然而，等五娘把女儿小兰带大又嫁出去，她一不跟女儿去，二不再嫁，就那么自己撑着过。

　　五娘成了一个谜。她自己说，就为五爹那一句话，她这辈子决定了。

　　啥话呢？要她坚决守住，不的话，五爹做鬼也来缠她？这话吓唬祥林嫂行，如今什么年代了，五娘又是一个出名的犟人，想走，多少个也早走了。她怎会听这一套？

　　女人们便试探："老五到底留下了啥话，不说出来，闷死几个呀你？"五娘便凄凉地笑笑，该说的时候，不用你们套，眼下不到时候。五娘这脾气都知道，她不说就是不说，费多少唾沫也白搭。

五爹那句话就成了一个谜，当然，这事若不是搁五娘身上，大伙也许不能关心到这程度，五娘玉也似的一个美人儿呀。

日子到了人民公社解散，黄桷峪大大小小的事都被人们淡忘，唯有五爹的那句话，作为一个谜，百猜不腻。猜不透也都在心里嘀咕。我作为晚辈，明知道是冲着五娘来的，但谁又能把谁怎么地？

一天，镇中的吴老师突然来到五娘家。吴老师曾是五娘女儿的班主任，却从未来家访过的，因为黄桷峪只有一个念中学的，大约不值当来。吴老师在五娘家坐了很久很久，临别是耷拉着脑袋走的，五娘连门口都没出。这就更奇了：恁热情好客的五娘今儿怎么啦？

关心五娘的人又陡然多了起来。女人们去她家坐呀坐。五娘到底沉不住气了，承认，她跟吴老师老早就有那层意思，他俩小学同学同桌呢。后来，俩人到底还是没到一起，各自成了家。吴老师前几年死了老婆，就惦记着重修旧好，白天来，就为的这。但是不成。五娘求大家不要再问这事了，她有些伤心。

吴老师可是镇上有头有脸的人哩。别人倒罢了，嫁他不只是五娘的福分，连整个山沟都光彩哩。第二天，便有人找到吴老师，大伙愿帮忙，促成这桩好事。

礼拜天，吴老师带着厚礼又来了。五娘淡淡地说，东西多余。我让你做一件事，你办到就妥——你把崔半仙那牌子给我砸碎，我随后就跟你走。

"这……"吴老师犯难了，"淑香，过去的还论它干啥呢，崔半仙国家都不管，我一个教师，怎好……"

"还是。"五娘一下一下点头,"你回吧。"

吴老师最终只好空回。

五娘顶着屋子号啕大哭。她从未出声哭过,包括五爹死。

原来,五娘跟吴老师好,差点要成了的,可是,吴家找崔半仙算了一卦,断定这婚姻不成,成了就大凶。吴老师爹娘便横拦竖挡,不让他俩接触。五娘不服,也去崔半仙那儿算。崔半仙说:"小妹,你这命克夫。你要吃三眼井的水。"五娘自然吓得要命。崔半仙又说:"你要破解,两个法儿。一、出一百元,我保你太平;二、这……"崔半仙眼里那神色五娘能看不出来么,她二话没说就跑出了崔半仙的小卦屋。

她找到当年的小吴,问这事怎么办。小吴也没主意:一百元,那年头上哪儿拿?另一条……小吴不好表态。偏那时他家追得紧,要张罗给他定亲。俩人商量,嫁就嫁吧,真妨死两个,不就结了?到时候小吴一定还要找淑香的。海誓山盟,才算作罢。

五娘先后嫁了两家,果然如崔半仙所说,都没过上几年……

那现在什么顾忌都没了,还怕啥?

"为老五那句话。"五娘说。还是那句话。

有贴心的锲而不舍的人,到底弄清了五娘不嫁吴老师的缘由。

五娘本来不可能下嫁五爹这样的孬人,可是五爹的爹土改时是骨干,不由分说,活埋过五娘当过几天伪警察的爷爷。那时候,埋了也就埋了,没人追究该不该。五娘死掉头一个汉子后,便想,报仇的机会来了:嫁给他儿子,妨死他。谁晓得婚后五爹待她出奇的好,把五娘感动了。五娘就半遮半掩地告诉五爹算卦那事。五爹笑了:"听崔半仙放屁。就算给他一百元钱,他是天老爷的小舅子?生死大权他掌着,还用干算卦那下三烂营生?"后来,五爹吃了哑炮,临咽气前,五娘对他说，果然我就妨了你。五爹说:"不准这么讲。那哑炮我不去排,早晚也要伤别人,跟你有什么关系?"

"就为这一句?"女人们不信。老五一句让她们猜了多少年的话谜,原来就是这?这句如此普通的话,让五娘为她守一辈子?

"你们没法知道。那句话让我当时差点死过去。老五大字不识,可他那话,吴老师能讲得出?当初,我对他痴死心了,说,要嫁别人,也要先给了他。他不敢要——怕妨了他!"

吴老师到今儿未再娶。五娘现在还单过。

李玉的老婆和李玉的癌细胞

李玉的老婆是白捡来的。白捡归白捡,李玉可常常受他老婆气。

夜里,李玉目光涎涎的,东收拾西收拾,该干的都干了,不该干的也干了,仍不急着去睡。最后,看到老婆有了点笑模样,才敢试探着朝身边靠近;老婆脸呱嗒掉下来,拐一肘子:"滚一边去!"李玉则哼也不哼,一脑袋砸在枕头上,顿时就睡死过去。直到隔三岔五不掉脸子也不拐肘子了,才提心吊胆小心翼翼地改善一把,过后千遍万遍品不尽哑不够的滋味儿。

李玉五大三粗,有的是力气,且赶得好车。尤其是鞭头子又准又狠,任怎么咬牙的牲口,从没过三鞭子,保准打服;李玉坐在车上,使鞭子打蝇子玩儿,一鞭一个,鞭鞭不落空。同行们都称他李神鞭。

可惜李神鞭不认字,老子又不中用,所以迟迟说不上家口。幸喜天老爷照顾,那些年天天搞阶级斗争,贫农地位如当今之物价般飞涨,这才让他娶了王婷婷做媳妇。

王婷婷高中刚毕业,父亲就被揪出来,漏网地主。她那位初恋着的同学立即就把她蹬了,还说了不少有关阶级的绝情话。婷婷一气之下回到沟里,专挑那又笨又丑的嫁,只要成分好就中。这就让李玉捡了去。

过门不几天,李玉就挨了老婆的骂,骂他全没有男人气概。挨了骂,李玉也糊涂,男人气概啥模样,他看也没看过。因此就嘟嘟囔囔地

第三辑　乡野微风

撃嘴：“什么男人气概，你就是嫌我不识字。”他这个人说过就拉倒，而且声音小得连他自己也听不全。待到老婆厉声追问一句：“你说什么？”他早已提上鞭杆子逃出门去。

这一天，李玉赶车拉了两车白灰，里套大骒马发情，跟车的赶紧牵了去配，他也早早将空车赶回饲养所，提了鞭子回家。一推门，吓呆了，大队支书正跟婷婷俩白花花地搂在一起。李玉赶紧退出来，自言自语：“这怎么好，这怎么好？”等大队支书边系裤腰带边踱出来，见李玉闪在门边，就厉声问：“怎么这么早就卸了？”李玉很委屈，分辩道：“大骒马返群（发情）了嘛。”支书便恍然大悟：“噢，那不怪你，你进去吧。”

李玉发现，这天老婆待他格外好。

李玉也不大赞成大队支书。你家里没么，凭什么上人家这里来？但他不敢跟人家理论。论力气，他能打大队书记仨。可人家有权，你动，民兵连长都归他管，你能制过人家么？

也就忍了。

以后许多大队干部都上他家来，他便越发不敢管。一个都管不了，何况一大帮呢？

李玉因此得以在大队副业组赶车，大队工分值高，还有补助，这是偏得。假如人家就是要占了你老婆也不让你上大队赶车，你又能怎么的？

李玉家孩子好几个，一个一副模样。李玉不自在，可他制不过人家，还有什么法子？

后来李玉分了田，他仍喜欢摆弄车。他觉着大鞭子叭叭地甩在牲口身上真是件惬意事儿。牲口嘛，一挂车作价三千块下在账上，他赶着拉白灰，日子一天天水灵起来，村干部们常来吃点喝点，当然跟婷婷那事总不断。李玉也懒得计较。四十多岁，眼瞅老了，还管他什么劲？管了，当初那些脏点子也抹不净。李玉想。

李玉有一个阶段肋骨里痛，痛起来赶不了车也喂不了牲口。婷婷弄他去医院检查。完了，是肝癌，绝症。怕没什么活头啦。

村支书这帮子干部高兴得差点得了喜癌。李玉这个活王八一死，王婷婷更成了公用的啦。他们便指使心腹直截了当地告诉李玉：你不行了，想吃什么就买点什么吃吧。

李玉听说自己得了绝症，跑到祖坟上好顿哭。哭够了趔趔趄趄地回家。一进门，孩子们没一个在屋，村支书正压在婷婷身上大喘气。李玉上去一把薅过来掼在地上，摔得哼了一声。支书刚返过神骂出一个字，李玉又扑过来，抓小鸡般提起，呱呱俩嘴巴子，支书当时血口里喷出一个牙来。李玉打得性起，一手提起支书，另一只手绰鞭子，踹开门，隔着篱笆撒到菜园子里。人没落到地上，鞭子早跟上来，嘴丫子立鞭见影，早绽出个大豁子。然后一掐腰，喝道："操你血奶奶，你睁开眼，认识认识我。"支书鬼哭狼嚎，怕再一鞭子跟上，硬撞破篱笆而逃。李玉骂够了，跑回屋里，把已经坐起在炕上的婷婷劈面一顿耳光，直扇得跪在炕上叫亲爹。李玉吼道："今儿好生伺候伺候你亲爹我！"

李玉一生从未如此痛快过。

自此没人敢找婷婷调情，都远远地躲着，暗咒李玉癌细胞早点扩散，早早死。

可李玉偏偏不死，反而越活越胖，红光满面，一天到晚唱唱讴讴，倒差点把那帮干部气出癌来。

半年后，李玉到医院检查，十分意外，他的癌没了！癌不可能变没，估计当时不是误诊，便是搞错了片子。这似乎不重要，重要的是李玉的癌细胞找不到了，重要的是李玉如今红光满面身体状况比以往任何时候都好。

旁观者毕竟粗心，诸多细节哪是局外人可以掌握的？不知什么时候起，骂声又渐渐从李玉老婆嘴里传出，很快达到了"通骂膨胀"的程度。李玉又变得猥琐起来，家中男女间的事只有他看的份儿，压根儿靠不上槽。

村领导班子换了一些人，又上来一些。新的旧的都跟婷婷不赖。原支书照例上李玉家，与婷婷眉来眼去，李玉干脆一边躲了，下不下台人家到底是支书，瘦死骆驼比马大嘛。

也是。

大　脚

　　筹划了好几天，白费。生就的骨头长成的肉，这玩意儿没法改。

　　这双大脚当年真害苦了她。那时她不过十四五岁。到沟外念书，要过一条小河，夏天遇上涨水，独木桥淹了，小伙伴们绾巴绾巴裤腿，趟着过。她也趟。可有一遭刚脱下鞋来，恰巧栓柱子回头，"妈"地一嗓子："哎哟，大脚！"所有的伙伴便都来看，都一齐"哎哟"。窘得她当时眼泪哗哗淌，真想一头扎进河流里淹死了事。

　　不怪别人。连她自己也没法不承认这双脚难看：又长又弯，二拇指比大拇指长出一大截还不说，小脚趾旁还鼓出一个包！寒碜！但有什么办法呢？她鞋子已小到43号，整天挤得生疼，也不敢脱下来，还能剁一截去？

　　福来子很快跟她生分了。福来子原先和她可好呢，上学，剜菜，哪回都约上她，遇事也总是偏她护她，自从那次以后，就两样了。她成了怪物，一天很少有人搭理她。更令人不能忍受的是兰花她们几个女孩子，不管水大不大，放着独木桥不走，偏偏要趟。露出那一双双白嫩嫩的小脚……

　　不知哪个短命的，又学了段破唱儿传开来："脚大站得稳呀，鞋大好绣花，一匹绸子做双鞋，将打将够哇……"单等她在半拉时，抻着脖子吼。她生气，但又不敢说。我唱大脚唱你来么。捡银子捡钱，还有捡骂的？只好晚上拱进被窝里掉泪。

只要能换兰花那么一双秀气的小脚，将来嫁给王膘子也干，她有几次这么寻思。

以后她得了个"孙大脚"的代号，还有人解释说，孙大脚就是孙子脚大的意思，再以后，就是所有的男孩子，无论高的矮的丑的俊的，就是没人理她，连富农的女儿孙焕芳也有了对象，单单只剩孙大脚一人没主。

恨也没办法，她只好拼命读书，读那些枯燥无味的书。想不到她因此得了好处。一恢复高考，就让她考上了，全县第一，上海复旦。

渐渐地，她把那个令人恶心的外号淡忘了。大地方人对脚不那么十分关注，她的自卑感也相应地减弱，消失。在研究民俗时她才知道，她的故乡讨厌女子脚大比其他任何一个地区都甚。于是她发誓终生不再回去。想了，让父亲母亲来看她，捎带逛逛大城市，不比拱那沟筒子强！

但这回是非回去不可了。不亲自回去考察，她的那本有关民俗的书便难以印得理想，有些材料欠缺。

那就回去。尽量弄双从视觉上显得小一点儿的鞋，穿了回去。

县文联用小车直接送她回故乡。省文联的干部，了得！

早有乡亲们候在村口。这山沟自打有人烟到现在，就出了这么一个当官的，而且是省里的官。

一眼认出了兰花、栓柱、福来子，都三十来岁的人了，好快！瞅瞅自己，有些得意，虽然迎上去握手时迈步仍有些谨慎，唯恐那双大脚扫了兴。

忽然她发现这个村的大姑娘小媳妇一律都穿大鞋，少说也得比脚大一两号码。肯定不是特意穿给她看的，因为有些鞋看上去穿了一两年了，而一个月前，连父母也不知她要回来的。

嗯？

静下来以后，她开始搞民俗调查。说到脚，都摇头："脚大点小点有啥？那玩意儿是天生的，咱这山沟上坎下坡的，脚大更好，越大越出活儿。"

她纠正说不是这样的。从前咱这儿有风俗，歧视女人大脚，当初必然有说道有原因。

白费。死活没人承认有过大脚小脚的事。

她不无遗憾。那本书终于还是少了点什么。

缘分这东西

当年都兴早婚，女孩有十六岁出嫁的。带小都过二十岁了，还没对象，这就成了今天的泡泡糖，整天在人们嘴里嚼着。爹娘因此感觉矮乡亲们一截，不知道托了多少介绍人，可怎奈人家男孩一相看过，就永无回音，这成了爹娘的一块心病。

这天，带小又奉命前去相亲，地点是公社饭店旁边的胡同口。见过那憨乎乎的男子，带小眉头机械地跳了跳，就问："你是吴建国吧？有件事你得先答应替我保密，谁说出去，死他全家。"

吴建国点点头："死他全家。你说吧。"

带小说："镇子那一端，还有人给我介绍了一个。我先过去看看，你在这儿等着，若是看不妥那个，回来咱俩再说。你能保密吗？"

吴建国说："就当我没听见。"

"那好，你在这儿等着。"

带小说罢，就忙着去看那一个了。直到傍午，带小要回家，必须经过这条唯一的街道，无意中一抬头，大毒日头下，那吴建国还傻愣愣地站在原处，眼睛让汗水淹得要睁不开了！带小用此法，不知道激黄了多少对象，哪个男人一听这话，还不转身就走啊，难为这吴建国如此说话算数！带小的眼泪一下子就夺眶而出，冲过去一把抓住对方的衣襟："你怎么硬在这儿晒，不会躲到那边树荫下去呀。"

"我怕你看不见我,错过了怎么办。"

带小泪如雨下:"我就六两粮票。你身上有没有多余的?咱俩吃饭去。"

后来,带小就成了吴建国的媳妇。后来俩人都有了工作,生了孩子,一辈子没有高声大嗓地争吵过,日子也顺风顺水地直过到退休。

退休后,带小突然就得了病。儿女都是小康以上的水平,不在乎钱,只要妈。省城北京上海都瞧过,专家一律摇头,说带小是癌症晚期,发现得太晚,根本没有手术价值,还是回去休养,或许有半年活头。

带小坚决不住院。钱再多,也没必要那么糟蹋不是。唯一的要求,是让老伴陪伴她走完最后一程。

空空的大屋子里,老两口整天四目相对。某天,带小拉住吴建国的手:"老东西,我临死不能把这事带到火化场去,得告诉你。"

"说吧。"

"还记得咱俩第一次见面?"

"那还能忘。"

带小语调变缓,说她从来就没有同时相看过俩对象。她当时暗恋上了本村的一名教师,可人家有媳妇了。她就整天幻想,教师的老婆会不会突然病死?那她如果嫁了,岂不要悔断肠子……可这话要命也说不出口的。于是,遇有介绍对象的,她便撒谎,把对方气走,有毒誓封口,还不至于泄露原因,把媒人和爹妈全蒙在鼓里。没想到,最后让建国给感动得决定放弃那教师。眼前这么好的人,错过了,那才会悔断肠子呢。

"结婚后,我感觉你心眼挺多的呀。你说你,当初咋那么实在?叫你等,你就等啊。"

"秀芳,"建国唤着带小的大名,情绪也激动了,"你身体这样子了,这话我要是烂在肚子里,也对不起你呀。当初我等你出现,根本不是看好了你长得漂亮,我就想郑重其事地告诉你,别臭美,离了你,我姓吴的打不了光棍,不信等着瞧。可没等我开口,让你抢了先。"

夫妻俩愣了半天,如在梦中!几十年的互敬互爱,好不容易那点感情基础,还完全是阴差阳错!好久,俩人一齐笑出了眼泪:"缘分这东西!"

一个月后,带小在丈夫的搀扶下走出了楼门;三个月后,俩人相伴着去公园散步了;三年后,老夫妻成了公园最守时的舞伴……两人都说,从前,做的是假夫妻呢,眼下,才是真心实意地重新开始。

不革命的春节

1968年春节，上级号召要过革命化的春节。生产队只放四天假，表叔问我，敢不敢跟他挖煤去？听说有钱赚，我眼睛瞪得溜圆，等到天黑，和两个小伙伴带上工具、吃的，跟着表叔，翻山越岭跑了20里路，见公路边有一两米多的深坑，跳下去，哈，此前谁挖过煤，可能嫌少，丢弃了。这煤坑四面岩石，当中夹着一溜煤芯，全是块儿！

表叔年纪最大，可能快四十岁了，其余三个都是我这样的半大小子。我们拿尖镐仔细地抠剔夹在石缝上的煤，然后，装在小土篮里，用绳子拔出坑外。坑特别狭窄，我们只能一个打手电筒照明，另一个刨镐，其余两人负责往上拔煤。大家抢着做重的，根本不用号召。忙到天亮，我们挖了一吨，黑亮亮堆在路边的排水沟里。想到可以分一笔"巨款"带回家交给父亲，我心里一点也不觉得苦！

没有表，我们只能靠肚子、靠太阳来估计时间，饿了就吃，困急了，就挤在地下眯一会儿再干。也不知出了多少汗，人累得都麻木了，表叔让我们都出去看成果。这时候满天繁星，可能是深夜了吧。我最小，可有点文化，便想了个办法计算筐数，每够十筐，放一块小石头在路边的雪圈里，够十块，换成一块煤……我数了数煤块，有四吨多了！

表叔仰脸看了看天，说："这工夫，最少也得九点往后。在家里，早把老祖宗接回去，要坐热炕上喝酒了。"表叔真有长远打算，准备了蜡，还有一瓶子玉雪牌白酒！

挖出四吨煤，空间大出不少，现在大伙坐在一个拐弯处，一点也不冷。表叔拿尖镐在四面坑壁上各抠了一个小孔，费了很多事，把四支蜡坐好，点上，洞内立刻跳动起烛光，有了过年时那种梦幻般的感觉。表叔说："都坐下。咱几个搞资本主义的，过回不革命的年。"大家把好吃的都凑到小杨的饭盒里，有煎豆腐干、咸带鱼、咸鸭蛋，还有肉炖酸菜。表叔有个摔掉把儿的搪瓷茶缸，把酒倒上，大伙你一口，他一口……

我那时不会喝酒。可看到小伙伴们喝得豪爽，也筋着鼻子硬咽。喝得高兴，表叔让我讲一段。我就讲《说岳全传》。这样，大家再不逼我喝酒，他们怕打断我，也不说话，只是默默地把茶缸传来传去，直到蜡烛熄灭……

表叔宣布，年过去了，大家都爬出坑去。表叔让大家朝家乡磕几个头，算给老祖宗拜年了。磕完头，我无师自通地给表叔拜年，大家相互问候。几分钟前还在一起喝酒，听故事，爬上来就跟才遇上似的，挺好玩的！

大约这一带零散小坑多，我们的煤又堆在公路边，比较引人注目吧，第二天下午，就有汽车过来商量买煤。表叔征得大家同意，三十二元钱卖掉四吨。接到表叔分给的八元钱，我心里那个热乎啊。

到正月初二，小洞的几个岔全抠到了石头，说明煤尽了。大家依依不舍地爬到凛冽的寒风中，这时计算，我们又拥有了六吨半的成果。表叔让我算算，我算了，八十四块钱，每人可以分二十一块！大家嗷嗷叫着欢呼起来，二十一块，我们这些人口多的家庭，年年超支，最后要经队委会讨论，借给五块钱过年的。

正欢快地议论着,这时来了个穿黄大衣的,冷着脸问:"谁的煤?谁批准你们挖的?"

表叔点头哈腰:"同志,我们就挖了这点儿,想弄点过年钱。"

"年都过了,还过年钱。"那同志冷冷地说,"斗私批修,没收!"

"同志,您别……"

"没收!"那同志声音高得变了调,"再不老实,连你们几个一块抓起来!"

山沟人真的是老实。那么多煤就这样不明不白地给讹诈了去。表叔带着我们狼狈逃窜,路上还庆幸,多亏没让他发现咱还卖了那三十二块呢……

四十多个春秋过去,当年的四个人没了三个。我的春节过得一个比一个舒心,然而,每到此时,我仍然忘不了那个不革命的年,那个以团圆和快乐换取的八块钱……

影 迷

德胜爷气不顺。

好好的年轻人，寻思起来翻山越岭看什么电影，先是小伙子去，而后姑娘们也去。成群搭伙，半夜三更，回家来指手画脚穷讲究，明日干活却丢了魂。再说怎么看一遭不中，还得三番五次地看！

于是脖子一抻："往后晚上别看那东西了，耽误干活。"

"爷爷，看个电影还不让么？又不是花了多少钱。"

"那也不能回回看。看一回就中呗，能顶饭吃啦？"

孙子们苦苦哀求，保证今后看电影不耽误干活，并说准了如果再有看电影误了干活的事，那就永远不再提电影两字。

也中。德胜爷的这个小屯子没有电，点火油。可岗后那屯子用柴油机发电，专养一个放电影的，隔三岔五便放一场，引得外地青年纷纷来朝，德胜爷屯子有好几个姑娘竟索性嫁了过去。

终于又演电影了。那边有亲戚的送来了信。德胜爷第二天虎着脸，老早往孙子屋里看，嘿，一个个"呗儿""呗儿"地坐起，衣服穿得麻溜，活也做得溜道。

德胜爷大惑。熬半宿夜，跑十来里山道，还得早起？精神头哪来的，邪门！

看看去，啥东西这么有瘾头。

又演电影。

后生们走后,德胜爷悄悄地也过了岭。他老人家腿脚、眼色均不差,又有胆量。年轻时独走黑道,一只狼从背后把两只爪子搭到他肩上,竟被他两手扯住爪子脑袋抵住脖子,一边走一边使劲顶使劲拽,生生将狼顶死。所以德胜爷动不动就讲狼的故事。

德胜爷远远地随了后生们走进村子。嗬,那人老鼻子啦。柴油机正"不懂不懂"地响着,就这玩意能造出电来,如今人真能死了!

人群前挂着一块大白布,镶着黑边,听说电影就在那上头出。

忽然那白布上有光一闪一闪,且越来越大,忽上忽下的。德胜爷胆量极大,此时心却忍不住跳得慌,他两眼一眨不眨地盯着那块白布。

最后那布刷地一下全亮了。一道窄溜溜的光从机器上照到白布上,一到白布上就成了一大片,真奇。有些小孩便伸出手在光里做动作。白布上便映出一些手,小兔、狗头牛头马头鹅头之类,还有人影从白布上走过。

德胜爷越看越觉得奇。平平常常的一块白布,咋就演出那些电影来了呢?奇了奇了,真真地算是奇了!

这时,他听到有人喊:"电影机有点毛病,现在得修理,大伙等一会儿。"

白布上的光亮没有了。德胜爷急匆匆向四外一瞥,幸好没碰上熟人。他天不怕地不怕,就怕这当口碰上熟人,更怕撞上他的孙子们。到底为什么,他也说不准。

德胜爷飞也似的逃回家。他很满足。他看了一小会儿电影,虽没看全但总算看了。人这个东西,也就得管什么都要见识见识么,不服不中,白布上出人出影!

第二天，他又到孙子房里，后生们刚要急着爬起来，德胜爷忙喊住："往后别起这么早了，电影该看就看，我这么大岁数，也不该多管闲事了。"

后生们感激涕零，反觉得爷爷实在应当多少拘管着他们点儿。

德胜爷拐弯抹角地炫耀："电影，不就是白布上出人影呗。"

"对呀。"儿孙们说，"还有声呢。"

"知道。"德胜爷怎会忘记那机器"不懂不懂"的声音，再往下备不住会唱哩……

德胜爷越想越有点后悔，那天夜里哪怕再看一会儿？走那么早做什么？演下去等电影修好了肯定有热闹的看。

德胜爷成了影迷，见人就夸电影好，可他终于没能去第二趟。

德胜爷临咽那口气前，嘱咐孙子们，别搭上那口松木棺材，埋地里白瞎，留着，等起人参时，凑成块，你们也买个电影回来，省得三更半夜怪累的。

吻你手一下

这年夏天的一个雷电交加的夜晚,猛听得村外一阵枪响,吓得焦三妞家的狗一头钻进灶间,再也不敢吱声,紧接着,进来一个捂着小腿的男人,对紧张的焦三妞说:"妹子,我中了小日本的枪,后面还有撵的。反正我跑不动了。两条道,一,你把我送给二鬼子,可以领份赏;要不,你就得把我藏起来。"

焦三妞头一昂:"我凭啥干那绝后的事儿。爹,你赶快顺着大道跑,去后沟二舅家,这里不用你管了。"

爹迟疑着:"妞儿,能中?"话没说完,就被闺女那凌厉的眼光瞅怵了,披上蓑衣就消失在风雨中……

爹一离开,三妞对那伤号说:"看你的命了。"说着,拿过只方凳,伤号踩着凳子,跳到了天棚上,三妞儿立即拿笤帚把落在地上的灰尘扫干净。这工夫,那条狗缓过劲儿来,跳到院子里拼命地咬,是汉奸领着鬼子沿街搜过来了。冲进屋,拿电棒子上下左右好顿照,带路的甲长是三妞的邻居,怕耽误了正事,就对主子证实:"她家没进来生人,那条狗一声没吱呢。"日本人就走了。

焦三妞吓得差点尿了裤子,见鬼子追往后沟村方向了,她才喊天棚上的伤号,没回应,搬回梯子来拿火一照,不好,他滚了一身灰尘,昏死在天棚上了……

很快，三妞爹从后沟回来。爹会劁猪，就找把剃头刀子，给那伤号把弹头割出来。三妞吓得使劲闭眼睛，可那伤号哼也不哼一声……打那一刻起，三妞就喜欢上了这个叫张二伙的八路。

"你多大？"

"我27，属鸡。你呢？"

"我16，属狗。"

"我没爹没娘，你救我一命，拿啥报答？我得娶你当媳妇。"

"俺爹不让。"

"那你就短见识了。等着，早晚把日本打跑了，解放区婚姻自主，那时咱们自己说了算。"

"真有人给做主？"

"我要是敢哄你，就再挨一次枪……"张二伙话没说完，就让三妞的小手把嘴给捂上了。嗅着有点儿胰子味儿的小手，小伙子抓过来就亲了一口……

手让人亲过，还有啥说的？三妞第二天就跟爹说了自己的想法："我救他一命，他得感激我一辈子，待您也差不了。"

"不中不中。"三妞爹脑袋摇得货郎鼓一般，说俩人年龄差得多，男人寿命短，更要命的是属相不合，卦书上说"金鸡怕玉犬，白马犯青牛"，有数的；还有"鸡犬不宁""鸡飞狗跳"这些说法，当爹的哪能不给把住关，婚姻不幸，那叫一辈子。

三妞不言语了。婚事却是高不成，低不就："我咋伺候爹都中，就是除了二伙不嫁。"直等到二十四岁，那时候，简直是老闺女，惹人笑话哩。三妞又是头一昂："我一没偷，二没抢，丢啥人了嘛，真是。"爹只能叹气，没辙。

再说张二伙，伤没好就又去了前线。日本人打服了，又打国民党，从海南回来，张二伙无家可归，转业到三妞这边区上当了干部，冲着的就是焦三妞。拗不过俩犟人儿，爹到底松了口："属相不合，也比老在家里嫁不出去招笑强啊。"

张二伙36，焦三妞25，成了名副其实的"老夫老妻"。

成了老夫老妻的这一对，果然没有过上戏文里描写的恩爱生活，一有不顺，三妞就抱怨，怪道俺爹说咱俩属相不合，一点没差。都是你不要脸，亲人家的手。二伙恍然大悟："噢，对对，我怕你，中不？"三妞又说，人道三十不立子，到老累个死，瞅你，快四十了，才抱上儿子，唉。二伙又讪笑，就算我寿短，不是还有你吗，女人经活。三妞就骂，你敢扔下我走，我撵到阴间把你拽回来。

吵着吵着，吵出儿女一大群。三妞累了，就又骂，我该怼老张家的。怪不得俺爹说咱俩属相不合，"不听老人言，吃亏在眼前"！

骂着骂着，骂出了一大家红红火火的日子。如今，三妞八十出头，骂不动了，也吵腻了，有时就瞅着九十多岁的老汉："说咱俩属相不合，这不好赖也熬过来了？"

老汉说："我亏。我怕了你一辈子，'金鸡怕玉犬'嘛，有数的。"

二妞将瘪嘴一撇："啧啧啧，我这亏还不知道去哪所庙里哭去。都说男人寿命短，你还瘸条腿，咋就那么能活。我两个表妹倒是都嫁得小几岁的男人，属相俺爹看的，都是上上婚姻。可咋回事，大表妹守寡四十多年，二表妹也有三十多年了吧……"

张二伙哈哈大笑："这点事你还参不明白？咱俩相克，就得可着劲折磨；而人家婚姻幸福，当年不有话嘛，'一天等于二十年'！"

正唠着,重孙女来跟太爷爷诉苦,说男朋友的家长抱怨她属蛇,跟对象属虎的是"猛虎逢蛇如刀割"……话音未落,老爷子憋不住了:"跟他断。啥年代了还如此愚昧,这样的人家,你嫁进去也没个好……"

歌　王

歌王本来就有一副很不错的嗓子，在四百多户的人家的小山村里，没人不佩服他的歌声。渐渐地，流行歌曲唱出点儿名堂来，他便走南闯北地唱，挣大钱。

歌王能词能曲，一般唱他自己的作品。他有与众不同的思维方式，他觉得流行歌曲这玩意儿，主要是演唱者的风格独特，这样才能叫座儿，于是歌王将所唱的歌做了一下处理，比如在某几个字搞点儿八分之一的延长或空拍什么的，因此，他的歌又很是唱出了一些特色。

唱着唱着，歌王走出去很远很远，两三年没有回那个小山村。

小山村的人们可是一刻也没忘记过他们的歌王。歌王有一首成名作《雨花》，让他们录了音，见天在村上的大喇叭里放，直放得妇孺皆会，且都能模仿歌王的演唱风格，连一些极细微的特殊处理也丝毫不差。

歌王是小山村人们的偶像。这么多年不就出了这一个人物嘛。细算起来，百十个村合起来经过个几百年也未必出得来一个，容易吗？

终于有一天，歌王衣锦还乡，西装革履地返回小山村里来看望乡亲们。众人先是一愣，小伙子变得年轻许多，几乎认不出来，外面的世界真了不得！

好家伙，山里人比过年还热闹，争着抢着款待自己的亲人，最后当然还是让村领导占了先，请歌王饱餐了一顿山珍宴。

酒醉饭饱，歌王便去大场院与乡亲们见面，大家听他天南地北地侃他在外头见过的世面，那滋味比每个人都亲自出去看看走走一点儿也不差啥。

接着就有小孩子哼起了歌王那首《雨花》，惟妙惟肖，很像那么回事儿。大伙便斥那多嘴的孩子："一边丢人去，在哪儿都敢咧咧！"歌王来了兴致，主动要为家乡人唱首歌，大伙求之不得："就是《雨花》！"歌王也无须推辞，开口便唱，这歌他唱了一万遍足有。

曲罢，冷场好几分钟。人们面面相觑：这怎么会是歌王？不过就是有副好嗓儿，但是多处细节错了，味儿也不浓。在别处唬人行，山里人记得巴巴准，休想瞒得过去！这小子，怪不得起初就看着不像，怪不得话忒多，原来真是假冒伪劣，是个学了歌王的歌回来蒙人的骗子！

有个男人抢先"嗷"地一嗓子："你不是歌王！"歌王诧道："我怎么不是我？""还嘴硬，打！"霎时拥上来一帮，拳脚如雨，将歌王打倒在地，幸得村干部懂法，才没出人命。

不容辩解，歌王被撵出圩子。

打醒酒的歌王很伤心，他可是乡情为重，否则要命也回不到这儿来的，家乡人究竟是怎么了，忽冷忽热，有什么必要不认他这个歌王呢？

歌王放不下的是家乡人诬他为假冒歌王，他觉得必须把这件事搞清楚。但是他不明白挨打的原因，急切还真想不出办法来。

一袋麦麸

退休老干部吴中书突然接到黄榆子沟村民捎来的信,说是老农孙有庆病重,想见他一面。吴老心里一哆嗦,二十多年,怎么敢将老朋友忘记了呢。他马上要了车,备上重礼,赶到黄榆子沟。

老孙头病得很重,喉咙呼噜呼噜地喘。见了吴老干挣扎却起不来。吴老上前按住他:"老朋友,怪我事多,把你忘了。你千万莫怪我呀。"

"怎么会呢。"老孙头断断续续地说,"人到临死时,回忆一生做的事,唯独对你吴干部亏心呐。这下好了,说出来,求得你一声'原谅',我就放心地去了。"老孙头讲,"当年我骗了国家一袋麦麸呢,是经你的手,坏了政府的一片心……"

是这么回事。当年,吴中书作为农村社会主义路线教育工作队的一员,来到黄榆沟蹲点。那时干部下乡吃派饭,有一次他中午才到,临时被派到老贫农孙有庆家。听送他的队长说,老孙头今天五十岁生日,说不定有好的吃。可是,去了一看,清汤寡水,全是野菜!吃得吴中书满眼是泪,回到市里,把孙有庆的生日情况向领导汇报。领导也十分同情,通过粮食局局长,特批了一袋麦麸,由吴中书当慰问品送到孙有庆家中,老孙感动得抱着袋子差点哭昏过去!

"我丧良心啊。那阵子又穷又饿不假,可早知道我五十大寿,春节每人分的二斤面挤出点没舍得吃,刚包了素馅饺子煮好了,听队长冷不防把你领了来。俺不敢让您看到我们有饺子吃,那不连累全队社员少吃返销粮吗?慌急了,把饺子扔到猪食缸里拌藏起来——家里穷得再没安全地方了。哪承想,害您填了一肚子野菜,您反而送来了政府的温暖。你说我还是个人吗?"

多朴实的农民哪。吴老激动得不能自已,用力扳住老孙头的双肩:"老兄弟,要说不是人,那得先是我。我……那时全家六口,都是半大小子,个个饿得狼似的。本来批的是两袋,让我贪污了一袋……我把这事向您坦白,也了却我一块心病,不然将来死也有愧,我可是新中国成立前的老党员呢。"

老孙头奇迹般地坐了起来,病没了!两位历尽风雨的老人四只手紧紧握在一起,笑够了哭,哭够了笑……

宿　怨

大爹听说仇人老王婆子要回乡探家，那口气儿又游丝般地缓过来，他眼睁睁地数日子熬钟点，一天，两天，两天半。

老王婆子在一片鞭炮声中，由县对台办负责人搀扶着钻出轿车，向她一个也不认识的乡亲们挥手致意。五十多年了，离家逃到海峡那侧，一旦回来，能不感慨万千吗？

然后就是县领导讲话，老王婆子讲话。我没听清说的什么，无非是热烈欢迎、衷心感谢之类的客套话，如今官场上兴这一套，我凭什么要听。我关心的是如何让大爹顺顺当当咽下那口气，老人家受的罪实在太多啦。

大爹的愿望我真的无法让它实现。大爹是要在临死前狠咬老王婆子一口，以出尽憋在他心中五十多年的一口气。这当然难办，现在不是"文化大革命"，咬人犯法，咬贵宾更犯法。要是王氏晚回来一天或是贱嘴的侄儿不提这茬儿多好，大爹本来准备要走的了嘛，这好，如何收拾呢，我心里不是滋味。

突然村长喊我的名字。说是老王婆子听说大爹活着，定要去看上一眼。我脑袋嗡地大了一圈，这可怎么办？

老王婆子说，那是俺小兄弟呀，五百年修不了这缘分，我当今生见不到了呢，想不到他还活着！

我暗暗祝祷，大爹大爹好大爹，您该走快走吧，俩人见了面，后果不好收拾呀。

就对领导说，快不行啦，别去……

"那我更要看上最后一眼，有些话得说……"老王婆子来了执着劲儿，想必是要向大爹当面忏悔一番？也好，半个世纪过去了，再大的冤仇也该忘却，杀人不过头点地嘛。大爹会宽恕她的。

大爹那股气憋了好几十年：他说不知怎么让老王婆子的母亲收养了，大爹没生日，老王婆子竟然让他定在九月初七，这日子本没什么不好，可是，九月初七那天，王老资本家买回一条小狗，老王婆子就让大爹跟那小狗一天过生日，这等污辱，拿穷人当人吗？尽管新中国成立后，老人家把生日改在国庆节，可当年的寒碜怎么就抹得去？为此大爹在诉苦会上讲一遍哭一场，讲出个忆苦模范，哭来许多公费吃喝，他仍不解恨，这不，听说有了见仇人一面的机会，他临死气都不咽。我真担心。

大爹果真还没走，由大哥守护，居然在脑袋下多垫了个枕头，目光恶狠狠地瞪着这个世界。老王婆子一见大爹，抓住大爹的手放声就哭："小拾子呀，你怎么成了这样，咱爹九泉下也不能闭眼呐……虽然不是亲生自养，可你到底是个小子，恨不能把眼珠子抠给你吃了！你三岁，姐五岁，姐宠你到什么程度？咱家买那洋巴狗儿忘了没有？那是姐的命，姐让巴儿狗跟我一个小名儿，姐让你跟巴儿狗一天过生日！咱那时住青岛，后来巴儿狗上街让汽车轧死，姐哭昏过去多少次，以后年年给它上坟……这些年，你替姐看过那可怜的小东西了没有……"

我一下子恍然大悟，老太太当年只有五岁！满屋子人都流泪啦。再看大爹，大睁着的两眼微微眯了眯，目光变得和善无比，渐渐地，有浊泪从眼角溢了出来……大爷走了,死在他老姐姐的怀里。

后来,我管老王太太叫姑妈。姑妈回咱村来办企业,常常照顾我,说是看到我就想起了她拾子小弟。我只怕乡邻们把大爷的事说出来,不担心姑妈因此疏远我,我是怕伤害了一颗多么善良纯真的心啊。

第二个谎言

陈大江和吴巧妹结婚五十多年，从来没跟别的夫妻那样勾肩搭背、出双入对，就是在家里，俩人话也不多，日子淡得清水一样。可凡认识他俩的都说人家夫妻从来没红过脸，夫妻俩就谦虚道，怎么不吵，都是偷着吵。退休了，老两口也不跟儿女住一块，说人老了事多，给儿女添乱。吴巧妹常年有病，陈师傅床前床后端药送水，从不抱怨，羡慕得邻居的女人们都故意气自己男人说，天老爷怎么就那么偏心眼儿，要是能克隆一批陈师傅，大家按需分配该多好。

也有人说，两口子若是真的不吵闹，反而不吉利，夫妻这东西就得打着过嘛。这不，去年吴巧妹添了病，说躺倒就躺倒了。本市的医院设备太差，怎么也查不准，陈师傅不愿意惊动儿女，便自己陪老妻去了省城。化验结果出来，吓陈师傅个多半死——是癌症！那位专治肿瘤的教授权威说，千万得瞒住病人，女人心眼狭，若是让她知道，很可能就死在省城；回到家去即使心情好，也最多能活三个月，您啥法子也不用想了，抓紧准备后事就是。陈师傅悲痛欲绝，却绝对不敢在老妻面前流露出一丁点迹象。他知道由于省城医院方面的疏忽，发化验单时护士点了吴巧妹的名儿，他刚刚从厕所出来，一把抢过，还是让巧妹扫了一眼盖有"发现癌细胞"方戳的化验单，若说没事肯定蒙不过去，就谎对老妻讲，你得的是良性瘤，而且不用手术，只要吃药就可以了。他费尽心机把一些养血补脑之类的太平药用医院的药包包成几百份,编成是省医院科研新成果,专治良性肿瘤的,领老妻又回到家里。老陈对儿女们说,你妈没事,吃点药就好,他是怕儿女一旦知道消息,再让老妻看出破绽,那不是要她的命嘛。

陈大江几乎是掐着指头过日子,还得装出跟往常一样,不让老妻看出任何破绽来。没想到奇迹出现了,转过年来,老妻不但没死,而且饭量有加,活也干得多了。陈师傅心疼,一个将死的人还操劳个啥呀,却不敢点破,只好由她。又转过一年,是老两口结婚六十周年,老妻主动张罗搞了个家庭大庆,老两口还合唱了一首跑调歌。

婚庆过后,吴巧妹躺在床上起不来了,便让老头子把儿女及老亲古邻叫到一起。她拉着老伴的手,眼泪夺眶而出:"老陈呀老陈,你当我是傻子呀。一辈子没对我撒谎,这次撒得多笨呀,我不怪你。其实我早知道活不了几天,我得对得起你撒谎的代价呀,这才硬撑着活下去。我跟你没过够呀,可今天实在撑不住了……"吴巧妹拉着老伴的手,至死不肯松开。

吴巧妹咽气的第二天,陈师傅睡梦中突然死了。人们从他的枕头下发现一沓化验单和一封给子女的短信,化验单是他自己患癌晚期的报告,比吴巧妹的要早出两年!那短信是这样写的:"不可让你妈在九泉下知道,我那其实是第二个谎言……"

豆腐东施

小矿上，很多不上班或者无班可上的闲人，绝不会看钟表过日子的。他们听谁的？豆腐东施。一大早，清亮亮的一嗓子"豆——腐——"，便震醒了大半座矿山，于是就隔三岔五推开一些门，或披头或趿鞋地跑出一些家庭主妇，一律揉巴着睫毛上的眼屎，到豆腐东施小车这儿来买豆腐。

东施是跟西施相对的丑女，小矿的豆腐东施纯是受了鲁迅的害，才混上这绰号。她不计较。叫啥都中，人没外号不发，耽误我卖豆腐了没？还是。她潜心经营自己的产品，东施豆腐便成了小矿一绝，餐桌上缺了东施豆腐便是不够品位。豆腐东施得意地说，迟早有一天，我鼓捣出系列产品，就注册东施或者丑女那类的商标，把天下好色的和不好色的爷们儿全给撑死。

豆腐东施面丑命也苦，这大悖红颜薄命的古谚。爹妈死得早，她假小子似的独自撑着家，一边念书。高中时，许多花枝招展的女孩儿都让坏小子们勾引得失魂落魄，学不进去，而东施没人理睬，用她的话，叫作乘机发展，全校女生成绩第一。高考入了投档线，却没被录取，矿领导鼓励她复读。她说，体验一下就行了呗。我复读？我还服毒呢。你看您这矿长当得多寒酸，全矿经常发不出工资，我可下不了手拖累你。没过一周，她竟做起了豆腐。有人问她哪儿学的技术。她笑笑。肯定有地方学就得了。东施豆腐一天一个成色，买卖做得仁义，有钱，给；没钱，也照样拿走。隔些日子，人家问："小徐，我拢共欠多少豆腐账啦？"她就扔一句："多少您自个儿说了算，从赊账那天，我从没打算讨回，所以不浪费那些脑细胞。"这种做生意法，谁个会不捧她的场呢。许多同行被她顶得开不了张，须"东施豆腐"卖光了，才得以上市。大家去求东施："小徐老板，我们都入您的伙好不？每月交纳操心费，您说个数。"东施说："那是干啥！我怎么好欺骗用户？这样，你们放心经营，我不会妨碍你们。"

第二天，豆腐东施便把豆腐从每块六角涨到八角。她说都要吃饭，她不能跟同行们把不一样的豆腐往一块儿搅。豆腐东施绝对不贬低其他人的产品，说："各有各的特点。"这样，同行们敬她，用户也满意。她的豆腐涨钱了，也是天天光，本来一块豆腐才赚一角，现在她干一年等于三年，这秘密当然只她一人知道。

豆腐东施的同龄女子都嫁了人，有的小孩都八岁了，而她还是块处女地。当然是长相问题。有热心人劝她："别太心高了，差不多总得找个人儿。"她答："干吗差不多？不嫁拉倒，嫁就嫁个出色的。"又说："这些俗男人，就会盯着女人的脸。脸蛋漂亮能怎的？"

所有人都暗暗摇头，白可惜她那一手好活儿啦。

豆腐东施有个小她两岁的男同学叫江涛，复读两年仍然落榜，主要是家里老出事。小伙子几番绝望要自杀。豆腐东施找到他，当着好多人面说："你是咱同学中顶出色的白马王子，看着你去死，那不要坑害某一位靓女？我出钱供你上学，条件一个：绝对不用你以任何形式报答。"

江涛在豆腐东施资助下，最后终于考上白求恩医科大，读了五年。

他兜里钱花不完，都是东施的。人们纷纷道，将来江涛非得娶了小徐，才能算个人。东施很不以为然："恩情不是爱情，我只是干了点希望工程。日后他真要娶我，我还不肯呢。"当时呛得三五人鼻子出血。东施扔下一句："走着瞧。"

江涛毕业，主动要求到小矿医院，目的很明显。东施抢白他："你怎么这样没出息？这破地方有甚可恋的？"江涛流了泪："艳芳，我是为了你，此心天日可鉴。"

"你想娶我这丑女？"东施冷冷一笑，"我从没把你列入规划。当初我吐口吐沫是个钉，拉的屎不能再坐回去。让我当你的姐吧。"

"不，我爱你，你心灵那么纯洁，让我自惭形秽。艳芳，答应我。"

"不成，你要寻思好了。我纯洁个啥？奸商一个，你看全矿谁有我能赚钱？考虑好了，你必须当众向我求婚。我丑，别人会说我高攀你。"

毫不犹豫，江涛把全矿有头脸的人都请到。当众向豆腐东施求婚。东施说，我丑。江涛指天画地，我视那些俗艳女人如粪土，你不嫁我，江某今生不娶，赚够了钱，咱们两清，我出家去。

豆腐东施这才点了点头。

江涛现在是外科主任，据说很快就是副院长了，但他对爱妻呵护有加，怀孕期间不让她再做豆腐，家里压根不缺钱。东施说："别拦我。我想干的，哪个也拦不住；不属于我的东西，我从不追。你咋还犯浑了呢？"

长发连心

刚开化的季节,十六岁的村姑枣核儿领小侄儿金梁在麦场晒太阳。听到货郎甩着皮鼓儿吆喝"绣针、花线、橘瓣儿糖……"金梁就哭喊着要糖吃。枣核儿没爹娘了,在哥嫂手下活着,哪里有半个钢镚儿买那奢侈品?侄儿见打不疼姑姑,索性坐在地上,把一双鞋子往泥上搓。货郎远远望见,鼓儿甩得更响,叫卖喊得更脆了。

可是枣核儿袄兜里还是一个钢镚儿也抠不出来。

这时候,过来一位走村串户的青年郎中,站住端详着这姑侄儿俩,说:"这孩子,别哭了,叔叔买糖给你吃中不中?"

听到有糖吃,金梁立即把哭声噎了回去。

枣核儿为难地望着郎中:你不该惹孩子。俺家虽穷,却不能让孩子贪别人的东西。

郎中点点头:"妹子,你这辫子卖给我中不中?我出一块钱。"

枣核儿这长辫子油光光,亮闪闪,直垂到腰,谁见了谁夸赞。货郎也想铰了去,可只给到三毛钱,姑娘爱美,咬咬牙把货郎辞了。现在,侄儿哄不好,郎中给的价真不低呀……枣核儿脸红了红,又是一咬牙:"您等着,我拿剪子去。"说罢,转身要跑。

可郎中把她喊住:"我再加一元钱给你。呐,这钱你收着。"

那年头，街坊邻居缺了啥，一律拿东西相互交换，长年也见不到个钱毛毛。枣核儿亲眼看过郎中给汪八爷治疮，火罐拔了半个时辰，薅出半罐脓血，郎中洗伤口、换药，还得刷火罐去，这样折腾，总共赚了两毛钱，还得赊到年底……她哪敢接这么多钱？

"你接着，我花高价是有条件的。"郎中再次细瞅那长辫子，拿手指量了量，"你先替我长着，谁买也不能卖了啊。我每个月初二、十二、二十二日经过村头，你得问我一声，啥时候我说剪，你再剪。中不中吧？"

现给钱，还不马上剪辫子！枣核儿盘算了一下，四周的村镇逢集她必须得去赶集，卖绣出的花样，给哥买酒，给嫂子称雪花膏呢，唯独逢二没集，这让她喜出望外，一迭声地答应，接过那两元钱，领着侄儿直奔货郎去了。

郎中在原地站了好久，然后，一步三回头地离去了。

下个初二，郎中一早经过打麦场，远远地望见枣核儿手拿剪刀候在那儿呢。问郎中："大哥，剪不剪？"郎中仔细地端详过辫子，说，"先留着。我过十天再说。"

就这样，一晃过了年，郎中每次看过辫子，都说再长长。枣核儿逢二头件事，就是候在打麦场等郎中，而郎中也一回没误过，只是辫子还长在女孩背后。顶到一年的光景，郎中给枣核儿加了五角长辫子钱，说再过一年要是还不铰，还给加五角。

枣核儿欢喜得什么似的，她也心疼辫子呢，所幸遇上天大的便宜事儿，白梳着长发，侄儿却有糖吃了。

从本村往东五里是连家庄，哥嫂做主，把枣核儿许配给连家庄的保来。初一这天，保来拿着条毛巾送给枣核儿，说明天要带她去县城一趟，买点胭脂、口红啥的，下月要送媒束（相当于订亲），年底得把她娶过去。枣核儿声调立刻高了八度："我答应人了，明天不行。郎中要是来剪辫子呢？"

"他保准来吗？""肯定。""那你铰下来，让嫂交给他不就行了。""不行，答应过，他让铰才铰。"

保来立刻火了："你这么不懂事。我挺大个老爷们儿，赶不上那根辫子要紧。回去跟爹娘说说，不行，咱就拉倒吧。"

转过年，郎中又过来，量了量枣核儿的辫子，说："还得长一长。"

枣核儿一跺脚："你给我句实话。到底啥时候铰？"

郎中的脸染成了红布，结结巴巴地承认，他喜欢枣核儿，想这个方法，可以借验收辫子的机会，大大方方地看她一阵子，还可以仗胆摸一下辫子呀。

"你这长发连着我的心呢，我哪舍得让你铰？我是怕别人给铰了去。"

枣核儿杏眼瞪得溜圆："你，你，你，天底下再找不出比你更坏的男人了。"

"你……要怎么办？"

"政府宣传婚姻法，我的婚事自己说了算，连家庄那男人我不要了。"

"我知道。"

"打听了？你这坏蛋，一直盯着我呢。那你得娶我。"

郎中好不诧异："我这么坏，你嫁我？"

"害苦我了！我要看着你一辈子，休想再去坏别的女人！"

第四辑 酸咸苦辣

厂长，放心

我们厂子规模不大，锅炉用煤全靠自己买，出一个价儿，汽车给送到，现在社会上有的是倒爷，自然会找上门来。

可这里头说道大着呢。倒爷们一个个鬼精鬼精，人说无孔不入，他们是无孔也入。煤送到，有数量问题，也有质量问题。扣了量，掺了假，验收人员通不过，烧煤的工人也不干哪。他们有招，常把验收员、锅炉工们请去饭店里吃喝，事后验收员、锅炉工们便睁一只眼闭一只眼，任他们扣，任他们掺。

管后勤的科长也受了贿，弄得厂长大为恼火，亲自过问。

厂长当然不能见天去煤房旁看着，况且他也未必真懂。他观察，那帮锅炉工个个好饮，验收员也是酒徒，隔三岔五，喝得满脸通红。厂长过去追问："在哪喝的？"

"在……家，家里来了客……"

"胡说，分明是卖煤的请你们，当我瞎了？"

撞上这样明察秋毫的领导，酒徒们当然只有垂首不语。

撤。换不会喝酒的。

可新上任的验收员很快提高了吸烟的档次，这一切，瞒不过我们的厂长。

撤来换去，想不到把我换上了。我烟酒不沾，全厂闻名。

早就盼着这工作了！厂长叫我时，已有点风声传入我耳，有准备，还是忍不住要紧张。

厂长说，小丛，这活没技术，需要的就是严格，认真。

我说，厂长，放心。

上任第一天，那些倒煤的不知验收员换了人，仍拉了平平一车煤来，并且兑了渣。扫一眼，心中有数，我干脆踱进我的验收办公室去了。没我的验收小票，他卸了车，那才是白痴，往哪领钱去？

果然不一会，端着笑脸进来一位。我知道他是奔我来的，故意摆出一副超凡脱俗的样子，翻报纸。

"主任"，他怯怯地叫。

跟我来这一套，我不吃。我冷冷地说："走错了门，同志，这哪有主任？"

"就是找您哪。"脸笑得更谦恭，双手敬过一支"阿诗玛"。

"不会。"我连手也没伸。

"主任，我们是送煤的，请您验收。帮帮忙，今后咱们常打交道，一回生，两回熟，哈哈。"

我说："你那煤数不够，而且掺了假。请拉回去，我不能验收，前几位验收员的下场没看见？"

对方十分油滑，一个劲地赔小心，说下回一定送好的，保质保量。还说，待会儿，给我接接风，祝贺高升。

喝酒？我告诉他，我闻见酒味就恶心。

实在没办法了，他使出了最后一招，掏出一叠钱，放在我面前。"主任，我绝不是贿赂，这点心意，您可不能打我的脸啊。"

钱？我怎么会不喜欢钱呢。但我没接，也没给他往回塞，态度温和了一点，但仍然严肃："这倒不必。你当我不知道？你终年送煤，一车少半吨，年底多少钱？跟你明说，今后，量，别太过不去眼，假却不能掺了，烧煤的只管质量，不管数量，今后，你不必跟他们打交道。"

如开茅塞，那家伙感激不尽，并答应每月给我相当数量的辛苦费。我仍是满脸严肃："那倒不必，弄不好传出去，我上哪吃饭去？"

他一听，急了："主任，我疯了？那不是打自己的饭碗吗？这事只你我知道。"

卸完车，我主动去厂长办公室，从那笔钱中抽出两张，放在桌上："厂长，刚才那卖煤的掺了假，让我好一顿训，非让他拉回去不可，吓得他掉了泪。其实咱哪能让他拉回去呢，下不为例就是了。临走贿赂我二十元钱，上缴。"

厂长看了我一眼，那目光十分慈爱："揣着。他给了，你拿着，算是奖励。小伙子，你行啊，记住，我信任你，你一定要把住燃料这道关。"

我还是那话。我说，厂长，放心。

老谭啊，老谭

老谭还是小谭或大谭的时候，就当列车员，跑吉林，又跑青岛。当列车员并不轻松，做长了，使人腻味，比方说扫地拖地，你这厢扫过，他那边紧接着蛋壳、果皮、瓜子壳就扔地上了，于是不咸不淡地劝说："请别往地上扔。"你讲，他得听才算哪。

早些年的小谭或大谭做这单调枯燥的列车员却感到惬意和知足。可不，风吹不着，雨淋不着，见旅客挤着揉着连搁屁股的地方都没的，他坐在他那间小屋里便悠悠地想，他们花钱站着，而我坐着挣钱。有一回年关，从青岛捎回十斤鲜姜，才花了二斤多的钱，让他想起来就优越得不行。

跟车久了，有些乘客就与他套关系，甚至都知道了他姓谭。熟了，才知对方没票。大谭说："没票补哇。"找了车长来，有时乘客启发他："你就说我才上的，省下钱来给你。"他便发愣："那是干什么？国家用我这列车员说谎吗？"

逃票的旅客都躲去邻车厢里，这些他全然不知。他舅爷去沈阳，坐他的车，大谭领上车，又递给舅爷一个票，老头诧异了："八成列车员拿车票不花钱！"

大谭觉着自己有些热心，便写申请，要求入党。写了几次，参加过非党积极分子学习班，遂有领导找他谈心，且有群众会，让他自个儿谈。他说："我没做什么成绩，离党的要求差得远呢。只是当列车员十三年，就那回从青岛捎回十斤姜，算拣了国家便宜，除此之外，再没一分钱的亏心处。"

听得大伙咋舌，这家伙平日里蔫不登想不到肚里弯弯肠子不少，还说十斤姜，九斤七两六钱多精确？说给死人听去吧！

领导也笑笑："大谭讲得好，列车员就是应当这样嘛。"

入党的事也就压了下来，评先进，他也得不到赞成票。就这样，大谭成了老谭，有时想起当年，不由笑自己："那申请写的，一年两三封呢，真是的。"

入不上党的老谭仍在列车上。这几年推着小车卖盒饭，饭装好，推五十盒，各车厢："盒饭啦，五元。"卖了，再去推。卖到末尾，饭时大过，吃盒饭的人少了，便减价，三元，两元，直至一元。总比扔了强。

老谭家中日子不好过，办法有了。卖五元时少说几盒，卖一元两元时多说几盒，总数不变，哪次都赚个十元八元的。同事们还夸：老谭师傅卖盒饭效益好。

有一回气不顺，老谭发脾气："我每次卖盒饭都自己赚点，哪个眼馋可以接了去，我正好干够了！"说完自己后悔，这不明摆着要惹事吗？

然而啥事没有，老谭发现，同事们投给他的眼神比先前热情多了，很有些人把知心话说给他。大伙讲，老谭师傅，没挑拣的！

支部书记找老谭聊天："谭师傅，听前书记讲，您早先积极要求过入党呢，如今怎不写了？"

"唉，我"，老谭呜呜了半天，才想出下文："我老了，别占一个名额了吧。"说着，眼圈一赤，竟吧嗒吧嗒地滚出一些泪来。

支书说："哪的，瞅您这体格，多棒。"心里想，真是，老了就老了呗，哭，能挡住年岁吗！

结　论

张丹分配到局里当科员的时候，就发现文化馆风气不正，风气不正的根源全在于左馆长，这老滑头糊里糊涂，该奖的不奖，该罚的不罚，鞭打快牛，叫唤孩子多吃奶，正气树不起来，这样的单位，能有个好儿？

也是合该有官运，左馆长因车祸丧生，局里破格派张丹当常务副馆长，顶一把手用。张丹喝上几杯酒，闷闷地想，看我怎么收拾这帮烂蒜。张苹苹、李媚媚们，你不是领导家属吗，碌碌无为，少在我这儿混饭吃；李如兰、刘姗们，不是脸蛋漂亮吗，我这儿不是模特公司；张杰、孙大奈们，不是钱冲吗，另谋高就，欢送；在这儿耍派，休想！他决定把几位默默工作，不争荣辱的好同志提拔重用。"一个领导不善识人才，他自己就是蠢材！"张馆长恨恨地想。

到任后，张馆长细查档案，发现文化馆果然有大鱼，特别是孙、刘两位馆员，一个文学，一个美术，在全省颇具知名度的，可就是这两个人，职称不高，连住房竟也没有！张馆长观察了几天，见此二人闷声不响，只晓得搞学问，他也纳闷啦："这样的同志不提携，还找什么样的呢？"

他在第一个会上，就开门见山地公布了自己的施政纲领：文化馆不养闲汉，有能耐的另寻门路，别赖在这儿找不自在！

会开过不久，张苹苹和李媚媚的丈夫先后来到张馆长家，两人都是大官，一个副地，一个正县。张馆长家此前没光临过这么高档的人物，心里有些惶恐。两位大官除了对张馆长给予其家属的关怀照顾表示感谢外，还说，文化馆不容易，有困难，只管说。不久，搞了一次小活动，馆里便得到几万元的赞助费，这钱虽是国家的，可少了张苹苹、李媚媚的两位官人，几百也没有。张馆长恨恨地说，不正之风，我纵然不好再刁难你们，但绝不能偏爱，这你们放心。

会开过去不久，李如兰和刘姗多次单独找张馆长汇报工作，一双双美目难舍难分地在张丹脸上扫描，张丹钢笔字写得好。两位佳人一定要拜师，发誓非把字练好。张馆长想，字是门面问题，这俩人不学无术，现在毕竟有上进心啦，也不便太难为她们。不过，他有时恨恨地想，别仗着模样好。即使不难为，也别指望我有什么优待。

会开过不久，张馆长得了阑尾炎，手术。张杰和孙大奈来了，一皱眉：这条件？几句话，张馆长转到老干部病房。手术前，俩人拍给主刀大夫一千元钱："我们馆长年轻有才，一定要上心。"小小阑尾炎，惹二位这么破费，虽说有巴结之嫌，但付出是事实，钱再多也不能白送人。张馆长出院后，想到这件事，又提醒自己，纵然不好太难为他们，也别指望我给予什么照顾，大面上过不去，休想。

出院后，属下纷纷慰问，宴请，庆祝馆长大难不死，必有后福。张馆长觉得此人之常情，谈不上贿赂，再说，他也不能把原则拿出来做交易的，对不对？

酒后茶多，张馆长失眠。忽然一想，不对，从到馆以来，唯孙、刘两位馆员从未到过他家，连汇报工作也太少太少，馆长住院，只像征性地看过一回……怎么啦？埋头工作？解释不过去。恃才傲物呗。不就是有了点名气，有啥大不了的，就可以看不起他这个年轻的馆长？哲学讲"度"，两位也忒狂了些。人一傲，便自然贬值，张馆长想。

年末评先进，局里给文化馆俩指标，张馆长二话没说："抓阄儿，谁抓着是谁。"他得出这样的结论：这破单位，真找不出个像样的人儿来。

汇 报

尚高从山村一步登天，调入市文学研究室工作，热情一下子就高得没有个遮拦，真恨不能一礼拜干八个工作日。他写成的系列论文《青狮山文化与中国四大古典文学名著》，以独到的见解和丰富的想象力，获得了省里专家的赞许，并且三次被邀请参加省里举办的研讨会，知名度一高，尚高便有机会结识了省民间文艺家协会的主席柳牧之先生，柳主席对青狮山的文化开发极感兴趣，他通过私人关系，与A国一民间团体联系上，准备帮助开发，对方托柳主席代他们先去考察一下，若是真有价值，那么，青狮市至少可以获得五百万美元的投资。

"小尚，你回去跟领导汇报一下，定个日子，我去。"柳主席道。

"定什么日子？"尚高热血奔涌，"我们孙局长多次指示，宣传青狮山，弘扬青狮山文化，怎么做都不为过。我们那边做梦也想着有这样的好事呢。"尚高又说，"择日不如撞日，今天散会，您就同我坐夜车赶去，给领导一个惊喜，如何？"

柳牧之是搞文化的，也心急，管他有没有卧铺，说走就走。

尚高美得几乎忘了姓氏，把民协主席搬来，他个平头百姓能量够大的，何况还有五百万美元。下了车，天已明，他自掏腰包请柳主席用了早餐，安排人家去宾馆休息，他便喜滋滋地找到他的主任家。主席来了，至少要文化局局长或副市长什么的陪同前往，他顶多算个随行杂役对不对？

主任也高兴，研究室有贡献了！电话打到一把手孙局长家，局长却火了："……人领来啦？荒唐！这事提前跟我汇报过吗？——我不知道！尚高那小子在哪？让他上班时到办公室来一趟！"电话"啪"地撂了！

主任握着电话筒呆了半响，没料到局长这态度！幸亏他替尚高挡了一下子，没承认这小子就在他身边。主任的意思是先争取拖一点时间，商量个对策。

"这是五百万美元哪，喜都喜不过来，凭什么咬住汇报这点过场不放？"尚高委屈，干工作多了，自找烦恼，不如那些白天吃酒夜里打麻将泡妞的行尸走肉，到时候啥缺点找不出，有好处却落不下。他现在最关心的是想办法把柳主席安顿好，否则他可是丢尽了面子。

"人家局长可不管你多少多少万，没这笔投资他照样当他的官儿。"主任因为孙局长的阻拦，没进上局党委委员，心里也有意见，自然站在尚高一边。

"哎，你回忆一下，最近跟局长见过面没有？"主任忽然灵机一动。

"就一次，上月2号，我有封退稿信错寄到文联，我去取，在二楼楼梯口看见了他，他跟我说了几句话，我寻思出书，让他给批点钱，讲了半天，不得要领，只好作罢。"

"好，现在你去吧，一口咬定就是那次见面向他汇报的。这些当头儿的事多，根本不记哪件是哪件。"

尚高就去见局长："主任说您找我？正好那次跟您汇报争取投资经费的事有了眉目，我按您的指示好歹把柳主席请了来……"

局长听了,眼朝天棚上一瞅:"嗯?哪次?"

"上月2号,您说去看个片子,我跟您讲的,您指示宣传青狮山文化,怎么做都不过分。怎么,您忘了?"

"噢,那次。"局长做出一副根本不可能忘记的神态,"那怎么可能忘?我找你来,就是商量一下考察的日程,另外了解一下柳主席有没有其他指示和要求?"

局长生病

局长生病住进了医院,虽然说只是阑尾炎手术,可那叫开刀哇,怎么说也得瞧瞧去不是。林竹生打定主意,脑子却划开了魂儿,我去,那老顾和大李能不去吗,万一他们比我送的礼物厚,那领导肯定对我有看法。

林竹生就找到老顾大李,说:"你们看局长了没有?没有,我们三个一起去怎么样?"都说最好。林竹生仍不放心,又提议:"咱们一块儿买上东西,平均摊钱……可不兴过后单独对局长邀宠啊。"老顾恨恨道:"那样还算个人?"大李也骂:"那还不如条狗。"三个人高高兴兴去医院看了局长。

看完局长回来,林竹生想,每人只花了七十多元,太薄了点,局长会瞧不起的。莫如我再去瞧一趟,送点现金。想起那两位指天画地骂得难听,心里也是一凛。又一琢磨,神不知,鬼不觉,只要局长对我好,你们骂那些算什么。这年头谁书呆子气谁吃亏。

林竹生就悄悄地又去看局长,送上五百元钱,说:"上次我跟老顾、大李来时,他们一致说要买东西,我也不好说什么。事后想想太小气了。"局长说,别,上次都让你们破费了。林竹生扔下钱就走。

局长很快出院。林竹生见他对自己冷冰冰的样子,心里可舒坦啦,局长这是对我有好感,故意装出来的。当领导玩政治的都这样,他骂我娘才巴不得，那更说明他对我亲。林竹生因此很得意，看到老顾和大李那副傻样子，他暗自好笑，等到我领导你们那天，你们也不会晓得是老子将你们卖了。

周末，局长打电话给林竹生，说请他小吃。林竹生高兴极了，准时到了那家酒店，却发现老顾和大李都在。局长说："你们都不富裕，为什么要去医院看我呢。"林竹生心脏怦怦跳，我的好领导，您千万不能提那五百元的事呀，否则我怎么有脸见他俩。想不出方法堵局长的嘴，林竹生急得要命，不料那两个傻子却帮他说话："局长您再提，我们不能坐了。"

局长哈哈大笑："彼此彼此，有什么不能说的。不就你们三个先来看我，事后又都单独送我五百元吗。钱在这儿，谁的谁拿去，以后别再给我出难题了。"

林竹生脸烧得像猴腚，偷眼瞧着那两位的尴尬样子，心想，咋就那么巧呢？

正宗阅历

傍晚一下班,科长王立宪在走廊上遇见刚主持工作的副局长唐忠和,很恭敬地叫了声:"唐局长。"那唐局长鼻子里哼了一声,爱搭不理的,这态度让小王很难堪。可是,一转身唐局长又问:"立宪哪,今晚上有饭局?""没有啊。""那好,哥哥请你喝几杯。"

唐局长请部下喝酒,还自称"哥哥"?小王科长心里一暖,真有些受宠若惊。他想,这是很大的面子呢,我应当抢着买单。就跟了唐局长走。唐局长让车子开到很有档次的"聚贤酒楼"门外,他吩咐司机"把车开回吧,我们哥儿俩今天要好生喝几杯",就把王立宪带到一个优雅的包间里,点了几个有品位的菜,又要了一瓶五粮液,亲自替小王科长斟上。

"唐局长,您这不折杀我……"

"王立宪,你知道我平时为什么瞧不上你吗?你这人太没远近,或者说是奴性。咱哥俩称什么唐局长?我大你十多岁,才混上一个副职,你干吗贬我?今后就叫老唐,否则我不理你。"说罢,硬逼着小王科长叫了三声"老唐",这才作罢。

叫了好几年的局长,王立宪冷不丁改口真不习惯,可局长这样恩典,由不得他,一顿酒下来,小王喝得飘飘欲仙,两个人老唐小王的已经叫习惯了。

小王科长回家后就失了眠。他是研究生出身，无论讲学历还是看年龄，在本局里都是最有发展前途的，尤其最近新调来的市委书记是他父亲的战友，这意味着什么？难道唐局长闻到了什么气味？小王尽管年轻，却对官场上的内情颇有研究，"朝里无人，累断腰筋"，这话是真理。刚攀上市委书记这高枝，他们一把手局长就犯了点错误，正被派往党校学习，小道消息早就传说他马上要下野。老唐如此破例地高抬他，看来，他小王科长当局长，至少是副局长主持工作，极有可能！

小王狂想了一夜，还得回到现实。第二天一早上班，他见到老唐，开口还是"唐局长"，可对方就如同没听见一样。进了办公室刚坐下，老唐就来电话叫小王过去。一进门，唐局长就板着脸："你还拿我当哥们儿不啦？告诉你，下次再犯，别怪我让你下不了台！"

打那以后，小王科长人前人后，总是管唐副局长叫老唐。局机关的人摸不清怎么回事，反正一个爱叫，一个爱应，谁管得着嘛。

这天下班，小王科长回请老唐吃饭。俩人老唐小王已经叫得相当自然。小王借着酒劲儿问："老唐，咱们局长听说要挪屁股，您听到什么消息了？"老唐哈哈大笑："当然。我是干什么的。"话到了这份上，小王就不能再抠根问底，他可以肯定，市委书记的关系起作用了，他就准备当局长吧。

小王科长所在的这个局并不在政府楼内。一天，老唐对王立宪说，市政府分管咱局的副市长要来视察，你去接一下，领导到了，你就喊我一声。小王科长得了这个美差，高兴得什么似的，老唐真够哥们，其实他肯定是巴结我了。把市长接到，安排到老唐的办公室，却不见老唐。他知道老唐一定又在哪个科室里聊天，就站在走廊里高喊："老唐——"半天，才把老唐喊了来。

这件事过去了俩月。原局长果然被双规了，新任命下来，却让小王科长莫名其妙，上级任命唐忠和为党委书记、局长，而小王科长则只字未提。究竟是哪儿出了毛病？小王不敢见市委书记，只好请教铁哥们老唐。

"老唐，晚上我请你吃饭？"小王敲开唐局长的新办公室。

"吃饭？吃饭好啊，可我哪有时间？最近这庆贺的那接风的……能应付得了吗？"老唐往靠椅后一仰，"小王啊，是不是想打听点什么消息？两千元红包，我给你上一课，包你不亏本的。"

小王只好如约去了老唐家。送上两千元，老唐笑着说："这点钱真是小意思，看在咱们哥们儿一场，我传授你点终生受用不尽的常识。不过，哥们儿的那戏该收场了，你今后得称我什么，自已心中有数，别没大没小，让同事们认为你攀龙附凤呢。"

小王科长张着嘴红着脸，递不上话来，不是你让我叫老唐的吗？

"我早听说你通过非法途径套关系，要往上爬是不是？但你只顾着高兴，却忽略了很多人的感受。可我得打一打你的气焰，我调查清楚了许多领导的爱好和忌讳，其中比较有用处的，就包括咱局的主管副市长，他老人家顶烦的是下级官员对上司没礼貌，这点你不知道吧？于是，我就给了你叫'老唐'的特权。那天你在走廊上那么一通喊，市长会高兴？所以，你那个市委书记的后台未必帮得上你。"

"那……您原来是害我呢。"小王一脸沮丧。

"啥叫害你？这叫竞争。兴你不正当竞争，就不兴我防卫过当？再说我现在以诚相待，告诉你其中技巧，也算是对得住你啦。你还年轻，以后再有这机会，可以用来杀伤对手的。你不就是个研究生吗？纸上谈兵，顶什么用，可老哥我在官场上混了多年，那叫正宗阅历！"

总　闸

　　市里搞文明建设，强调美化市容市貌，鞠主任愁得茶饭无心。为什么？就是那些"狗皮癣"就足以折腾他个精疲力竭的了，近几年街道广告兴起，一些唯利是图之辈想出了种种办法，把自己的广告贴到了城市的墙上，起初还只是张贴，后来发展到用油漆喷刷，还有一个月就要迎接全省大评比，主管副市长说了，哪个环节上出了漏子，具体负责人就下课。鞠主任管的是市容市貌这一片，他想尽办法，动员社区、学校……一切可以调动的力量，然而，效果不大，你前边擦掉，后边又接着喷上，他喷一分钟，够几个孩子擦一天的！

　　鞠主任想，这件事若是有关领导重视起来，解决起来不难，凡是广告都有地址，按地址追查，狠狠罚他，看他还敢不敢！然而，他手中没这个权力，跟领导建议，领导只会责怪他无能，根本不可能麻烦公安局去管贴广告的事！

　　晚上，在某旅游公司当老板的老婆回到家，直嚷嚷饭菜做得不合口味，骂他没用。鞠主任伤心极了，说自己马上要丢官，别说做饭菜，恐怕迟早让你淘汰了都是备不住的事儿。老婆见事态严重，忙问怎么啦？鞠主任就把广告的事儿说了一遍。

　　"你这样的也配当官？"老婆嘴一撇，"你看咱家这灯，想要让它们灭火，顶好的措施就是拉总闸，这道理不懂，你还厚着脸皮让人称你主任。你等着，我替你摆平，但事情不能着急，得看你的造化。"

第二天，鞠主任就开始焦急地等待结果，老婆弄的什么鬼，他哪里知道呀。过了五天，老婆晚上出去了一趟，回来说："行了，有人帮你解决啦。"他莫名其妙。问，老婆绝对不告诉他，只好闷在心里。次日，他被召到市长办公室列席会议，好家伙，公安局的、武警支队的、消防支队、城管的领导都在，听市长讲话。市长吩咐，要加大清理街头小广告的力度，甚至不惜动用司法手段，"我不信，还反了他们了"。

市长这一指示果然有效，所有市民全部出动，有关单位该抓该罚，市区的小广告很快就清理干净，如果让鞠主任去动员，他一年也发动不了如此大的力量，更可喜的是，由于公安、武警都参与了行动，消除了后遗症，哪个胆子再大，他敢跟法律玩游戏！接下来，本市市貌在全省大评比中获得第一，鞠主任受到了表彰。

鞠主任想破脑袋也没理出头绪，老婆讲的"总闸"，肯定是市长了，可她是怎么拉到这闸的？事过半年，见老公实在憋得痛苦，老婆才道出了实情："你想，书记、市长日理万机，你不刺激他，就你管的这点破事，绝对不可能提到桌面上来。我就跟踪书记、市长。那天，我发现市长的车停在宾馆后院，时间又比较晚。我迅速地将一张早准备好的广告贴在他的车门上……"

鞠主任恍然大悟，广告都贴到对方车门上了，他能不恼火吗？

"都怪我嫌你智商有限"，老婆又是一撇嘴，"实话跟你讲了，你也学不会。你以为把广告贴到他车上，他就重视了吗？关键是那份广告的特殊性。"

原来是这样的：老婆公司出现了好多竞争对手，有些新想法，让她既羡慕又嫉妒，可就是奈何不了人家。听老鞠一说苦衷，她灵机一动，主意来了。她有家竞争对手,新建了游览索道,广告词说:"上得潇洒,下得轻松。"这样的不吉之词,贴到他老人家车上,分明是挑衅嘛。当市长的,能潇洒地上,却怎么容忍轻松地下?所以,不但帮丈夫清理了街头广告,还让她的对手结实地吃了一顿热的!

鞠主任看着老婆那两片飞快翕动的嘴唇,大脑一片空白,娶了这样的老婆,不受气,他还能有第二种选择吗?

酒桌游戏

不知道哪位赶时髦，倡议了个男同学聚会。眼下搞什么学友、插友、战友、乡友甚至独（身）友啊，这些拉拉扯扯的勾当已成为时尚，我当然不能免俗。酒至半酣，不知不觉就把话题扯到女人这方面去了，酒嘛。想不到这帮同学一听女人，个个眼冒绿光。有位同学就倡议："咱们当中只有过一个女人的请举手。"

我很讨厌做这样庸俗的游戏，何必呢。可是大家一致鼓掌表示拥护，我还能怎么着呢。我偷眼一扫，嗬，二十多位男子汉，竟然没有一个举手。这年代，一个正常的男人如果不混她几个婚外情人，如同穷人上顿下顿天天月月年年总是咸菜，那他还活的什么味儿！

可我在二十多双目光的注视下坚定地举起了手，样子有些羞赧。其实我心里明镜似的，我的这些同学多是小职员、教师、工人，有的早已下了岗，还有在街上蹬三轮车的，就他们也想沾别的女人？然而他们硬撑着不举手。我举手希望起个带头作用：大家别虚荣了，该怎么回事承认就算了，装什么装！只要有好多人举手，这无聊的游戏也就失去了意义。可出乎我意料的是，两桌人只有我一只手孤零零地举着，众目睽睽下，样子煞是寒酸！

老班长赶紧帮我解除尴尬："吴友兰这样帅的男子汉，不可能（没别的女人）。"还有几个也给我鼓气："不必交代是谁，没人立案的。

大家都是铁哥们儿。"我发誓似的说:"明天绝对拿下一个,各位静候佳音。"

于是我成了这次同学聚会的弱者,年过四十竟然只一个女人!提倡议的老同学也主动向我敬酒赔不是,意思是他绝对不是有意出我的丑。我说得感谢你给了我明天奋斗的动力。有些同学还劝我别喝那么多酒……我不听,说,不就差那么一项吗,论喝酒,我绝对男人!分手时,跟我握手的同学最多,反复握,不是敬仰我洁身自好,是可怜我清苦,就一个女人,哼哼。

一下出租车,我立即精神百倍,刚才装醉是工作中练就的。我按响了小丽的门铃。一阵狂吻后,我说了那个酒桌游戏:"你今后遇上这样的事,万不可犯傻,透露咱们的关系……"小丽早笑得花枝乱颤:"你这个坏男人,世界上最吉尼斯的坏男人……"

我告诉小丽,今晚有重大活动,我不能陪她。我其实要去嘱咐丹丹和艳香,女人们智商低,关键时候总犯傻。充那好汉做什么,我好歹是政府官员,前程大着呢,跟那帮蹬三轮、弄机器的玩那酒桌游戏有什么劲!

单位无案情

值夜警卫老张电话一打来,吴馆长就晕了:七八个歹徒骗开单位的大门,将老张打掉四颗牙,打折一根手指,再逼到墙角喝下多半泡尿,最后,把单位楼上楼下翻腾了一阵,临走时再踹老张一脚:"这样的穷单位,白浪费爷爷们的宝贵时间。"

图书馆四十七名职工,四到六层都有办公室,这时候上班的都来了,各自一脸怒气:抽屉被撬,值钱的全被拿走了,而且翻得不成样子,许佳佳是受害最重的一位,她跟丈夫闹别扭,钱锁在抽屉里,总共三千八百元现金一分不剩。大家期待着吴馆长:"报警,这么多歹徒目标大,好抓。抓起来为民除害。光天化日殴打值班警卫,公开抢劫,反了他们!"

吴馆长是副的,他在报警前临时变了主意,虽然报案是必然的事,也还是等一把手刘馆长到了请示一下好。可是,刘馆长一听他的汇报,脸色立刻变得严肃异常:"老吴,你脑子这么爱发热,报了案,后果你承担得了吗?"

受到伤害,报案还有后果?老吴一头雾水。刘馆长说:"你忘了今年春天咱们局长签的合同?市政府治理软环境,实行一票否决制。如果咱们一报案,那叫事故,局长抵押金五千元被没收不算,还得再罚五千元，我抵押的三千元也泡了汤……局长自己掏腰包？他必然摊派下面，全局下属十一个单位，评先进无缘，还得受牵连，咱成了害群之马了！"

"那……"吴馆长哪料到是这个结果，一时没了下句。

"开会，马上召集全馆人员开会。"刘馆长对被打伤的张师傅好言抚慰一番："张师傅，你看？"张师傅是临时工，端人家饭碗的，听到问题如此严重，还敢说什么："我听馆长的。这点伤没什么。"馆长吩咐："绝对不能追究你的责任，这是一；绝对不能让你自己负担药费，这是二。你把这事压下吧，今后咱馆还要指望你当警卫呢。"张师傅见饭碗没事，眼泪都快流下来了。

刘馆长开会，首先对大家说："我以前反复讲过，任何人不得在单位存放贵重物品，尤其是现金，如果发现，则处以两倍金额的罚款。昨天在市里开了个会，强调社会治安问题。我在会上表态，图书馆是清水衙门，谁有钱往单位放？"见会场内鸦雀无声，刘馆长又说："刚才听到点不确切消息，说有人丢东西了？那好，马上回去写一份清单，一式二份，交我一份，另一份去派出所备案。丑话说在前面，丢了就是丢了，没丢不得胡说。中午之前吴馆长挨个核实一下，如实上报。散会。"

吴馆长大吃一惊，昨天，刘馆长跟他约朋友打了一天麻将，市府开会，哪有的事？傍午，他到各办公室走了一遍，没想到早晨横眉立目冲他报冤的职工们，此时个个脑袋摇得拨浪鼓一般，没丢东西，哪个也没丢东西。他这才恍然大悟，怪不得，前些日子风闻电影管理站失窃过两次，没听说破什么案，压根儿不能报案啊。

年底，全局在治理软环境方面顺利达标，局长受到奖励。局长对下面说，也有同志们一份功劳。

最服气的是吴馆长，他想，一把手就是一把手，那天他要是一激动报了案，这单位可全完了。

领导不抄袭

王子丹新当选这座省城的作协主席，不由得雄心勃勃，觉得不应当像前几任主席那样尸位素餐，得做出点事业来，为本市的作家、写手们谋点福利。他策划好了一项既能繁荣本市文学创作又可提高本市知名度的创意，几经辗转，直接见到了省委常委、宣传部长！部长听他建议要搞一次"公仆杯"散文征文，面向全省征集歌颂公仆情怀的散文，立刻表示了极大兴趣："公仆精神应当大书特书，何必拘泥在本省，我看就搞全国性的。"部长表示，可以发启事，拨资金。既然要搞，就轰轰烈烈地搞一次，由他亲自向省委汇报，号召全省处级以上干部带头参与，部长表扬了王子丹肯动脑子，让他只管放开手脚干。

征文领导小组很快成立，省委、省政府办公室牵头发文，部长亲任评审委员会主任。王子丹作为副主任，免不了紧锣密鼓地张罗。部长再次明确表示，奖金不是问题，可以高一些；评审过程要透明，向全社会公开；颁奖仪式要搞得隆重，才有影响力；获奖的作品要结集成册，这是本省首次面向全国征文，应当大张旗鼓地宣传！

征文进行得异常顺利，得益于题材宽泛，谁举不出几个公仆例子来呢？王主席从本省散文界选出几位骨干写手任初审编辑，又从省城作家中选出几位做二审评委，他自己腾出精力，专跑上面的事就可以了。

可正值应征稿件如雪片般飞来，形势一片大好之际，兴致勃勃的王主席突然接到助手们的电话："主席啊，事情难办了。"

"咋回事啊？"

"发现大量抄袭现象。"

"抄袭？"干子丹犹如当头被浇了一盆脏水，不由勃然大怒，"搞啥名堂嘛。如今的人，为几个钱，什么人品、羞耻全不要了，不择手段往里钻。抄袭跟做贼没什么两样，我告诉你们啊，没二话，拿下，不管他是哪个！"

王主席觉得电话里发火不解决问题，他丢下眼前的事，亲自去了评审办公室。几个初审编辑如遇救星："主席啊，您看看，参赛者通联署的都是党政机关，这些人咋好意思这么整啊。"

王子丹随手抓过一些抄袭稿件，打眼一看，可不是抄袭！认真负责的编辑们甚至找到了被抄袭的原作，都摆在了案头上，铁证如山！王子丹感到事情严重，党政机关干上几年，不当局长也是科长，身为公仆又写公仆，怎么可以这样？他翻出一篇署名"柳高"的，末尾还写着作者简介，标明自己是本省最偏僻小县的一个乡党委书记："明目张胆。这些东西先拿下，部长有空时，我当面汇报，不得了呢。"

三天、五天，王主席没机会面见部长，而本省各市县的公仆们来稿踊跃，大部分都有借鉴抄袭之嫌，王主席真是左右为难，这么多领导的作品都给毙掉，会影响积极性的；可如果不淘汰，部长还要求评审过程要公开、透明，这若是结集出版，岂不把人丢大发了，将来还不是他王子丹的责任！正束手无策呢，有人敲门进来，自我介绍，原来就是那位理直气壮抄袭的乡党委书记柳高！

王主席热情让座，心里琢磨这抄袭的话如何开口呢，柳高倒先打破尴尬："最近深圳有个考察，顺路来拜访评委老师们。"柳高喝了口味道极差的办公茶，微微皱了皱了眉："我听说自己的征文被定为抄袭，特意来申诉一下。"

他知道了！哪个嘴巴如此快，竟然把消息反馈了过去？尽管提到抄袭时王主席义愤填膺，可面对抄袭者的盘问，心理没准备，顿时张口结舌，倒像抄袭那个事是他王子丹做的！

"老师们，"柳高根本没兴趣打听哪位是负责人，径是自顾自说了下去，"这个征文是组织上号召的，不然我吃饱了撑的，写这东西？说我图那点奖金，天大的笑话。你们特等奖才一名，只有五千元，那能叫钱吗？我去机场，四百公里的路，专车送来，一人往返光过道费多少钱？不好意思跟各位老师说，本人一年吃喝费就有二十万，哪个地方省不下这点小钱，我会为你那五千元熬心血，何况拿不到特等奖。"

一个乡领导居然这么大派头，令王主席立刻自惭形秽！然而，文人的骨气不能丢："征文的意义不仅仅是那点奖金，大作我还没来得及细看，是不是跟哪篇文章撞了车……"

"我好歹是个党员，我这张党票押上行不行？"柳高有些激动了，"不瞒老师说，我从前也是写材料的，哪次不是抄？当了领导，全是念秘书的，哪个敢说不是我的讲话！这次为了获这个有意义的奖，也为了在上级面前表现表现，我下班后闭门谢客，不知查阅了多少资料。头一回这么认真，反而被说成抄袭，我耻辱啊。"

"这回征文面向全国，参考材料过多，是会引起误解的。"王子丹斟字酌句地解释，希望柳书记能予以理解。

"你不敢说省委组织部长他不懂创作吧？"柳高愤愤地质问，"他最近新出的那本书，摊派到我们乡了，哪一章没有抄别人的东西？"

"柳书记，您说的我都记下了。我们不是最终评委，这事得领导最后定。"王子丹送客时终于想出了这句不软不硬的话,等向部长请来尚方宝剑,怕你个小乡官炸翅不成!

送完客屁股没坐热,部长把电话打来了:"老王啊,听说你找我?什么事?说。"

没等王子丹汇报完,部长就打断了他的话:"你们也僵化得过了火吧?什么抄袭。告诉你,我用笔名、假地址写的一篇参赛稿,据说也被打入冷宫。抄没抄我自己不知道吗,费了心血的。告诉你子丹同志,准则有三,首先是特等奖、一等奖必须是咱省的作者,二是各单位领导要占一定比例,如果你们认为稿件不妥,一定要负责修改到满意为止。错了,我拿你是问!"

电话挂断了半天,王主席还举着话筒发呆,这么多公仆来稿,要修改到公开结集而不露抄袭痕迹,把这个班子的人全累死也办不到啊……

竞争对手

徐晓民科长这几天一直脑袋发紧，为啥？他一个科长领着俩科员，总共三个人，而且那两位小王、小张都是大学毕业才分来的，无论是年龄或者学历，都较他当科长的占有不可比拟的优势，尽管他小心翼翼地伺候领导，还是怕有朝一日两个属下超越了他，那样他怎么有脸在单位混下去？于是，徐科长总想找个机会整治俩部下一通，毕竟是书呆子，老家雀还能玩不过小家雀？

机会来啦。局长在一次全局的大会上宣读一份文件，读了二十多个错字，把"熠熠生辉"念成"习习生辉"，把"肆无忌惮"念成"肆无忌禅"，把"例如"念成"列如"，"莅临"念成"位临""造诣"念成"造旨"……这是局长的老毛病了，大家能听懂怎么回事就成，谁也不敢提出。徐科长左右一瞅，哈哈，让他猜着了：小王听到局长念错一个，就嘴角那么轻轻一挑，肯定是嘲笑的意思；小张呢，把局长读错的字都记在一张纸上……徐科长看在眼里，心里那个高兴啊，小东西，你们读了几年名牌大学，都忘记姥姥家姓什么了是吧，我让你们缴点学费，再教你们知道怎么在机关里混。

散会之后，徐科长拍拍两个部下的肩膀："跟本科长干了近一年，我还没慰劳慰劳你们呢，今晚我请客。"喜得俩书呆子蹦起来。三个人找了家饭店坐下，徐科长把话往正题上引："我最多再干七八年，迟早要退下去，工作还得你们高才生干。到底是大学生，局长念错字都躲不过你们的眼睛，你看我就差一大截呢。"夸得俩书呆子飘飘欲仙的样子，轮番给科长敬酒。徐科长又向部下虚心请教了局长念错了哪些字之后，说："我不敢贪天功为己有，成果和水平都是二位的，将来你们要单独提醒局长啊，别让他再出丑了，那是咱全局的形象哩。"

"多谢徐科指教。"两个小青年心领神会。

徐科长一块心病去了，工作干得朝气蓬勃。他能不清楚嘛，俩傻子找局长一提那事，局长肯定怀恨在心，那样只要他在这个局当头儿，小张小王就不可能有提拔的机会啦。

一个月后，局里中层机构调整，三个科合并成一个。出乎徐科长意料的是，老徐降为主任级科员，而小王和小张分别被任命为新科里的一、二把手！

徐主任科员到死也想不明白，他揣摩局长心理十年足有了，这领导遇到超出他本事的部下，总是不遗余力地排挤，他怎么会一反常态，启用小王、小张呢？而后来读文章或者讲话，他发现局长那些错别字的确改过了，说明两人真的给他提出过……

没法子，再破费一次吧，这次请新领导应当。他把荣升为科长的小王、小张再次请到先前那家饭店，提到了给局长纠错的那事。

小张说："我提了。我根据您平时的指示，一切成果都是您领导的结果呀，我就向局长如实说您指示我纠错，以免影响全局的形象……"

"啊？"徐科员差点气昏过去，这不明明是往局长那里出卖他吗？

小王说："我没说您让去的。我说，局长领导得好，培养了许多敢于直言的部下。比如我们徐科，就坦率地对我和小张说过您读错字的事，这若是换个领导，部下不敢讲的。当然，我还讲过，徐科长也有所不知，领导日理万机，哪会像我们这些人闲着没事总查字典玩，个把错字跟日常工作有什么关系！"

"我服了，二位。"徐科员说，"只以为你们都只会读书……"

"笑话，"两位新领导异口同声，"那样，我们搞科研去得了，跑政府混的哪路呀。"

钢琴奇案

我们单位本来雇了个临时工负责卫生兼警卫,可人家跟领导提出中午要回家吃饭,领导就命令我们每位员工中午轮流值班,替临时工回家吃饭,看住过往的杂人。其实我单位早把一二楼外租,全体员工集中到三楼以上办公。尤其二楼,租给人办了个再就业学校,学员整天换,出出进进,又没个标志,哪个分得清谁是学员谁是外人?而单位员工中午轮值须一个多月才摊到一次,怎么可能记住?我曾经多次嘀咕:"纯粹是形式主义。"这话传到领导耳朵里,他在例会上拍着桌子吼我:"白姗姗,你一个多月辛苦那么一两个小时,有脸发牢骚吗?告诉你,值也得值,不值也得值。不用你掉以轻心,轮到你时出了问题,我让你吃不了兜着走。"我让他训得面红耳赤,哪里还敢争辩,我们领导是出了名的铁腕人物,惹着他,管叫你好几年返不过乏来。

一天中午,轮到我值班。本来这班值了两三年,没谁认真,我便伏在桌上打盹儿。这时进来一个男子,东张西望。我立刻走出值班室,问他找谁?他答,是送钢琴的。我知道,我们一楼东端有间很大的屋子,其中一角被领导借给他的一位做钢琴生意的朋友孙老板存放钢琴,平常也总看到他们出出进进搬运货物。我开开大门,见门外停着一辆车,车上载着六个大包装,上面印着某牌钢琴的字样。刚才那汉子冲我笑笑:"新进来的,要先寄放这儿。"若是拉走东西我绝不能让,这寄放东西总不会有假吧。我便问："孙老板呢?"那人说,孙老板忙,让我们几个先送来这六架;另外还有三架次品,顺便拉走,发回原厂家退换。

我眼看他们进来好几个人,抬着架钢琴来到那大屋子的门口,放下,却进不去。我问："怎么啦?"还是那汉子说："没带钥匙。"我奇怪:"你们放东西不带钥匙怎么进去?"他又笑笑:"有办法。从窗口跳进去,把门打开。"说着,走过去稍稍一拨弄,铝合金窗户就弄开了,门被从里面打开,六架新钢琴抬进去,三架用粉笔写着"废品"俩字的抬出来装上车运走了。临走,那汉子还冲我说了句:"师傅,给您添麻烦了。"

钢琴拉走后,我越琢磨越不对劲儿,那钢琴大老远运来,当时怎么不验收?连出三架废品,那厂子还想不想做下去了?既然已经知道有出废品的可能,孙老板却不出面,怎么知道这六架新运来的能保证质量?

我想不通这里面有哪些不对,想跟领导汇报,可又怕领导借题发挥,比如说你为什么不经我批准让他们跳窗户?想起他那天的警告,我不寒而栗!一小时后临时工来了,我匆匆交完班,跑回家越想越怕,当晚高烧不退,住进了医院。

我在医院住了半个多月,才勉强支撑着上班。一进办公室,见同事们个个板着脸,对我说,你得病得出福来了,少挨多少调查,少挨多少训。我问怎么着?他们说,丢钢琴了,丢了三架钢琴。失主报案后,警察确定丢失时间在一周内,单位除了你生病半月多被排除外,其他全是嫌疑人,尤其这一周内中午值班的,可来罪了……

原来,那孙老板因为去南方谈生意,一个多月没回来,临走时,门市那边备足了货,这边也就没人来取,他自己把钥匙保存起来。最近到这儿取货,发现钢琴多出三架!再细一检查,其中有六个是假包装,里面塞满了木板、石块，这就是说，真钢琴少了三架！

同事们对我讲："真是见鬼了。警察折腾了好几天，丁点线索没有！"突然，他们都噤了声。原来是领导过来，亲自通知开排查会："老白，你回去歇着吧，其他人少一个都不行，我就不信！"

钢琴失窃最后成了悬案，领导跟孙老板最后闹翻了，两人互不往来。

这年底，我头一次评上了先进，工资晋升一级。领导的意思，先进不能从班子里产生，除了老白之外，那钢琴一案都有嫌疑……让嫌疑人当先进，那不让人笑掉大牙！

我得感谢那伙偷钢琴的，更感谢那场及时病，否则，就我这心理防线，让警察扫那么一眼，就得如实招供，那么贵重的东西，我后半辈子也还不起！

吉祥工程

李长安县长刚刚熬上县委书记,就被请去为工商银行大厦剪彩。本来很风光的事,却惹了一肚子气。怎么啦?工商银行的头儿太狂妄,县委大楼总共才5层,他工商银行大厦竟然盖到12层!瞧工商银行行长那志得意满的熊架子!你什么级别的干部,敢目中无人,骑到县党委头上!

李书记越想越上火,决定,重建县委大楼。县里经费短缺,但钱像海绵里的水,只要肯挤,总会有的:各单位挤一点儿,各企业摊一点儿,各公民捐一点儿;他岳父在省委任要职,请夫人出面,求泰山大人批拨点儿,估计也差不多。李书记想好8条重建县委大楼的理由,在常委会上强行通过。大楼选择开阔的地带,造成13层,超他工商大厦;大楼前搞一个广场,争取赶上天安门广场的规模;他还限令秘书搞准天安门国旗杆的精确高度,将来,县委广场的国旗杆就是这么高!为官一任,要青史留名,他李长安书记给县城留下这么座大厦,全县人民想忘记他,也不可能。

紧锣密鼓的招标、筹资工作顺利进行。李书记手捧图纸,突然眉头一皱:不对呀,13层?外国人视13为不吉祥数字,他堂堂书记怎么能干这傻事呢?搞14层。他吩咐承建单位把大楼改为14层。

这号令刚发出去,李书记又觉得不妥:盖楼毕竟不是小事呀,他不可能少费了心思。14层,也不吉祥:当地方言,"十"与"四"跟

"死"发声相近，比较起来，14还不如13，李书记叫来他的宣传部长，对方研究周易很有知名度，前些日子，给李长安算了一卦，说他近日要当一把手，果然，不出1个月，预言应验。李书记对宣传部长说了他的想法。部长说："书记英明，14是不吉祥。"他推算了一下："15不错。"

可15也不行。15与"失误"谐音。李书记建大楼不可能与失误沾边儿，那就16层吧？更不妥：他官运正旺，前途无量，其实全仗着夫人是省委重要领导的千金，那16与"石榴"谐音，分明是嘲讽自己拜倒在夫人的石榴裙下；17？哎呀，了不得，"死妻"可就断送了他的前程，别人"升官、发财、死老婆"是大喜事，而他死了老婆，将一无所有！干脆，18层——要发！这想法把宣传部长吓了一跳："哎呀我的书记，您可真是海纳百川的胸怀，我方才也推算这18是最吉祥的数字，但我没敢想，书记想到了。18，不但'实发'，还有步步高升的象征！"

李书记叫来大楼施工的总负责人，指示将大楼改为18层。负责人为难地说："地基已经回填，加那么高，恐怕……""能不能搞补救措施？假如你不胜任，我手头别的没有，干部多得是。"吓得对方不住点头："措施肯定有……请书记一百个放心。"

李长安这回彻底高兴了。瞧他这决策，前任多少书记，碌碌无为，留下点什么啦？而他……步步高？他很快就会步步高升！李书记把县委大楼的工程定名为"吉祥工程"。

李长安升任市长的愿望还没来得及实现，一副冰凉的手铐扣在他的手腕上：由于设计不合理，他所信任的工程负责人又搞偷工减料，18层县委大楼刚刚建成，又突然倒塌，他以渎职罪被捕。这一霎，李长安恍然大悟："当时怎么昏了头，18层，那不是18层地狱吗？"

第五辑 人生百味

五元钱

窗子在进门不远处,每个人到办公桌必须经过这儿,平时上面什么杂物也不放,科室里总是收拾得窗明几净。

科长这天喝多了,最后离开屋子时,掏兜,掏出一张半新不旧的五元钱,也许喝了点酒吧,他顺手将钱扔在窗台上。

第二天,科长上班,见那钱仍躺在那儿,科里一共六个人,大家各自忙各自的,似乎谁也没发现窗台上怎么多出五元钱来?

过了一天、两天,科长对自己说,行啊。

那五元钱,科长就不打算收回去了,放在窗台上做块试金石,这秘密只有科长自己知道。

一直过了一个月,那钱还是静静地躺在原地。其实科里六个人并不是同时上下班,任何人都可以顺手牵羊把它揣兜里,可是,五元钱躺在那儿一个月了,包括一次大扫除,擦完窗台、玻璃,钱只是打了个滚儿,又躺下不动了。科里也有外来办事会友的,奇了不是?竟然没有人问,怎么这儿有五元钱?或者谁丢了五元钱?仿佛大家都不认识钱或者是大家眼神儿都不好。科长自己也觉得出乎意料,怎么啦?

行啊行啊行啊。科长对自己说,同时也有些自豪感。

这一天,科长第一个来单位,他瞅着那五元钱,只觉得那日酒后的游戏有些无聊,扔五元钱在这儿有啥呀,人家连搭理的也没有,他倒是真盼望有个人把它揣走,可是没有。科长于是骂了自己一句,把五元钱收了起来。

几分钟以后,令科长想不到的事情发生了,同事们陆续上班,他分五次听到了完全相同的喃喃自语:咦,那五元钱怎不见啦?

装

　　索性要装就装得大点儿，五十元租一辆轿车，开到未来的老丈人家门前，初次上门，表现突出点，他不是瞧不起我嘛，看我坐专车来。

　　坐专车当然不能承认是花的大头钱，那样的话是个人都能办到，我得说随便哪一个当总裁的朋友派车送我来的，面子不就起来啦？我还得设法让老丈人全家都看到这辆车，以证明他们的姑爷子不是等闲人。

　　精密设计，我把该想的都想好啦，我得稳住司机，让老丈人看车呀。我就说，哥们，你看到那个铝合金窗口了嘛，对就是那个。我上去看看，极有可能我的小姨子托你捎回去，再给五十元如何？司机美出鼻涕泡来啦，他挣的就是钱。我又说，你在这儿稍等，她若是下来，就按这价，不下来，我在窗口告诉你，那就抱歉啦。

　　司机傻乎乎地在楼下盼。我对他吹我是大总裁，今儿初次搭车，要的是情趣，也怕老丈人产生自卑情绪，否则这点路出手就五十元？吹就吹吧，这年头不装大点儿就被人瞧不起。

　　未来的岳父岳母赶巧都在家。太好了，哥们这戏演得值，让他们一块儿开开眼界。老丈人说，来这么早。正按我的思路来啦。我说，遇上家电城的沈鸿钧，非请我不可，我讲了要来拜见您，他不信，派车押送我来啦。我得告诉他，车还在下面等着呢。

　　沈鸿钧是家电城总裁，我有个哥们儿在那儿打更，借用一下名分构不成侵权罪吧。我说，伯父，您做一下证明，省得沈总裁挑我理儿，您窗口一站就妥。

司机正为那根本不可能到手的五十元在楼下踱步呢，我开窗，唉，师傅，您请回吧，抱歉抱歉。

司机一抬头，突然大喊，姨父！怎么这个窗口是您的，我当哪个呢。

老丈人称他啥名儿，我已听不清了，只恍然听到他让自己外甥上来一块儿吃中午饭，并对我说，正好让你们认识认识，可真，这小子啥时跟沈总裁开上车了，怎不告诉我一声？

我不能从窗口往外跳，这儿是六楼。

比鬼难缠

王发财前几年下海，到北京求发展，与人合资开了个小公司。号称公司，其实没有多少资产的。但为了生意好做，他有时不得不装出一副大老板的气势来，对付一些应酬。

这一天，一位也是来北京做生意的老乡突然登门来访。虽然从前关系不是多么深厚，老话说"老乡见老乡，两眼泪汪汪"嘛，王发财还是很热情地接待了对方，不但请他去了家相当不错的酒店，还邀了好几位生意上的朋友作陪，也让生意界的朋友看看，他王发财多么够朋友，大家只管放心跟他合作就是啦。

酒足饭饱，王发财又邀请那老乡到自己办公室去坐，看自己的确是说了算的"总裁"。老乡要求打个电话。王发财说："那不小菜一碟嘛。"老乡就用他公司的电话打长途，一打就是二十多分钟。王发财有些心疼，这得花多少电话费呀。但不高兴归不高兴，王发财仍然装出一副无所谓的样子，既然钱都花了，何苦再得罪人，那才叫亏损！

谁知道从那天以后，那老乡几乎天天来这里打王发财公司的电话，哪次都是长途，哪次都是二十多分钟。还说，"瘦死骆驼比马大。我的公司那个电话不知怎么搞的，总是听不清楚。我到你这儿还得挤公汽。"

王发财听了，更是生气。什么电话有毛病，有毛病不会通知电话局来修吗？分明是占我的小便宜。悔当初不该对他过于热情，这叫"烧香引来鬼上门"。你省了，我却受不了。王发财眼珠一转，把电话锁上。并吩咐手下："那个人再来打电话，就说欠费让人家给停了。"

果然那老乡第二天又来打电话，跟上班一样准时。电话自然打不出去的。王老板的雇员就依老板的话告诉了对方。

老乡走了，王发财长嘘了一口气，这鬼终于让他送出门去。哪晓得第二天，老乡照例来打电话，打不通，再走。

接下来，王发财的麻烦事儿又来了。听说那老乡到处宣传他王发财生意没什么做头啦，眼瞅要混不下去："别听他瞎吹。他连电话费都缴不起，还谈什么发展？"

王发财真不知道该怎么对付了。他是任对方宣传下去呢，还是重新把他请回来，电话再继续让他打呢？

素 质

每天夜半,差不多都会被楼道里的声音惊醒,张老师就起来骂:"素质!"最近某家饭店租到顶楼的那家的房子,给一帮打工的服务员住宿,这些年轻人工作到小半夜甚至大半夜才回来,开头是叽叽嘎嘎一路疯着跑上来,被抗议后,变得规矩了好多,然而,走到我们门前,见楼道里照明用的声控灯黑着,就拼命跺脚,一个跺还不尽兴,往往大家争先恐后一起跺。我神经不好,张老师还有心脏病,哪次被吵醒都要心跳好久,然后就是失眠。听到张老师骂,我也同仇敌忾地附和:"乡下人就是素质差。"张老师更激愤了:"需要亮光,只消轻轻咳嗽一声,那灯就会感应到了,你说你们死命跺脚干什么呀。"

我的脸一下子红了,其实我也靠跺脚解决灯的问题哩。第二天晚上回来,我特意悄悄咳嗽了一声,果然,灯亮了!若不是张老师说破,我也跟乡下人素质一样啊。

跟张老师一起受聘到省城,单位给我俩租了房子暂住,我算跟张老借光。虽然受点跺脚的气,可比比挤公寓的,也还是享福呀。于是,闲下来我跟张老师憧憬:"假如这楼上租给有素质的人家,那就几乎完美了。"

素质成了我俩的话题,无意中,我也变得规矩了许多,怕不小心让张老师跟素质联系上。

今年春天，跟张老师回故乡小城组稿，傍晚陪他去郊区看望一个老朋友。对方居住在一幢不供暖的"土楼"中。来到楼道前，天已黑透，那楼道内更是漆黑一片。我正踌躇着想摸根火柴照一下，没想到张老师比我急，他习惯性地朝前面狠劲一跺，哪想到这种楼道里不但没有声控灯，并且由于春天化冻，积了挺厚的脏水，人们只好垫两层砖头，踩着跳过去，张老师哪知道这些，一脚跺空，就听"哗"的一声，浊浪溅起，他的皮鞋、裤子全是污水和冰碴儿！

我急忙把张老师拉到安全处。搞清事故原因后，张老师叹气："素质。这破楼道里连个声控灯也没有。"我问他："您咋不咳嗽一声试试？"是啊，咳嗽，就不至于弄脏、弄湿鞋袜、裤子了。在省城，他上楼总是轻轻咳嗽一声，灯就亮了，我都被他感染得文明多了。

谁想，张老师恨恨地回答："到这种地方，跟他讲什么素质！"

有事吱声

作家肖旺盛到南方笔会,被安排跟一位山东作家老林同一房间。老林人热情,经常十分诚挚地告诉老肖:"你原籍不也是山东吗,咱俩老乡。有事吱声,甭见外。"肖旺盛很愿意与人相处,就相互交换了名片,并告诉老林,他所居住的长白山物产丰富,他有许多朋友,种人参的,养蛤什蟆的,假如需要,他保证能买到货真价实的。老林十分惊喜:"俺这老乡认定了。"

回到家乡不久,肖旺盛就接到老林的电话:"老乡,当时随便那么一说,没想到还真就求到你啦。"老肖说,朋友嘛,说什么求不求,有事吱声。对方说,你不是有朋友种人参吗,咱不图省钱,图个真货,你帮我弄半斤干货寄来吧,钱该怎么算就怎么算。

老肖一想,自己说过有种人参的朋友,半斤人参就要钱,那连自己的朋友都让对方瞧不起。数量上也不值得开口向朋友要,他又忙着写作,索性让老婆去山货市场买了给老林寄过去。老林收到后打来了电话,问花了多少钱,他马上寄来。肖旺盛说向朋友要的。老林就说:"那也不能让你搭上邮费吧?"老肖差点笑出声来,心里想我猪肉都搭上了,还在乎一点葱花?就说,拉倒,朋友提钱,岂不远了?老林在电话里寒暄了许久,最后说:"那我恭敬不如从命了。肖大哥,有事吱声。"

打那以后，老林隔两三天就打电话问候，天气冷不冷啊，你身体怎么样啊，别只知道拼命写写写，咱这岁数了，钱是身外之物。起初，老肖还感觉挺温暖的，后来，就有些腻，可人家长途电话问候，咋还烦？难道不理你就好了？这样一想，老肖的电话也就顺其自然地接下去。

一个月后，老林又在电话中羡慕起了长白山。说："你那朋友养的真是活鹿吗，鹿胎膏不会是狍子胎代替的吧？"肖旺盛有点不高兴，怎么看我们长白山呢，便一再声明绝对正宗真品。老林又说了，他领导的夫人有妇女病，假如弄点真的，可算帮了大忙，他老林评职称正仰仗领导说话呢。"这边不是没有，但真假难辨呀。肖大哥，您抽空跟养鹿朋友要点原生态的，钱该咋算咋算。这边有事，你吱声。"

事关老乡职称大事，马虎不得。肖旺盛便打电话跟朋友，请求支援点正宗鹿胎膏，再次让老婆给邮了去。

就这样，跟老林结识三年，肖旺盛帮他办过六七次事，都是免费的。老林也不含糊，打过无数电话，每次都说，有事吱声，可老肖没事，吱什么声？只好说谢谢谢谢。关键是电话，老林枉花了钱，老肖这边也不胜其扰，因为对方说话抓不住要点，唠叨起来没完没了，肖旺盛好不容易来点灵感，电话一响，思路全打乱了，这损失无法估量。

肖旺盛为难，如何能让自己清静一阵呢，绞尽脑汁也想不出个拒绝的办法。老婆见他烦恼，问："究竟是什么朋友？"老肖回答，就是笔会认识的，没深交。可是人家那么热情地打电话，费用也不少的，咱不好拒绝吧？

老婆听了，一撇嘴："他不是某单位的吗？傻样儿，人电话公家报销。我有朋友就是，电话打起来没完，反正花公家的钱，这情谊你接不接受都行。"

原来如此。肖旺盛心底感觉不是滋味，但他仍然觉得林先生蛮热情的，不像故意揩他油的主儿。老婆一脸不屑："你不就想静一下吗？这主意想不出来，我告诉你。"

果然，当天夜里，老林又打来电话，咨询蛤什蚂的疗效，老肖就说，这个我还不了解，哪天帮你问一下，待老林习惯性地说罢那句"有事吱声"，老肖按照老婆的指点，接上了话："老乡，你别说，我还真有点事求着你。我老婆最近揽保险，你在那边声名显赫，帮助揽几个保户，反正他找谁也是买，这样，我老婆就有了业绩。"老林迟疑了一下："山东跟吉林这么远，能办吗？"

"巧了。"老肖说，"家属娘家弟弟跟你一个城市，你联系好了，告诉我就可以了，那边派内弟去跟你联系，一切由他操办，这业务是全国联网的。"

一个月后，肖旺盛感觉生活节奏有些改变，噢，原来林先生自从那回揽保险的电话后，一直杳无音信了！莫非他遇到了困难？老婆点着他的鼻子："你等着吧，这事到此为止。我就是帮你打发掉这无聊的电话就是了，不管白天黑夜地磨叽，我也受不了哇。"

"那你的保险业绩一点也帮不上了？"肖旺盛有些内疚。

老婆哈哈大笑："你这脑子，怎么还能写出小说来，真让人纳闷。我哪有什么业务？临时编的，没有保险这个点子，我还可以说买房借钱，邮购海鲜……总之把电话吓退了才是目的。哼，别以为你写出点破小说多么多么了不起，我若是早点练习，业绩未必比你差！"

需要帮忙吗

邵先生烦恼透了。

深圳那边催着他过去上班，找这份工作不容易呀。可他在北方的这处居室越急越出不了手。起先买房时，开发商收钱，给发票，交房，并承诺到年底统一办理房照等相关手续。整个小区居民都这么办的，邵先生也在这儿一住十年，然而，交易后没到年底，那开发商就失踪了，这房屋便成了无照房。邵先生打出广告后两个月，看房屋的应接不暇，就是谈不成，换谁谁不急呀。

这些年房屋价格疯长，老百姓憋得嗷嗷叫。但邵先生眼睛只盯着那份来之不易的肥缺，根本没指望赚钱，他的房屋比原价还要便宜十万块呢，名副其实的省城最低价，为什么就是卖不掉呢？

老朋友舒春来看他，邵先生冲着舒春发牢骚。

"我这发票是经得住检验的，小区全是这种情况，仅仅差一个房照，便宜十万呢，这些人脑袋进水了是怎么着，为什么就是疑神疑鬼？你不是懂周易吗，帮我算算，毛病出在哪里？"

舒春说："我有破解之法，可比较难为你呢。"

"火烧眉毛了，你还卖关子！"

"不怕难就好。"老朋友说，"明天你到欧亚卖场。那里要搞店庆，人必多。你仔细观察，发现哪位有困难，你就主动帮他。前提是，不能透露原因，说破了，就不灵了。十二点之前你找到五十位，只要能帮成一位，你这房子很快就可能出手。"

这有什么为难的，众目睽睽下，我又不可能抢劫哪个。

邵先生次日早早就来到欧亚卖场。他仔细观察每一位顾客，发现老年人，或者东西买得挺多的妇女，他便主动过去，礼貌地问："需要我帮忙吗？"

邵先生始料不及的是，尽管他竭力做出真诚的样子，被询问的对方一律摇头，表示不用他帮助，有一位妇女购买的东西超重了，她宁可花十块钱雇外面蹬三轮的给提到车上，就是不用他伸手。

真是奇了怪，难道这舒春施过妖术？可这样对他舒某有什么好处？

晚上，舒春安慰他："我又帮你破解了一回，说明你还有机会。明天你再去联系三十位，这回还可以直接告诉他们原因，能帮成一位，房子前景仍然看好。"

邵先生再次去了老地方。但是，情况比昨天还糟，他如实陈述了原因后，顾客们如同遇上精神病患者一样，大老远就避开，他甚至没有机会接近受助者。

舒春听了他的牢骚，笑了："你把房屋寄放我这儿，我帮你代卖。政府不是登报公开承诺，要在三两年内解决无籍房问题吗，届时咱们卖个全价，如何？"

"说定了。假如卖全价，我谢你十万。"

两年后，舒春以七十万元的正常价将邵先生的房屋售出。

邵先生一块心病终于了结，他兴高采烈地飞回北方，握住舒春的手："还是你有远见。政府到底给办房照了？"

"你做梦！"舒春撇了撇嘴，"你以为是深圳呢。在北方，说是三两年之内，五年办成就是快的，老规矩了。"

"那你用什么法子把房子卖掉的？你没有相关手续，甚至连我这正宗的房主也不在现场，人家会相信吗？"

"你一离开，我就把房子租了出去。我得赚点房租做辛苦费吧。"舒春慢腾腾地说，"然后，我也跟你一样，不断张贴广告。跟你不同的是，我如实说明情况，开口要价就是七十万，少一分不行，爱买不买。"

"不对吧。"邵先生百思不解，"当初我只卖五十万，户口本、身份证全给他验过，接待登门的不下百人，连还价的也没有一位啊。你卖东西哪有一口价的，不符合常情嘛。"

舒春哈哈大笑："记得你在欧亚热心助人的情景吗，为什么没人接受？"

邵先生不解："不知道。我可是真心要帮助对方的，没人领悟，总不能强制执行吧。"

"热心过度未必是好事。就如你那房子，便宜得出了格，对方就以为是陷阱，何况你本来就缺手续，这年头，骗子实在太多了。"

"可你更缺手续嘛。"

舒春得意地说，他把房子租出去后，根本就不着急了，因为这些年的房价，涨得没了谱，他这是以静制动，公平定价，便不会给对方以不真实之感。买主登门看房，他把房户介绍给对方，并且把双方的租赁协议给买主看，这在一定程度上打消了买主上当的顾虑。当然，他答应以自己房屋做抵押，去公证处办的公证，这相当关键的一条，也是建立在买卖成交后的基础上……

"事实证明，你房子最终卖出去了。"舒春说。

"你既然这么有把握,当初跟我明说算了,何必绕这么大圈子。"

"这话说的。"舒春十分不满,"你去欧亚两次,怎么就没悟透这道理呢?我当时若是过分热情主动要求帮你,你一定怀疑我有什么不良目的。想不想要房钱了?想要,咱得立个手续。"

感应灯的感应

谷老师夫妇俩住教师解困小区四楼。居民们都是自顾自,楼道里没灯,谷老师晚上出去扭秧歌,有一天回家,因楼道太黑,上楼梯把脚脖子崴了。女儿十分心疼,就对妈妈说:"让你女婿给安个感应灯,有点声音就自然亮,过后自己熄灭,省电省力,方便自己又方便大家。"谷老师听说有这么个好玩意儿,欢喜得不得了。

感应灯果然很神奇,谷老师再扭秧歌或者夜里出门晚归,只要咳嗽一声,那灯就善解人意地亮了,为她照明,邻居们也交口称赞:"谷老师这是为人民服务。"谷老师美得什么似的:"还是科学伟大呀。"

可是,感应灯带来的喜悦还没品尝够,谷老师又感到了不对劲。因为大家都知道了她家安有感应灯,为了照着方便,刚进门洞就有人弄出很响的声音,更多的当然是走到谷老师门前,使劲地跺脚让它亮。这幢楼共八层,上上下下的人非常多,经常天大亮着呢,却拼命跺脚使唤那感应灯,有时醉鬼们下半夜才回来,弄个楼道里跺得惊天动地,老伴心脏病加神经衰弱,常常睡梦中被吵醒,吓个半死,然后就折腾到天明……谷老师心理就不平衡了,其实咳嗽一声灯就亮了,干什么要使那么大的劲呢。还有,她门前的水泥地能禁得起这么跺吗……渐渐地楼道里的邻居也有微词了:"真是吃饱了撑的。这么多年没灯,哪个还不活了?安这么个玩意儿,半夜三更搅得人心惊肉跳。"谷老师那份伤心呀，她自己没得到多少方便，还搞得里外不讨好，真是何苦！

再一个星期天，女婿上门看望。谷老师就说明情况，感谢一通，求女婿把那灯撤掉。撤掉了，不就没这份烦恼了吗。

没想到的是，撤掉后，谷老师的日子更不好过。所有上下楼的人以为灯还在哪，照例跺脚，而且跺两脚不见亮，就接着更加使劲地接着跺个没完，跺不亮就尖叫，还有骂得很难听的……谷老师没办法，只好坐到靠门的地方等候，听到跺脚声音，赶紧开门婉转地解释："那灯坏了。"现在是夏天，她可以这样，若是天冷了可怎么办？

清早，谷老师上街买早点，耳朵间恍惚听到邻居们在花池边议论啥，说的似乎是她："安这么个灯又撤掉，这是心疼大家沾她的光了！"

这小气的名声谷老师不能担。她准备再求女婿给安个长明的吧，总比乱跺脚强，总比挨人家议论强。她忽然恨起那个发明家来了：你说你为了自己赚一笔专利钱，究竟坑了多少像我这样无辜的人呢？

都是开玩笑

老于正趴在办公桌上忙活，本单位的小崔从窗外把他叫到走廊上去，说："我有个非常铁的朋友突然死了，得去看看，老大哥手里有没有钱，借我五百元，改天还你。"人有急事，怎么好袖手旁观？老于刚刚分流到这个单位，正想着跟同事们搞好团结，他摸了兜。只有三百元。小崔一把接过："三百就三百，改天我还你。"

事情过了半月，期间发过一次工资，老于也没等到小崔还他的钱。忘记了？他跟同科室的小胡说起此事，小胡很吃惊："你怎么借钱给他？那小子无赖，都臭名声啦，单位没谁跟他有经济往来，完，这钱怕是打了水漂儿。"

世上还有这样的人？老于心里憋气。

这天晚上，老于散步，忽然看见小崔闪进"梦巴黎"去了。那是一个带黄色性质的娱乐中心，这小子，有钱潇洒，没钱还债！老于就掏出手机给小崔打电话："你在哪儿呢？"回答说，探视一个病人，在医院。老于很生气，问："你借我的钱，是不是给忘记了？"小崔吃惊地问："什么钱？"老于恨恨地说："你太不够意思了，当初我热心帮你……"电话里，小崔哈哈大笑："老大哥，同事一场，怎么那么小气？我借你钱，哪个看见了，有欠条吗？三百元交个学费，价格够优惠的了吧。"老于都气哆嗦了："你别把路走死。""我从来也没惦记第二次。"

老于在门外等了一会儿，主意有了。这阵子，小崔醉醺醺地从里面晃出，老于迎上去："你不是去医院了吗，我在这儿盯你多时了。"

"那也没用，不是告诉你了嘛，只当交学费。"

"好小子，我可是有备而来，专治你这无赖的。"老于从口袋里掏出一只新型手机，"你跟我去公安局，我这电话可是录了你的音！"

小崔真不愧是沙场老手，见了手机，竟哈哈笑起来："跟你开个玩笑，老大哥还当了真。以后大家能不能幽默点儿轻松轻松？钱在这儿，拿去。"

老于接过钱，也学着小崔的声音哈哈笑："怎么不幽默？我也是跟你开玩笑。这'手机'是刚才买的玩具，你若想玩，十元钱就可以拿走！"

发 水

黄少秋探家十天，兴冲冲返回单位，刚刚坐下要处理攒下的业务，领导推门进来，问："你没回家？"黄少秋自豪地答，他每次总是先到单位，晚上下班一块儿回家，那个单身寓室，有什么好挂记的。他这样说是提醒领导，他小黄是多么热爱工作啊。可是领导并没对此感兴趣，说："你马上回去，今天早上，你楼下的住户把电话打到单位里来了，说你住房发了水，把人家给淹了。——你走时关水龙头了吗？"小黄被当头泼了一瓢冷水，结结巴巴地辩解："关了呀，不关还能等到今天才淹？"

小黄赶紧告辞领导，说先回家处理发水事件再回来上班，走廊上遇见隔一个科室的打字员小靳，朝他不平地使眼神，说："电话刚刚打来，他们就一唱一和地气领导，说今后闹心的事多着呢，要领导肚量大着点儿。这不是火上浇油吗？"小靳指的"他俩"，是同科室的孙和胡，俩人见小黄是个乡下来的，反而位居科长，心里总不是滋味，所以没闲着在领导前给自己上"眼药"，黄少秋清楚，但他又有啥办法！

为节省时间，他忍痛打了出租，那要二十元呢。坐在车上，想发水的事，越回忆越觉得自己走的时候的确忘记了关水龙头！这不糟了，楼下那户人家本来就特别计较，不好相处，现在给人家淹了……怎么说！

黄少秋开门一看，几乎呆了：水龙头关得好好的，水池子一滴水不见，怎么会淹了楼下！他细看，自己的水管子上有一小条铁锈，噢，原来是楼上的水管子漏水,沿着小黄的管子流经小黄家又渗到楼下,这点水简直可以忽略不计,怎么能成"淹了"!他气冲冲地敲开楼下的门,这两口子态度大变,不住地赔笑:"我不夸大点儿,你单位领导能着急吗?这不,楼上修好了,您也少受罪不是?"

省城人咋这么市侩,单位有人起哄,楼下有人夸张!黄少秋拍拍手,想上班,一想领导那神色,我好意抓紧工作,你瞅你那样。反正脸色也看了,老子还不去了呢,他在家写了一篇千字小说,算来也能挣一百多元稿费,顶好几天的工资,这才出了口气。

第二天上班,领导、同事们都来问水发得怎么样了?小黄想说没事,都是一楼瞎咋呼,可话到嘴边,又变成:"是楼上水管子烂了,流到我房间,可惨了,把我一袋米,还有行李都泡得稀烂。不过,是个好兆头,刚来上班就发水,我发水,单位发财。"

这一个谎话居然产生了意想不到的效果,领导不但不再怪他粗心,反而安慰他;老孙老胡也似乎友好了许多,仿佛水祸是他俩闹的……晚上下班,领导还单独问:"那你今天盖什么行李?"并悄悄给了小黄三百元钱,说是困难补助。

哟嗬,无意中撒个谎,逃了半天岗,还弄了四百元外快!黄少秋简直怀疑自己是不是在做梦!走进楼门,他敲响了楼下邻居的门,应当感谢他"忽悠"那一家伙。可是,当看到那两口子一脸歉疚的样子,小黄的智商产生了飞跃,他板起面孔:"我说你们这点事怎么捅到单位去,值吗?害我扣掉这个月的奖金,你们捞着了什么!"那两口子知道理短,忙点头哈腰:"我们女儿在对面开干洗店,您衣服脏了只管送去,长期免费。"

黄少秋这一刻算是舒心了,他得意地想,省城的人市侩,就得这么治他!

超质佳酿

正月初七傍午，朋友张泉专程来我家拜年，提着一只便携包，对我说，仰慕先生才学已久，可恨没有像样的礼物，一直不好意思登门拜访，恕罪恕罪。我接过，感觉像是酒。张泉小心地说："别洒了，我这是散装。别看是散装，它可是我朋友从贵州茅台的'酒溜子'上亲自接的，他娘舅是厂子的一把手，换了别人，想进车间都累死他，茅台机密性特强。这酒，比茅台更醇，因为还没勾兑，算是超质佳酿，您可谁也别给，就留着自己品尝。"

我真是受宠若惊！早先我们只是见面客气半天，从未有财物往来，这样贵重的礼物，怎么消受！我马上让老婆下厨，搞了一些菜肴，家中无好酒，令我面子上有些过不去。客人说："除却巫山不是云，您先尝一点这酒。"我让客，他摇头："送您的，我家中还留了点，这样的酒多喝了也是浪费，咱吸收不了的。"

我这人，喝酒像饮牛，根本品不出个所以然来，只能实话相告。张泉表示理解："品不出味来次要，重要是营养，你切记不可随便给别人享用，这酒越放越好。"

有了重礼做引线，我们俩很谈得来，结果，两瓶酒差不多见了底，席间，张泉向我传授了不少品酒的常识，并夸奖我的古井贡还算得上不错，让我心里多少得了些安慰。

此后两年间，我跟张泉距离拉近，他时常到单位跟我闲聊，有时去饭店喝几盅。每每对酒，他常问我，那超质佳酿享受了？我说，喝着呢，快没了。他便慨叹："曾经沧海难为水。喝了那酒，以后喝啥都那么回事了。我若是有那么个厂长舅舅就好了。"在他人眼里，我俩特密切，在我心里，也是好兄弟，人家那样的佳酿咋就没惦记别人！

然而没客人，我是滴酒不沾的。有时邀客人至家，酒至半酣，人也就大方起来，我每人分一点点超质佳酿，并自豪地谈这酒的价值。哪知道这些人与我差不了多少，说跟"小烧"没什么两样。"小烧"是个体作坊自己烧的散装白酒，每斤一元二角钱。我后悔，给他们喝真浪费了。便找了只大瓶子，将那佳酿装入，密封。闲下来隔瓶子欣赏一阵，也是一种享受！

有一个周六，我在家例行写作，张泉来访。别人都不敢在这天打扰我，唯他例外。可老婆公出，我不善厨事，陪他聊了一会儿，只好火腿肠、咸鸭蛋地应付。摆上菜，想想老友每每对酒怀旧那失意的样子，我不由心一热，就悄悄将那藏了两年半的超质佳酿启开，倒出半杯，说："你品品这酒。"

张泉说了一句话，我以为听邪了耳朵："喊，跟街上的小烧一个鸟味儿。"

哎哟，存折

郭先生夫妻俩同去朋友家玩了半宿麻将，下半夜才回家。一看，门被撬，进了小偷！这下糟糕啦，抽屉里那点现金，值点钱的首饰，连同两口子的身份证，全丢了。小偷要身份证做什么？哎哟，他们想起了压在床脚下的活期存折，搬开一看，完喽，存折不见了！

那可是夫妻俩半生的积蓄呀，一对没有特权的小公务员，容易嘛。郭先生的儿子考重点高中，分数不够，学校强制收费两万元，明天是最后期限，再不交，孩子就入不了重点中学，这可怎么办呀。夫妻俩待办案警察撤离现场之后，跳楼的心思都有，身份证一丢，那小偷准是把钱取走了，就是万一储蓄所电脑出了故障，挂失来得及，可没身份证，找哪个证明去？还有，挂失了也取不出来款，孩子的学费……夫妻俩在赌桌上积累的好心情丁点皆无，你埋怨我存款不该不留密码，我抱怨你不该放儿子到乡下看奶奶去以致让贼乘虚而入……直到天明，两人决定到单位开了介绍信，先去挂失再说。哎哟，我的存折，哪个现在把它还我，我给你磕头叫亲爹都成。

夫妻俩满头大汗，怀着一线希望来到储蓄所，小储蓄员却递给他们一张写有地址的纸条："这个人真够意思，一大早没上班就等在门口，你去找他吧，存折在他手里，要当面归还原主，怕有人冒领了去。"夫妻俩鼻子同时一酸，哎哟，我的存折，你幸亏遇上了好人。

那个做好事的是位作家，验看过单位证明，存折完好无损地交到郭先生手里。郭先生展开略一看，突然急火火地问："还有死（定）期的存折两个，哪去了？"

作家一脸惶恐："我没看见，真的呀。我昨天下班回家，路过邮局，在信箱边的墙脚处发现这东西，怕失主着急，特意跑大老远通知储蓄所的工作人员。先生，我如果想昧下你的定期存折，就不会只把这活期的还你，请相信，我是有单位的人……"

郭先生感到了自己的失态，脸色马上缓和了："那怎么能怀疑您呢？您再把拾到这东西的细节仔细说一遍好吗？"他听着作家的叙述，不时插嘴，盘问了半天，才说："那我再另想办法。谢谢您啦。"抓住刚刚松了口气作家的手，握了握，便告辞了。

郭太太一直插不上嘴，身子已气得发抖，出门来，照丈夫当胸一拳："好你个丧良心的，瞒着我存私房钱，想养二奶呀？"

郭先生一愣，旋即哈哈大笑："你真是低智商，我那叫先发制人。你想想，现在哪他妈还有好人，他拾到存折要当面交失主，我若不编造出还有定期的来，他说不定勒索咱多少报答钱呢。怎么样，老家伙除了赶紧撇清自己，再没戏了吧？老婆，记住，世风日下，坏人太多，对谁都得防着点儿。"

买方卖方

吴师傅看好了合江大厦靠外边那摊床上卖的手套,手套结实耐用,适合吴师傅干的活。他负责刨冻垃圾堆,离了手套玩不转。可是,这种手套不能反戴,即左右手没法互换,假如一只左手配三只右手那样卖该多好。这事难不倒吴师傅,他苦想了几天,办法有了!

吴师傅去那摊床买手套,买两副。左挑右拣,瞅那小姑娘老板不注意,拿走三只右手一只左手的。这样右手戴破了三只,左手那只才坏,等于两副顶了四副。

然而吴师傅心里也堵了块病,坑人哪。他拿"错"两只右手的,人家那两只左手的便成了废品,卖给谁呀。于是,他经常去小姑娘那儿买东西,也算给点变相的补偿吧。

这一天吴师傅突然有了新发现,他看见街头有个木匠,嘿,这老家伙是个左撇子,用左手抡斧子砍木头,也戴着跟吴师傅同样的手套,那么他的左手套就容易坏!若是跟他合伙共买几副,岂不两全其美?还省得坑那小女老板。

吴师傅被这一发现激动得浑身发抖,他主动跟那木匠搭讪。熟了,便说,要跟他合伙买手套。

老木匠摇头:"俺手套不用买。"

吴师傅十分惊奇。

"俺闺女在合江大厦卖这玩意儿。有那贪便宜的故意拿走两只右手的，这左手的不就多出来了。"

原来这样，难怪小女老板那么精的个人儿，连这也发现不了。吴师傅不禁有些失落感。

"大凡贪便宜者都做贼心虚，不砍价，我们卖两副等于赚一副，到了我手上就是赚两副了。"左撇子木匠得意地哈哈大笑。

拿　款

　　胡润良平时爱舞文弄墨，在大小报刊上发表了一些文章，他自己就认为与平常人不一个层次。他有个亲戚，在铁道部所属机构当个公务员，老胡跟那亲戚说，为了写作和采访方便，顶好能有个记者证。那亲戚见他爱虚荣，便跟某报负责人说了句话，胡润良就当上了铁道部某报的特邀记者。拿着这个与众身份不同的证件，胡润良直恨找不到一个展示自己身价的机会，空把这记者证给埋没了。

　　这一天，胡润良接到某编辑部的邀请，到南方某名山参加笔会，这可把他美出鼻涕泡儿来啦，开笔会，那是作家的事！他给所有存在通信关系的文友写信或者打电话，把这事向人家通报了一番。恰好，另有两名北方的笔友也参加这次笔会，他老胡不能跟对方一样呀，就再三约请人家，一定要从北京走，车票的问题只要有他在，好解决。

　　但是待他把朋友接到家中好一顿招待后，才发现，这期间因为赶到了南方打工潮返家的日子，卧铺票的确不好买。胡润良不能在朋友面前掉价呀，他一咬牙，领着朋友凭硬座票上了车。朋友见他着急尴尬的样子，就劝慰他："老胡，硬座也是人坐的，咱们将就一天就行了呗。"

　　可胡润良哪能让朋友这样瞧不起？笔会邀请函上明明写的给报销硬卧票嘛。他找到了车长，把记者证往对方手中一递，说："有三位作家没卧铺，可怎么办？"车长一看这铁道部的证件，马上立正，敬礼：

"请首长放心，我马上安排。"说着，亲自领老胡一行到软卧车厢，安排好，不大工夫，车长又亲自送来水果、瓜子，说："难得首长光临本次列车，我代表全车乘务员表示感谢和欢迎，您用什么只管吩咐，别客气。"然后小心翼翼地退出。这一夜，列车长送了两次酒菜，说了好些请首长指导之类的客气话。几个文友头一次借光坐软卧，都把老胡看成了大人物，一个劲地赞美。老胡心里也乐滋滋的，心里话，难怪说记者是无冕之王呢，连列车长都给镇住了。可是，笔会主办单位要报销车票，没凭证怎么报销呀。好歹得给开个硬座票，才好结账呀。可是，他想了一夜，也没想出怎么开口要票的借口来。

列车快到终点，列车长又来到老胡他们的车厢，问："首长们，请问哪位负责的？"

胡润良一挺胸："我。"

"请您随我来一趟。"

列车长把老胡带到车长办公席，和蔼地问："首长，您还满意吧？"

"我们十分感谢你们的服务。这车，我们不能白坐，得办理补票手续。"他想，现在正是时候。

"首长，您光临我们的列车，我们所做的一切都是应该的……"

"不行，咱们得公事公办。"老胡想说笔会报销呢，可他没开口，因为那样说就不像首长了。

"然而现在正是反腐倡廉的时期，我们只好照规章办事。首长是管别人的，当然理解……"

"那还用说？"胡润良意识到自己可能要吃亏，可他既然当了"首长"，就不能在一个小小的列车长前丢面子。结果，他补了三张软卧票，连同那水果瓜子和火车上贵得要命的酒菜钱……粗略一算，自己得搭上两千多元！

回到软卧车厢，文友们一见票额，惊叫起来。胡润良忍着心痛，说："二位慌什么，人家虽然开的软卧收据，收的却是硬卧钱，还有，那瓜子、酒饭都是孝敬我的……"

老胡嘴上硬，心里却哀叹，这款儿拿大啦。

来到笔会召开地，胡润良遇上了一位也是跟他们同车而来的作者，跟大家讲新闻呢："我下车晚，听列车长跟一帮列车员大笑，说有个小子拿着记者证唬她，让她将计就计安排在别人买不起的软卧内，还摊派了三百多元的伙食费……"

那不明明说的是胡润良嘛。幸好胡润良在场，他不露声色地把事情掩盖过去了："可不有那么个小子嘛。不是我给他打圆场，他不知怎么尴尬呢。"

高难动作

周末，于燕茹逛商场，想不到巧遇高中同学鞠小妮！两人失去联系十多年，此番重逢，高兴得热泪盈眶。于燕茹是法官、审判员，公示时都上过报纸的，这让鞠小妮羡慕不已，小鞠说她高考落榜，找了个单位也不景气，后来，索性自己做生意："老天爷饿不死瞎家雀，人总得活着不是。改天，我请你吃饭。"留下电话，两个人依依不舍地分了手。

没过几天，鞠小妮打电话请于燕茹吃饭，安排得还是个挺有档次的饭店："老同学，你有好朋友多带几个来，也是给我'提派'呀。"有人自愿请客代她落人情，于燕茹何乐而不为，便约了两三个朋友，都是名流，一同出席。鞠小妮也邀请了几位朋友作陪，一看就比法官的朋友低出一截。鞠小妮在酒桌上反复说，燕茹不但是她同学中最出色的，还是她的恩人呢，当年她生在山沟，家境又不好，燕茹经常带她去家里过礼拜，改善生活。受人滴水，报以涌泉，如今能吃饱肚子了，可不敢错过报答恩人的机会。于燕茹吃请虽是家常便饭，可被人尊敬的感觉的确不错，况且鞠小妮把于燕茹当年的付出极力夸张，这等于拔高了她的人格，于燕茹心里暖洋洋的，跟鞠小妮的感情一下子拉得挺近。鞠小妮对燕茹的朋友说，燕茹的朋友就是我的兄弟姐妹，有什么事要我效力的，不必通过她，直接找我就好使。于燕茹也对小妮的朋友说，我们俩比亲姐妹还亲，你们就拿我当鞠小妮看待好了。

此后，鞠小妮几次请客，档次都挺高。于燕茹心里过意不去，回请了一回，可等她结算时，才得知小妮已悄悄买了单。小妮说，客气什么，我做生意，赔也罢，赚也罢，都不在这顿饭钱上。你放心，别看你当法官，我绝对不会拉你徇私枉法，是好朋友也不该这么做的。

于燕茹很受感动，现今世风不好，像小妮这样仗义的朋友不多了。她冲动地承诺，放心，只要我能办的，一定尽力。

两人的交往和了解越来越深。于燕茹知道小妮离了婚，有些同情，几次热心地为她介绍朋友，小妮笑着推辞："我想过几年自由日子，先潇洒一段再说。""傻话！过几年你人老珠黄，谁要你。""嫁不出去，我就去你家住，实在不行，跟你合资，咱俩一道陪你老公，一家两制。你一三五，我二四六。"俩女人笑着疯到了一起……

就这样，鞠小妮时常请于燕茹吃饭，给足了老同学面子。就算是有钱，也不是谁都可以沾光的，于燕茹感到自己欠了鞠小妮的情，却苦于没有机会报答。

有一回，鞠小妮到于燕茹家坐，见了她的房子，直摇头："攒那么多钱，死了还能带到那边去呀？像你这种身份，住这样小的居室，是不是刻意装出一副清官形象来呀？"于燕茹苦笑道，哪里是装寒酸，她早就想买房，但夫妻都忙，装修又耗费精力，正在物色装修理想的二手房。鞠小妮脱口而出："巧了，我的房子正要出手，哪天带你看看？"

看过鞠小妮的房子，于燕茹十分满意。小妮说，这房子若是卖给不知底细的人，恐怕还费点事，因为她的房照还没拿到手，只有个收据。小妮拿了收据给燕茹看，燕茹可不是外行，房价当初是35万元，现在至少值50万了。小妮说，你如果打算要，可以先付一半的钱，剩下的，哪天手续齐全了再说，到时候钱不凑手，也可以分期付，我不收你利息。

总之，姐妹之间有话好说。

想不到当年请她吃了几顿饭，却得到了如此丰厚的回报！于燕茹隐约觉得这鞠小妮可能有什么事要求她办，否则，她做生意的，不会是傻子吧？求她做什么呢？其实，在职权范围内，搞一点小动作那无伤大雅，于燕茹不是没做过，但她有底线，你让我犯法，那可是妄想，我不能顾及眼前这点蝇头小利就拿自己的饭碗开玩笑！

对，将来小妮如果要求过分，大不了撕破脸，房子退她，反正主动权在自己手中。于燕茹跟丈夫打过招呼，就与鞠小妮草签了一份协议，交付二十五万元，很快迁入新居。

谁知道过了三个月，有人敲门，说是这房子的房东，要收下个季度的房租！于燕茹简直不敢相信有这样的事，她马上拨通鞠小妮的电话，责问是怎么回事。

鞠小妮在电话里有气无力地答："别提啦，我遇上了一个帅哥，海誓山盟地说非我不娶，结果咋样，他玩了我的人，拐走我全部财产。现在我躺在远方的医院里，没人替我交费，马上就要被驱逐……"

于燕茹气得直哆嗦："你贪图淫乐，失身破财，就应当对老同学下手吗？"

"那你让我对哪个下手？"鞠小妮说，"别人没你那么多钱，你又是法官，都是你惩处别人，哪有人敢打你的主意。反正我骗一回，就玩个高难动作吧。老同学，能让你入套，我特有成就感。"

于燕茹眼前一黑，当初只贪便宜，哪想到这么深的陷阱？此时，她的电话又响了，是好朋友打来的："燕茹呀，你那个亲如姐妹的朋友现在好吗？她借了我的钱……"

第六辑 笑比哭好

楼盖维修工程

我好不容易熬上房子，是单位跟我两家集资买的旧楼，面积还可以，只是楼层太高，总共六层，我们住最上面。我说，楼高好，不受气，晚上写作，啥干扰声音也没有。谁知道住进去不到一年，烦恼就来啦，那楼建筑质量差，用现在的说法，叫豆腐渣工程，一场大雨过后，雨停了，屋顶却开始漏水，滴滴答答折腾了一星期多，六十多平方米的面积竟然画了三个大地图，害得我们特意买回好几个塑料盆专门用来接漏水。

慌乱了一阵子以后，我们觉得不能这样靠下去，得找维修单位。房子是矿务局的，我去他们局房管处维修队。跑了不知道几次，连个人影也没捞着。这单位效益不好，职工欠资半年，都偷偷搞第三产业去了。

我和妻苦思对策，决定把楼盖维修当成头等大事，这么漏下去，跟住露天有什么两样。夫妻俩抓阄儿，谁抓到谁承包。这倒霉差使归了我。我特意请假，见天专在那里等，我们称这次行动叫楼盖维修工程。到底让我堵着了，维修队的头儿让我签了名，写准方位。出乎意料的是，一分钱不收，喜得我把两包"红云"全献给了他。我问领导："多久去人维修？"答曰："三个月。都得这么排，你再晚来几天，就得明年啦。"

我们苦巴巴地盼过三个月，也过了雨季，那阶段我又添置了三只塑料盆，花花绿绿地排在客厅和卧室里，分外妖娆，一般情况，如果隔不上一星期有雨，漏雨接上溜儿，盆子就不必挪啦，我和妻整天躲躲闪闪地绕着盆子走路。所以，维修工人们大修的那天，听着楼顶上的响动，我们差一点就把他们拉下来请喝一顿！

据有关资料表明，楼盖大修一次，一般也能挺十年八年的，我长出了一口气。于是，搞装修，刮大白，把豆腐渣工程所造成的损失补回来。折腾了一冬，还没缓过劲儿来，早春下了一场大雨，想不到我的房子又出了问题，原先漏雨的地方漏得小多了，可从来没坏的地方出现了"处女漏"，总漏水量比以往任何时期都多！这是怎么回事？我和妻把塑料盆们重新摆上，又开始第二次旷日持久的维修攻坚战，二次抓阄，又让我抓中，好在我是事业单位，上班不上班一样，不信耗不过他们。就这样等到5月下旬，才找到那个吸我"红云"的领导。说明来意，他却火了："你说话得有根据，去年刚刚大修过，哪能又漏？"我信誓旦旦，说领导明鉴，我绝对没有自己把它又捅漏了的动机和本事。可怜我们去年冬天装修又给毁了，您可以去检查，若有半句假话，我负法律责任。领导盯了我半天，说："那我没恁大的权力，你到处里找处长吧，刚刚大修完的再要返工，得处长批。"

我马不停蹄赶紧到处里找处长。他老人家更忙，可一星期左右让我堵在麻将桌上。虽然不高兴，也还是接待了我，因为我找了一位在局电视台当记者的小姐，看她的面子总该关照吧。麻将加小姐的双重魅力，处长无可奈何地点了点头："你这是首开纪录。看在刘记者的面子上。你可以回去啦。"我简直怀疑是在梦中。我问："处长，那维修的人多久到？""四个月。这是最快的。"局长说话分神，给对家点了一炮，这一炮估计一条"红云"也不能够，我只好留下刘记者给处长"抱双"，自己逃离麻场。

回家后虽然工程告一段落，可楼盖依然漏水，维修人员迟迟不来。眼看房间糟蹋得不忍目睹，我便找了几个搞建筑的朋友想对策。如果花费在一千元左右，我们自己找人修也心甘情愿。然而，朋友说，不行。因为平顶楼漏水查不到漏处，它是从甲处漏进水，在油毡纸、沥青下乱流，不知到了丙处还是丁处，才找到薄弱点漏进屋里，这也是雨停漏不止的原因，离开大揭盖再没别的方法。再说，若是揭了盖，矿务局说不定赖你把房子私自弄坏了呢。我们束手无策，只有一天一天地数光阴，盼那位处长麻场情场双得意，他一高兴，我这楼盖就多一分希望。

8月暴雨成灾。我正想再买些大盆救急，房子突然不漏啦！一连几场，点滴不漏！我两口子喜极而泣，难道是上帝保佑？经过几位朋友共同研究，找出原因：今年入伏后天气超热。达到40度，马路上的沥青晒得直冒泡，想必楼盖上的沥青防晒措施不够，晒化了，一流淌，把原先的漏洞全补齐啦！

那天我们家过年一样地高兴。我大呼"豆腐渣工程万岁"，请朋友喝得烂醉如泥，两口子吐得一塌糊涂。处长，别寻思离了你这鸡蛋就做不成槽子糕，我们的塑料盆光荣下岗，什么时候轮到您老人家？

就这样，快到国庆节，大小雨下过二十多场，我家再没发生过漏雨现象。正当我们完全放松下来时，矿务局维修处雨后送伞，给我们修楼盖来啦，恰巧看到工人们爬那么高的楼，我于心不忍，连忙告知他们房子好啦。

工头不信。听我说了半天，鼻子一哧："晒好啦？没听说过。搞什么名堂！我们这是按处里的指示排着号来的，能随意更改吗？两年里大修两次，你背景不小啊。"

我不跟他们说，爱修，随他便，彻底弄好了，省得再费事，刘记者也不枉麻烦一回。说实话，再找他们修，恐怕几年内没指望，也不好开口哇。

维修队忙了好几天，楼上的响声才止住。这天夜里下了一阵急雨，早上起来，我的妈呀，久违了的地图又画在棚顶上一个，尽管没先前的大，地上也积了一摊水！

妻瘫在地上欲哭无泪。我一跺脚，骂道："那些塑料盆碍你啥事啦，你送你娘家包锅烙？往后下雨你负责！"

莫名其妙增了值

王先生为儿子买了电子琴,儿子却对音乐不感兴趣,迷上了围棋。闲着个电子琴,一点用处没有,就想把它卖掉算了。王先生找到好朋友李先生,说:"我那新电子琴原价4000元买的,你帮我卖出去,只给2000元就可以啦。"

李先生想,便宜倒是便宜,可我要了没用。就找到好朋友赵先生,说:"我有台新电子琴,什么什么牌的,原价4000元,你帮我卖出去,我只要2100元就可以啦。"他把那琴夸得天花乱坠,心想,总不能白张罗了,赚100元其实不多的。

赵先生也跟李先生一个心理。他又找到好友孙先生,把那电子琴夸得天花乱坠,说只要2200元就可以了。

这样,朋友找朋友,找到想买这琴的吴太太,那琴已经涨到3200元了。既然是新琴,这东西要是寻着买主,3200元也不贵。

吴太太就找到老同学王先生,说了要买琴的事,她家有个4000元的定期存折,差半月到期,能不能当抵押借3200元。

王先生一听,这不跟我那琴一样吗?就对吴太太说:"你那琴主我认识,明明是3000元,怎么多出200元?我给你办。"吴太太高兴得要命:"还得是老同学。"

王先生怎么也想不明白,他的琴怎么就多卖出1000元。

流泪的答卷

如今这年头，男人有钱就学坏，女人学坏就有钱，成了妇孺皆知的真理。我们姐几个没事儿，也总爱往这话题上绕。其实各自心照不宣，都是担心自己的老公在外面学坏。我们姐妹四个都有各自温暖的小家庭，与各自的先生在学校里就暗订终身，后来便顺理成章地喜结连理，夫唱妇随十几年，要命的是几个男人全都在外地搞事业，女人没机会监督他们的言行，万一让哪个迷了心窍，撇下我们却如何是好？

我们不能消极地等候别人挖墙脚，要主动出击，防患于未然。姐儿个数我办法多，我说，咱们明天开始练书法，学一种老公认不出的字体。然后，我又说，各自找一位最信得过的女友，咱们写好措辞很那个的求爱信，用女友的地址发出去，如果先生经得起考验，那咱们加倍敬重他；如果经不起考验，咱们就结结实实地给予痛击，让他这辈子下辈子下下辈子都记着这教训。

我这一妙招立刻惊出同伴的尖叫。我叮嘱大家三大注意：一是要深沉，老公回来，切不可旁敲侧击，探问收到什么信之类的话，甚至连第三者这样的字眼儿也不要提，在战术上重视敌人；二是得有耐心，一封信不见得就收效，邮局失误常常发生的，切勿造成冤假错案；三是要投入，信要写得委婉动人，必要时应努力提高文学修养，为捍卫爱情，就得豁出去。安排好了，我们约定，每周沟通一次。姐妹们各怀心事地分了手。

没用两个月，我们就各自练出一种新字体，四十岁的人啦，可见动力多大。说老实话，我写完第一封信，是闭着眼睛扔进邮筒里的，我有一种赴死的感觉。他真给"对方"回了信，我将怎么办？我既想证实自己的聪明，又怕猜想变为现实。第一个周日没到，我们大姐见到各位就放声大哭："那个杀千刀的一见情书就蒙了头，你们看他回信勾引女人的话多肉麻。这老色狼……"

同仇敌忾。姐妹几个由大姐出资，在山外楼宾馆订好了桌，而事先以那位写情书者的名义给大姐的先生去信，约好不见不散。那个老色狼果然赴约来了。不用说，姐几个守株待兔，收拾得他鼻涕一把泪一把，才算收兵。

初奏凯歌后，我们进一步扩大战果，二姐、四妹的老公也先后就擒。一个是因为公出，耽误了复信，回来后忙不迭地补上；另一个思虑再三，经不住第二封、第三封情意绵绵的求爱信的诱惑，复信虽然晚了点，但攻击力后来居上，令四位读者头皮发炸！姐妹们根据犯罪程度和情况分别给予惩治，总之，让他们规矩守法，当个好男人，听我们摆布！

现在我的心跳日益加速，老天，我先生居然没给那个"小妖精"回信！我起初有些怀疑，但是我的铁姊妹几乎天天告诉我没见回音。我的测试信一封比一封更具杀伤力，他怎么无动于衷呢？莫不是他正在苦苦地权衡？那样我的处境更难堪。我可不是有意捉弄姐几个，实在是敝老公对本夫人爱意正浓，当女人容易嘛，这里头学问大着呢，通俗的说法叫手段，专业术语叫作技巧或者是策略。

就这样，两个半月又被我熬了过去，姐几个再次聚在一块儿，交流各自的反老公外遇战果。我无话可说。看起来并非所有的男人都有吃着碗里瞅着锅里的本能，我的先生交了一份无字又满分的答卷，他真就遵纪守法难道不可以？考验这东西不可能无休止地进行到老到死，我决定去铁姊妹那儿请她痛饮一宵，表表谢意，并高兴地宣布，考试圆满结束。

我有她家的钥匙，结婚后，我坚持还钥匙，但她坚决不收。她认为，男人没有好东西，决心终生不论婚嫁，我爱来，可以随时来。我兴冲冲地买了些庆贺兼慰劳的食品，打车直接去了她家，开门闯了进去，她白天上班不在家，我想先做好饭菜，再打电话给她个惊喜。

但进门后，我被眼前的情景吓呆了。铁姊妹的床上一对白花花的肉团正扭动得热火朝天，听到响声，那男的腾地一家伙跳起来，我的妈，我两眼一黑差点栽倒，想不到正是我准备大夸特夸的丈夫！

我发疯似的冲进厨房，操起一把菜刀，你两个不要脸的，瞪眼骗我个老实人，算什么夫妻，算什么朋友，快从实招来，这究竟是怎么回事，不然我就毁了你们！男人只顾抢裤子穿，女的哭了，说，姐呀，我对不起你。开始我说没有，你就是不信，我早玩够了这游戏，更不知你要逼我演到多久，上个礼拜才正式找他谈了内情。谁想他一听这话，马上对你心灰意冷，他自己发誓跟你离婚，并且立即要跟我好，这确实不怨我呀，我如今已离不开他，你怎么处置都行，可我就是不能让贤了，说实话，这样的男人太难得了，可惜你不会珍惜。

我大吼一声：放屁！不会珍惜，我费那么多心血！

说假真不了

星期天,老黄家里突然来了好几位客人,他赶紧关照老婆烧水沏茶,自己飞快地下楼,去市场买菜。

老黄跑到市场,直奔海鲜部,那里的胖头鱼是当地一绝,朋友们住得远,未必尝得到。他选中一条,老板一称,说二十五元,接着,照例拿起根木棒照鱼脑袋上猛一敲,那鱼就昏死过去,三下五除二,把鱼刮鳞开膛,装入塑料袋中。

这工夫,老黄一掏口袋,坏了,急着往外走,今天穿了羽绒服,钱都在另一件皮夹克里,也就是说,他身上分文皆无了!

那老板冷静地看着他左翻右找,急火火的样子,半天,说:"怎么啦?"

老黄道:"钱落在家里了。"路很远的,不能跑回去取钱,鱼贩也不会让他离开;他手机扔在床上,再说,也不可能给老婆打电话呀,那样,不被骂死才怪。正急着,突然想到,内衣上缝着一枚纪念币,面值五十元,老婆说避邪,给缝在贴身处,这东西可以在市面流通的,赶快拿出来救急吧。老黄把那个小布包拽出来,抠出那枚纪念币:"老板,这是五十元,您收下,别花掉,明天我拿钱来换回去。"纪念币在他手中十年足有了,他真舍不得出手呢。

"想点别的办法吧。"老板双手抱肩,"这东西我不能收。"

可是鱼杀了，退货是万不能的。老黄急了："您看看，这不是假的，我能造出这么精致的假币吗？"

"没人说你造的。"那老板话语里开始带刺儿啦，"我也不负责鉴定。告诉你，本摊位只收人民币。如果秤不够，缺一补十，少扯别的。"

这却如何是好？老黄总不能把羽绒服抵押吧，再说，他肯定得将这钱花出去，他还指望另买些别样的菜呢。他只好跟邻摊床的小贩们商量："老板，这纪念币现在早增值了，你们看看。"然而，所有的人都冷淡地说："见得多了，别来这套。"

不但钱花不出去，老黄觉得他的人格受到了贬低，他分明被当成了花假币的骗子！现在他一脸热汗，转着圈跟周围的摊主、顾客解释，这钱可以流通的，只是收藏者谁也不舍得花掉而已。然而，没人理睬他。他被尴尬地晾在了那里，既走不脱，暂时也没人把他怎么样，下班还早呢。

好不容易盼到了一位秃顶男人，拿过他的纪念币一看，说了声："我要了。"掏出一张五十元人民币，递给鱼贩子："你给他找钱吧。"说完，很得意地走了。

老黄接过鱼和找回的钱。他认为应当表明一下自己是无辜的，而对方乃是无知，连纪念币都不知道。他对鱼贩子老板说："怎么样，我没说假话吧，还是有人识货。"

想不到那鱼贩子说："快去追你那同伙吧，人家在外边等你呢。"

赶情那秃顶男人被认为是他的同伙了。好嘛，老黄怎么着也是骗子啦。

突发的怪病

春节前，家中供暖状况不好，我就去附近洗浴中心洗澡，恰好，一位常碰面的邻居也在，主动帮我搓背，他突然吃惊地问："你这儿……是怎么啦？"顺着他的目光，我一看，哎呀，左臂贴腋窝内侧处，不知啥时起了两个鲜红的血点儿，不小于高粱米粒！邻居惊问我，这红点多久了？我说，没注意呀，八成是新长出来的吧。那邻居就关切地说，那你得赶紧去医院看看，没事比什么都好。

邻居躲到一边，不再洗澡，匆匆穿上衣服逃走了，我觉得不妙，认真检查起自己的身体来，呀，我右臂相对处也是俩红血点！怪不得邻居没了影儿，可能怕我这病传染！我的双腿一软，差点倒在浴池的地上……

我在一本健康类杂志看过一篇文章，好像是叫《人体上的信息》，说是人身上突然有了色斑或者痣、瘊等，不敢轻视，极可能是癌变！这样一想，我觉得浑身无力，那天晚上也不知怎么才回了家。

第二天，妻子陪我去了医院。医生仔细问了那血点，我和妻子都说是最近长出来的，绝对不会超过一星期。医生说，是不是血管瘤？查一下吧。血液、肝功、心电图、CT……从区医院折腾到省医院，检查出一些血脂、血压、心脏什么的毛病，可是，那个隐藏极深又来势凶猛的怪病却始终没查出来。

本来，结婚后几个春节，我俩都回家去跟爹妈过的。我从小是靠打针才活了下来，两位老人把我供完大学，人累得恰似两株籽粒饱满的谷子，沉甸甸地弯下了腰……我每年回家，总是给他们放下一千元钱，喜得俩老人恨不得让地球人都知道！今年我得上这要命的怪病，说不定活个三朝两早晨，能顾得上他们吗？

我住进了医院，接受院方的观察。虽然没查出具体的病来，可我浑身无力，噩梦不断，这就是征兆！看着妻子那满脸的忧伤，我一遍遍地想，我死了，她会嫁给一个什么样的人呢，她也会像对我一样，在对方怀里撒娇使赖吧……

腊月二十八日中午，我在病床上挣扎起来，给父母打电话，先拜个早年，说我有点病，春节不回去啦。我说，本来打算寄回点钱去，可是，医院太黑，把钱都给折腾了进去，年后再补上。我深知这话纯粹是发虚，得上这突发的暴病，年后就是死不了，也还不知要欠多少债务呢。

年三十，我挣扎着回家，与妻过了一个凄惨的春节。

初一一大早，门被拍得山响。这是谁呀？妻子不满地开门一看，立刻呆了，是我的老妈，顶一头蓬乱的白发，拘束地站在门口！老人家不好意思地说："我这么笨，来过就忘了，找错了好几家。"她把带来的大包小裹拿进屋，小心翼翼地找个不碍眼的地方放下，又先是讨好地拍了拍儿媳妇的脸，夸她漂亮，然后，才拉起我的手，关切地问："你不回家，我跟你爹就知道肯定不是小病，到底怎么啦，儿子，你别瞒着妈。"

我说:"妈呀,大过年的本不该说这话。我猛然身上起血点子,这种病来势凶猛……不过,现在科学发达,只要钱花到,不会有事的。"我左右为难,说病小了吧,不回去看老人,连钱也不寄,有不孝之嫌;说重了吧,怕老人担心。权衡再三,还是如实讲吧。

"血点子?"妈脸上立刻没了血色,"儿子,快让妈看看!"

我脱下外衣,把那血点子给妈看:"您瞧,一边俩,突然就像一夜间冒出来的……"

"就这几个?"妈问。

这几个还少?难道得起满全身?老太太准是一大早抢坐车,累糊涂了,才说这话。

"太好啦!"妈就像小孩子似的跳了起来,吓我两口子一跳!

"儿子,太好啦,"老妈脸颊刹那间又红润起来,"我当啥凶东西,原来是这呀,你小时候就有的,长了二十八年了,这俩粗心的孩子呀,怎么就没发现呢?"

当真?

"我自己的儿子,哪块有啥记号能不清楚?"母亲自豪地说,"你小时候,你爹还摸着它们说,四个星,咱儿子将来得是上将。你虽没当上兵,如今不也在省城当干部了。"妈抖着双手,从身上抽出一条布,是被单子剪的,她用这布缠裹在身上,里面全是钱!"你爹知道你病得不轻,年前家里能卖的都卖了……哈哈,这回好了!"妈突然瘫在地上:"快拿点东西我吃,马上打电话告诉你爹,俺俩六顿水米没沾牙,昨天鞭炮没放,饺子没包,你爹现在必是正眼巴巴地盯着电话呢。"

果然,电话响了一声,爹就在那边接了起来。一声:"爹,过年好。"我头一次没征求妻的意见,"爹,我俩跟妈立即打出租,回去咱过年……"

  我喉咙被什么堵住，再也发不出一个字。愧疚啊，儿子身上几个小小的红点，爹娘都牢记在心；而我那爹娘，最把我当回事的，听到我生病，就必定会担心得不吃不喝，我为什么却没想到呢？

专利技术

某科技人才李先生被领导排挤下岗，失去了生存的保障。可他是科技人才呀，总要想办法活下去吗，就绞尽脑汁，找合作伙伴，支持他搞一个科技新产品，这样互惠互利，说不定有发大财的希望。有一个商人根据李先生的所学，也帮着动了一番脑筋，他说："你既然对消除皮肤皱纹有研究，那么，我可以给你提供科研资金，你若能研制一种消除皱纹的新药来，我们可就发了。"

李先生得到经济上的支持，如虎添翼，历时一年，便研制出一种"速效消皱灵"，它的功效十分明显，只要将此药膏涂在有皱纹处，第二天皮肤便平滑如初，而且决不反弹。合作商大喜过望，立刻出资为李先生申请了专利技术，他自己也买断了生产专利权。

"速效消皱灵"问世后，马上引起轰动，购买者如潮水般涌来。试想，当今人们多的是钱，买不回来的是青春，不受任何手术之苦，便可将满脸皱纹一抹而净，谁愿意错过这良机？于是，"速效消皱灵"价格一涨再涨，厂房一扩再扩，仍然无法满足广大消费者的急需，李先生成了合作商的摇钱树，受到了国宝级的待遇。

然而好景不长，陆续有青年男女将此药告到了"消协"，说是李先生发明的"速效消皱灵"让他们受了欺骗：比如某位美男子恋上了一位美貌女郎，结婚后，才知道娇妻原来早已是半老徐娘，只是花巨款浑身涂过一层那该死的药膏而已；还有一位少女迷上了一位潇洒风流的男子，以身相许后，才晓得那男子的儿子都已娶妻生子，而眼下的丈夫除了因每年抹过一身"速效消皱灵"使得皮肤像年轻人以外，就什么也不顶用了……这不明明是帮助骗子达到欺骗少男少女的目的吗？投诉者要求李先生的投资商停止生产那助桀为虐的造假药膏并赔偿损失，并且声称，如果法律上解决不了，他们就采取行动，自发砸烂这该死的公司……

"消协"头一次遇到这样的问题，一时还没拿出具体意见来，合作商鼓励李先生："没问题，法律不可能限制人变年轻，否则，那些化妆品怎么得以生产呢？怪他们自己没把握好，上当了，反而告咱们状。假如难产死了人，谁就得状告发明结婚的人吗？"李先生得到鼓励，信心更足了，对，不怕他，想发财，怕这怕那哪成。

可是尽管"消协"没把李先生和他的专利新产品怎么样，李先生的安全却受到了威胁，经常有刀片随信件寄来，家里半夜不断接到恐吓电话，他的汽车也被安上了窃听装置……他的投资商为之愤怒，马上到公安局报了警。

警察对商人说："你来得正好，我要找你呢。你生产的那种该死的药膏抹到手指上，把指纹给消除了去，起到帮助罪犯、妨碍破案的作用。"投资商没想到这新产品还会有这么严重的副作用，只怪当初论证不周……便对李先生说："算了吧，我钱已经赚得差不多了，不想再惹事。"

李先生终于站到了法庭被告席上，一时成为新闻热点人物。法庭对李先生进行了罚款，并不许他再生产"速效消皱灵"。

李先生垂头丧气地回到他空荡荡的住宅。可是，马上就有人尾随而来。此人与李先生同病相怜，他研制了一种美容新药，涂在脸上，不但美容，而且气味芬芳无比，让人心醉，当然销路不成问题。可是没想到它也有后遗症，使用这种新药几年后，居然产生了一种怪虫，把本来好端端的脸给蛀上一道道沟！受害者纷纷到法院讨说法。客人说，现在好了，您那药膏可以继续生产，全部归我使用，我给她们消除脸上的虫蛀疤痕，不是正好吗？

李先生真是喜出望外，直替从前的投资商惋惜，缺乏战略眼光，患得患失，怎么能发大财？合同还没签呢，又有人来访，他也是从电视看到法庭申理李先生"速效消皱灵"案赶来的，此人是美容师，他想，如果有人使用李先生的药把双眼皮变成了单眼皮，那他的生意不就兴旺了吗？再说，他手术失误了的，可以抹平重来，省却多少官司……

李先生突然若有所悟，对来客说："这合同先不签了，我想独家再次申请生产。如果你们想作为我的首批用户，我可以优惠打折，不过，得预先付款。"

账目问题

成家立业可不比打单身，这我懂，尤其重要的是俩人的工资要集中到一块儿然后再花掉，这花的过程中，甲乙双方难免有谁不做点弊什么的，搞不好影响和谐稳定的大好局面呢。于是我倡议，记个流水账，账清好夫妻。当然不能直说谁怀疑谁啥的，我将一本杂志上说记账可以使人思维活跃防止衰老，并拥戴妻主管财务账目。

哪知道妻智商不高，理财半年账目记得驴唇不对马嘴，明明是八百元她记上花去九百元，兜里还有现金。我说您娘家倒贴是怎么着，财会学上这种现象叫重复支出，属于贪污手段之一。老婆说，拉倒，这劳什子我还是让贤给你吧。就这样财政大权兵不血刃、历史性地落到了我的手中。

这一碟小菜难不住我，昔日下乡当过生产队会计，管六十户呢，何况区区两口之家？我开始一笔笔详细入账，记到月底，一碰，出通身大汗，现金少了二十元！

我不可能漏记或者错算，大概是哪次掏丢了？照实说，那可要让老婆笑掉大牙。幸而账是刚刚开始记的，我又换了个同样的本子，尽力把一个月的账逐笔重抄，伪造得天衣无缝，金额嘛，今儿一元，明儿八角，补上那二十元绰绰有余。

第二个月，我多出个心眼，每天多支出几角，月底积下几十元，怕万一亏空,也好有个补垫。

我想我是活昏了头。这样记账,第二月下来,却并无结余,又是丢了?幸亏我多长出一个心眼,才不至于在老婆面前丢人。行,反正我今后每天多支出一元八角的就是。

就这样,我提心吊胆地记账,却一个子儿也没剩下。我无愧,肉烂在锅里,自己没单独贪占。七个月下来,我对妻炫耀我的成果,智商高低毕竟有区分。

"人良心要是出了问题,账记得再清,那也是哄人的,别拿谁当傻子啦,你小金库藏了多少,只有天晓得。"老婆道。

"苍天在上。"我急了,"你一笔笔查去,我记录无误,精确到了角。"

"屁!"妻子撇嘴,"花言巧语,我让你卖了恐怕也不知道。"

看我要起誓了,她更恼火:"别演戏了。还是明说吧,我每月在你口袋里钱多的时候,偷拿出二十元,可你哪回都账目清楚。没有小金库,这二十元你怎么补?这回,你把天说下来,我也不信,我不是刚刚认识你那阵子,让你容易骗。"

我一下呆住。真是越描越黑。我这个高智商的怎么向低智商的讲清这账目问题呢?

失败的诱导

时文祥与某出版社签了约,须在一年内交出一部长篇小说。为逃避市内的喧闹,他去郊区选择了这样一座二层小楼,楼下是汽车库,楼上只三家:房东,他,还有一位退休的庞姓老工人,因为住房被拆占,搬到这儿,等一年新楼建成再搬回去,据说还爱好文学,发表过一些小说、散文,有这样的邻居做伴,闲时可以交流谈心,真是再理想不过。时文祥经过考察,对这儿的环境十分满意,就按房东要求,交纳一年的房租,第二天就迫不及待地搬了进来。

礼节性的拜访过后,时文祥就在自己幽静的新家里打开电脑,开始写作。可是刚刚敲出二百字,突然听到隔壁庞大哥家里"吱嘎"两声,接着便响起了二胡的声音,原来庞大哥还有这爱好。时文祥竖起耳朵听,拉得挺熟练,就是指法弓法有问题,因此声音不好听。出于礼貌,他过去听了一阵,庞大嫂还高兴地沏了一杯茶,献给他这位贵客喝。这天晚上,时文祥听完二胡,直兴奋到下半夜才睡着。九点多起来,弄了点吃的,刚刚打开电脑,庞大哥的二胡又响了,把时文祥的脑子又拉成一团糨糊,总是那么几首曲子,反复地拉,什么人听不烦!他出去打庞大哥家窗家过,夸张地伸懒腰,暗示对方:你都吵得人写不下去啦。这时,庞大嫂从屋里走出,扯住他就往屋里拽:"您看您时老师,喜欢听就进屋来,有什么不好意思的,俺家老庞就想跟你这样的文化人处。"

房东也过来了,时文祥只好再次进去,耐着性子听。庞大哥对房东说:"人家时老师是什么人呀,那叫有档次,往常我去老桥边拉二胡,听众倒是不少,可那是对驴弹琴,对不对时老师?往后,我不费那个劲了,就在家拉给你听,帮你产生灵感。"

时文祥哭笑不得,点头不是,摇头更不是。感情早先庞大哥还到外面消遣去,现在专门对付他一个人啦,那他的长篇还不见了鬼啦!老时在群艺馆上班,业余时间本来少得可怜。他想,庞大哥不是爱好文学嘛,如果能诱导他老实地写上点东西,哪怕耽误点辅导时间,也比听这劳什子好受得多。

于是,时文祥便在老庞拉过一段落之后,吹捧道:"听说您文学功底了得,怎么不写东西了,还可以赚稿费……"话没说完,庞大哥就一嘴抢过:"我工资花不了,还在乎那点稿费?这样多好,你能写,我能拉,咱不就扯平了。"

是这样。时文祥整天苦恼,怎么想办法让他知道自己这破二胡拉得难听,见好就收,让他安静地写作呢?这一天,馆里文艺部搞排练,社会上有位全市知名的二胡演奏家来表演独奏《二泉映月》,庞大哥也能敷衍完这曲子,相比之下,那就是天上地下了。时文祥享受音乐的同时,突然灵机一动,请庞大哥来听听,看他回家还不把二胡砸了!

庞大哥果然高兴地跟着时文祥来见世面了,听完人家拉的,他呆坐了好久,才若有所失地离去。

时文祥好不得意,这回看你还好意思拉。哪晓得,这天晚上,庞大哥不但照拉不误,而且直到深夜还不肯罢休。时文祥只好过去,庞大哥叹息道:"时老师,您的心意我不能辜负,听人家拉的,我知道,不加时苦练,八辈子也赶不上,今后我每天多拉几小时,你监督着点儿,别让我偷懒。"

这时,房东也跑过来,咋咋呼呼地吵起来:"庞大哥,您怎么势利眼呀,到走廊上拉呀,俺也借点光……"

时文祥眼睛都直了!

心理较量

列车每停到这个站，就一定上来一些卖烧鸡的小贩，此地的烧鸡远近闻名，当然，小贩们卖的都是冒牌货。

跟列车员都沟通好了的，所以没人管，小贩就顺着通道低声挨处叫卖："某某地方烧鸡，先尝后买，20元一只。"就有崩儿星儿的旅客买了，摆在茶桌上撕着喝啤酒，很优越的样子。20元，比列车上的熟食便宜多了。

小公务员老别经常坐这趟车，熟悉行情，就暗骂那吃鸡的，神气什么，你头一次出门呀。就坐在一边给人家后悔药吃："买得太急，靠一会儿，他15元都得卖。"看着吃鸡人有些失落的样子，老别很得意，尽管他饿得难受，这胃一饿就痉挛，他仍然得靠一阵，同样吃鸡，少花5元钱，那才是享受。

小贩再次过来，他就起哄压价。他知道，小贩到了另一个站，必然得下车，那时候是砍价的最佳时机，买方卖方玩的就是心理较量。周围的旅客在老别的鼓动下，都坚持不买，小贩只好降价到15元一只。

看到又有人开始撕扯15元的烧鸡，老别的胃更熬不住了。可他想，要扩大战果，再抗一阵，花13元，我常出门的，不比乡巴佬们，小便宜即上当。他度时如年度分如年度秒如年地数算时间，一定要赢得这场心理较量的战争，让小贩乖乖地让到13元。

小贩这次是遇上高手了，只好让到25元2只。老别清楚，再有7分钟就到站，小贩没法不下车，干脆，这老练给大家装到底，就眯着眼睛："10元。"

"您这哪里还有诚意。"小贩嘟囔一声，转身往前走，车已停稳了。老别心里略有些后悔，可他硬撑着，待对方走到车门口时，他仍有机会。

"真遇上高手啦。"小贩匆匆又返回来，"10元就10元，只卖一只，快掏钱。"在众人羡慕的目光下，老别望着仓皇下车的小贩背影，"跟我玩轮子呢。"

满车厢只他独一份10元买一只的烧鸡。这叫什么心理素质什么智商！他打开早在上车前就买下的啤酒，惬意地呷了一口，舔着唇上的酒沫儿，极斯文地撕开塑料包装，接着，他又匆忙地掖紧包装口，牢牢地塞入挎包里……

"怎么不吃了？"邻座们热心地问。

"我压根儿不饿，吃不下去。"

老别没说错，他是吃不下去。那杀千刀的小贩，卖给他这只鸡，臭气熏天，不是他掩饰得快，整个车厢怕都该闻到了……

他得下车后找个地方处理这瘟货，若让旅客们发现，他这老出门的可彻底栽了。

善得恶报

醉八仙酒店老板潘发财站在门口望雪景，见一个乞丐歪歪斜斜地一路扭将过来，到他饭店门口，一头栽倒在雪地里，接着便像割了喉的鸡一样乱抖。潘老板心中一凛，这若是死在自家门前，那岂不落个见死不救的坏名声，即使不打官司，影响了生意也不是玩的，莫如行个善，救他一命，反正搭不了多少钱的。

潘老板命服务员把这乞丐搀进酒店内，掐人中，灌姜汤，折腾了半天，那人才醒过来，把店内的剩饭菜狼吞虎咽，好一顿造，只是仍然默默不语。潘老板知道这乞丐是饿坏了，不必送医院，养一夜，管顿饱饭再让他走吧。于是安排他睡在沙发上，跟打更的相伴，还嘱咐如有异常立即给医院打电话。

第二天，潘老板来到酒店，那乞丐刚刚睡醒，问："我这是在哪儿？谁犯贱把我弄这儿来的？"潘老板认为他久病昏语，忙解释。乞丐不买账："我好生生的没痛苦，一下子也就过去了，你把我弄回来让我受二茬罪，这真是连死的权力都给剥夺了！拿菜刀来，我要自杀，血溅你这鸟店。"

怎么敢让他找到菜刀哇。潘老板说："你就算想死，也不能赖在我们这儿死呀。"

"那好，你赔我一千元的损失，否则给我刀。"乞丐放了赖。

"快打110。"潘老板想求警察带走这无赖。

"你找谁我也不怕，实话讲了，他们见了我都怵，放回来，我还到这里，那时就不是这种便宜死法了。"

实在没法子，围观的一边批评乞丐没良心，一边让他把损失费降到两百元算了。乞丐说："良心？有良心我会落到讨饭的地步！两百元够干什么的！"

当然，最后还是接了那两百元，并且答应决不再来，否则按倒往鼻子里灌酱油。

乞丐走到门外，举着那两百元钱，见人就诉苦："这潘老板什么人品，我吃他两顿剩饭睡他一夜沙发，竟然强行扣去我八百元！"

申请双规

一上班，同事们纷纷议论，咱市委书记和副市长被省里双规了……一时间，有气愤的，有兴奋的，还有羡慕的，"人家活一天，都比咱活一千年有质量……"大家说完了，就去忙活各自的去了，唯独谢志得可动了心。

老谢在这小厂子当个不咸不淡的中层头儿，上任七八年，从来没人拿他当盘菜，都是"老谢""谢猴子"地叫，老谢心理不平衡，可也不能把哪个怎么的，现在听说领导双规，他来了灵感，我何不也让他们双规一把，判刑不够，放出来那可叫有了身份不是。

拐弯抹角了解了点双规的常识，他一大早就去了反贪局："领导，我举报重大问题。举报我自己……"

反贪局负责接待的见有案子，立刻来了精神："你坐，喝点水。什么问题，慢慢说。"

谢志得就把自己的贪污行为竹筒倒豆子，一粒不剩地全坦白了："我见财起意，单位的电脑，我通过朋友把硬盘给换了，那次出差，我搞了假车票，几张旧办公桌，我偷给朋友办班用，我还以权谋私，办公室刷墙，我让工人们把我家的墙也刷了，钱当然是记在厂子的账上……"

谢志得没说够呢，对方笑了，瞅他瞄了半天，说："你是来表功的吧？这边忙，没事别来开涮……"把一张要记录的纸揉成一团，攒进纸篓里："如果你一定要坦白，你的事归派出所管。"

嘿，送上门的立功机会他还不接？谢志得想，反贪局怎么派个脑袋有病的管事呀。他转身又去了派出所："我的问题不算小了，请求你们立案把我送反贪局实行'双规'吧。"

几位干警聊昨天夜里打麻将的事儿正热火朝天，见来了投案的，立即进入状态。可老谢没讲几句，有个女警察"哧"地笑出一大泡鼻涕，好不尴尬。警察们一扬手："你这事，我们不管，找你们的厂长检讨就可以了。评功摆好到这里来，以为是奖励委员会呢。"

怎么回事，警察一点义愤感都没有，这国家机器岂不要瘫痪！谢志得今天是铁了心，这样的问题你们不管，你们干什么吃的。于是他指着一位警察说："你肯定是靠你姐夫的关系蹭进公安队伍的。"又指着另一位警察说："没准你们家就经营黄色服务场所。"你说寸不寸，谢志得今天仿佛神助，他指一个，揭露一个，竟让他说得一点不差！警察们全火了："这小子妨碍公务，拘留。"

拘留的滋味不好受，可老谢为了出名，这点苦算什么。你越拘我越闹，走坦白从宽的路，我还不如不来！这样，虽然没达到双规的目的，可他整整被拘了十五天，连年都没回家过。

老谢与众不同地蹲了拘留所，也相当于双规了。他志得意满地回到厂子，他跟大领导享受差不多的待遇了！可是，一进院门，就有些人笑嘻嘻地围过来："谢猴子，老实交代，嫖小姐罚了多少钱？"老谢刚要声明本人怎么会干那低级的事儿，没想到有人先他一步开了口："谢猴子哪配去找小姐,他蹲拘留肯定是偷看女厕所了。"

　　老谢这个窝火呀,怎么跟这帮四五六不懂的工人理论呢,本人相当于双规!你们除了下三烂的事儿,还晓得什么!早知道这结果,还不如不去申请这个双规……

相互扶贫

戏创室工作的吉老师中午下班回家,看见路边一个衣不遮体的老汉,跪在风雪中乞讨,那身子疼得直发抖。吉老师不由心里一阵怜悯,自己是大款就好了,把老人送到敬老院去不就省得他遭罪了?忽然,他脑子一转,我吉某好多年苦熬也写不出点像样的作品,真到羞见故人的程度了,而这老乞头到处乞讨,所见所闻必不会少了,何不跟他来个相互扶贫,我管他吃顿饭,他给我提供点素材,说不定我还能一举成名呢。

吉老师便过去对那老乞丐说:"大爷,这风雪,路上人都冻得逃都逃不及,您还跪这儿有啥盼头?跟我走。"老头儿怪怪地望了吉老师半天:"把我杀了卖,也只有骨头,先生别打我的主意。""咳,您老想哪去了?我只当行善积德,请您过一两天安逸日子,您陪我说说话就成。"

正好老婆回乡下娘家有事,几天不回来,吉老师便带老乞丐回到自己家。见他那身衣服臭气熏天,反正自家有的是旧衣服,便让他换掉,领去洗澡,理发,然后,炒了四个菜,烫上半斤酒与他对酌起来……老乞丐只顾低头吃喝,没话。吉老师就拿话引他。"您多大年龄啦?""七十。""您家中有老伴没有?""死了。""有子女没有?""死了。""家里还有亲戚吗?""断了。"这样的谈话怎么可能得到素材?吉老师颇失望,以为老头饿极了贪吃,也就不再问什么。

盼到他吃饱，老乞丐却醉得呼呼大睡。

睡了一夜，吉老师越想越觉得吃亏，写不出力作来就够窝囊的啦，怎么找了个乞丐也不会说话？出于礼貌，他老早就起来把饭菜热好，喊老乞丐起来洗脸吃饭。老乞丐见了饭菜直皱眉头："怎么我才吃了一顿，你就拿剩菜打发我？——酒呢？"

吉老师："你这老头好不懂事。这待遇比你在街上跪乞至少强一百倍了，你怎么不知足？"老乞丐这回话多了："到哪山，砍哪柴。那是讨饭，这是做客，能一样吗？"

吉老师见他说话并无障碍，兴趣立刻来了，他说了自己的苦恼："您只要给我讲些南北趣闻，哪怕我请你下饭店都成。"老乞丐冷冷地说："不会。如果会，我上你单位得了，还用去跪大街吗？"

吉老师大怒："算了，我天生不是写东西的命，反正共产党也照样发我工资，你立刻走人！"他气哼哼地把门打开。

"想来就领来，要走就赶走，都是你说了算？"老乞丐往沙发上一坐："上酒。早晨对付吧。晌午吃这可不成，我告诉你。"

"啥？你中午还想吃我？"

"伙计，你白吃共产党，难道不兴我白吃你？"那老乞丐说，"我在街上好生生地跪我的，你凭什么弄我来又洗又换？这样子，我再去街上跪，还有人可怜我吗？你马上把我的行头还我，还有，什么时候把我弄成原来的样子，我才能走。干什么像什么，你写不了文章，就别往那单位混，一个理儿。你心里不服，可以报警，公安局我盼着去呢，可每次都照样赶出来。"

脏衣服早让吉老师扔了，那一头乱发一嘴枯胡子，半年也恢复不了呀，吉老师差点要掉眼泪了："我老婆明天就回来了，让她看见您在，哪能容我？"

"那？你赔我误工费三个月，一天五十元，抹去零头，照四千给就成。"老乞丐说，"要不，你出去跪着，我给你钱，中不？"

"我哪有钱？借？好，你跟我一起去。"吉老师想，先让他走出门，就好办得多，至少现在他不能留个乞丐在家，班都不能去上了。

"别打算骗我出去"，老乞丐口齿现在比主人更流利了，"你以为我会偷你？瞅你家这寒酸样儿，肯定是个窝囊主儿。不信我领你到我那里看看，可不至于这样子……老弟，说实话，冲这惨状，我都不忍心吃你呐，可是你给我造成的误工损失太大了，我不得不如此呀。四千元，优惠到家了……"

吉老师只觉得天地乱转。

熏陶工程

老胡结识了一位工人朋友吴大哥，俩人说不够的体己话，找一起一唠就是多半宿，甚至挤在一起睡，全不顾老婆脸色如何。

可是老胡发现吴大哥哪里都好，就是生活素质太差，尤其是卫生，太不注意小节了，比如进屋不脱鞋，带两脚泥巴造得哪都是，比如随地吐痰，那痰量大色浓，让人看了吃不下饭去……老胡很是头疼。决心帮大哥改掉这些恶习。可怎么改呢？说您卫生太差像乡下人，那不但伤了好友的自尊，而且污辱了乡下人，乡下人也不能这样埋汰不拘小节呀。老胡绞尽脑汁，终于想出了办法，以身作则，拐着弯儿规劝对方，叫作熏陶工程吧。

老胡想好了就开始实施。他先到吴大哥家拜访，对方一开门，他站着不进，要拖鞋。其实吴大哥家是水泥地，根本不用脱鞋的，老胡这样做是让大哥觉悟，这样的地况都脱鞋，何况我们家装修的呢。可是，大哥不但没拿拖鞋，反而一把将他拽进屋里，数落道："你今天怎么啦？我到你家脱鞋了吗，屋里有地还不让踩，要地干什么！"好，他倒抓住理儿啦。

老胡想，先挑最显眼的熏陶，抓随地吐痰这个大项。吴大哥家是火炕，老胡吃饭时故意挤在最炕里面，他咳嗽一声，夸张地四处找废纸，引起大哥注意时，又夸张地将痰吐地纸内包好，贴炕根儿顺放在地上。

他想，大哥下次去他家，怎么也该学会到卫生间吐去了。

几天后，吴大哥到老吴家，坐在沙发上吃酒，吃到半截，忽然咳出一口浓痰，含在嘴里，示意要出去。老胡大喜，有进步！他赶紧起身让开，然而大哥虽然没像往常那样吐在地当中，也没到卫生间里吐，而是吐在了看不见的地方——暖气片后面……

产的不如捡的

小孙女嚷着要毛笔，说周一不拿，老师罚站。老康头知道家里穷得没个钱，就划拉了自产的三瓣大蒜，领着孙女上城里卖去，怎么好歹换支笔够了吧。爷孙俩经过一个垃圾摊，见有个大冬天穿绒裙子的年轻女人，骂咧咧地将一只纸箱扔到垃圾堆上，转身就走。老康头看那只箱子蛮干净的，当废品可以卖好几角钱呢，走过去一看，一箱烂西红柿，里面却有不少好的。老头想，这季节山沟里谁见过这东西，拣好的挑出来。也怕让人看见笑话，便扛起纸箱，弄到一个小河沟边，好一通冲洗，把没烂的拣出半纸箱。

老康头在市场蹲了俩小时，大蒜没人问价。他知道孙女有些饿，便掏出小手帕，拿两只西红柿，擦干净了，爷孙俩每人一只，吃得很甜。

这时候，有人在摊边站住了，问："老头儿，你这西红柿多少钱（一斤）？"老康头一仰脸，老天，这不是刚才扔纸箱那女人吗，胳膊上还挎着个西装男人。他又怎么好意思承认自己是捡人家扔的呢，便硬邦邦地说："两块。"他知道，这东西市场价一块五。他本意是高点要价把对方吓跑了，也就免去了坑人的良心谴责，可哪想到，这女人说："你给我称五斤。"

到了这节骨眼，老康头只好跟邻摊借秤，给女人称了五斤柿子，十元钱。女人转身教育那男的："就图便宜，你瞅瞅，绿色食品，瞧人家爷俩吃的。"

这工夫身后又过来一个男人，问价，道："怎么恁贵？"裙子女人不屑地白他一眼："那边一块五呢。"男人受了抢白，也对老头说："剩下的我都要了。"一称，七斤多一点，算是十四块钱。

顾客走远了，老康头仍然如在梦中：这城里人是咋的啦，自产的大蒜没人要，拣来的西红柿却卖了二十四块钱！他拉着孙女的小手："刚才咱倒是吃那破柿子做啥呀，白扔掉一块多钱。走，爷爷带你下馆子，没准还能碰上个好垃圾堆。"

不冷静行吗

盯着闪亮的电脑屏幕,我正被一个小说情节憋得难受,突然接到老婆的电话:"老公,我让人抢了!"

我的心咯噔一下子,胸口处立刻抖得不行。昨日下午,岳父急火火地打来电话,说他要转包邻居家的地,要预交两万块钱,他家没有啊,只能向我们借。我跟老婆好不容易把这钱凑齐了,今天必须到银行打过去。我不放心,要陪老婆去,谁知道那女人特固执,说自己能行,让我老实在家写东西吧,她自己去办。临出门我再三嘱咐,春节到了,贼们憋红了眼,你要小心呢,她还不以为然。怎么样,果然被我不幸言中!

没见我回答,老婆电话里带着哭腔追问:"你……听到了吗?怎么不说话?"

我说什么?我在想,临年靠节,这么多钱被抢走,这年怎么过呀?但我又想,就算是抢了,我有什么办法呢?要是我把钱丢失,那可真的没法过了,老婆不唠叨我到死,那就不是她。我用力吸了一口气,尽量让口气平稳,再平稳。我冷静地问:"你伤着没有?"

"我没伤着。"老婆说,那声音显示她心有余悸。

"你没伤着,比什么都好。"钱丢了就够上火的,她人再受伤住院,那还让不让咱活了。我再深吸一口气,"那你马上报警吧。"

"我没来得及报警呢。"

这个蠢女人,她想干什么!早晨我要陪她,她逞能自己去;现在被抢了,却给我打电话,难道我会生出钱来,我比警察还管用?我气得差点要跳起来。但我不能跳,跳起来那后果不堪设想。我第三次做深呼吸,更平静地问:"那现在报警吧。你在哪里?我马上接你去。"

"不用了,老公,谢谢你。"我晕。什么情况了,她还有心思玩情调!我终于忍无可忍了,刚要说什么,她的话没完,"老公,抢是被抢了,可我命好,贼当场被抓到,钱和人都没事。我在平阳街派出所做笔录呢,你来这里接我吧。"

原来老婆打款前路过一甩卖地摊,停下看了一小会儿,就遭了贼。那贼的点儿比她还背,抢到手没跑几步,背后追上一个骑摩托车的,给撞倒在地,摔了个鼻青脸肿……老婆有惊无险,打电话报平安时故意玩个悬念,看我如何反应。

我接出老婆,陪她把钱打到乡下。

这钱丢得划算。老婆一反常态,对我百般温柔。她说,从前对我的误解全赖她任性,通过这遭抢的事,她才真正感觉到,她老公遇事出奇冷静,真是纯爷们儿。换任何一个,听到钱被抢了,那声音还不得变调,随之而来能不是一通抱怨吗?而她老公我,心平气和,首先关心的是她的安全,嫁这样的男人,那是修来的福,往后得知道珍惜。

哼。我说,不废话吗。当然你重要,你是两万块钱能比拟的吗?

话是如此说,我心里最清楚,我心脏病,当时接到噩耗时,如果发火,那一下子栽倒,没人拿救心丸。我不冷静行吗?

电话陷阱

瞅了一眼来电显示,珠海的。王大爷慢腾腾抓起电话,里面有个急火火的声音:"喂,喂,请问这是王总家吗?"

"可我不是王总,我孙子才是王总,他前天飞乌鲁木齐去了。"

"哎呀,您是王爷爷。爷爷,我是王总手下的秘书,告诉您一个不幸的消息,您孙子王总在这边出了车祸……"

"什么?"王大爷声音都变了调,"走的时候活蹦乱跳的人儿……他不要紧吧?"

"情况不容乐观。"电话说,"王总现在在医院抢救。"

"告诉我,在哪家医院?我马上找人买飞机票。"王大爷真急了。

"爷爷,王总在第一医院急救室,您飞来?那太好了。可是,您从长春赶到乌鲁木齐,恐怕来不及,这边钱不够了。"

王大爷呼吸急促了起来:"孩子,那,那可怎么办呀,我可就这一个孙子啦,指望他养老送终……哎呀,呀呀呀呀……"

"爷爷,爷爷爷爷爷爷!您老人家别太激动,医生说,只要抢救及时,王总的生命不会有危险。"

"那你还有心思打电话?赶紧给我抢救啊。我孙子要有个三长两短,我揪下你脑袋当夜壶使唤!"王大爷声嘶力竭了。

"我的亲爷爷,"电话说,"我们几个随从口袋里的钱都掏全了,还差三十万哪。"

"三十万？一百万也得救人！我孙子身边有人护理没有？"王大爷焦急地问。

"有，他身边有好几个人呢，您放心。可爷爷，您来最好，那也得马上先打点钱过来。"

"哎哟，这这这这，"王大爷捧着电话，手抖个不停，"我……一时上哪弄这么多，卡都我孙子管着呢，我能支配的，也就十多万。这样吧，我怎么给你汇去？"

"爷爷，您给我往这个账号汇过来。"

"那好。你等着，我找笔。千万别挂断啊？"王大爷边念叨着"我的孙子"边找笔，真是越急越找不到，好不容易找到笔，纸又忘了。毕竟是上年纪的人啦，一惊惶，话也说不囫囵，数字也听不清，把对方差点急死，但没办法呀，账号记错了，这钱指不定打在谁的卡里去了呢。

"我的孙子，我的亲孙子，爷爷刚才骂你不对了，爷爷向你赔不是……哎，话不能这么说，无论他多大年纪，有错误，咱就得承认，你说是不是？这个账号我再念一遍。不急，你告诉医院，我马上就把钱打过去，阎王爷欠不下小鬼的债，我孙子的实力，你还不知道吗？知道最好。就跟他医院说，救死扶伤，让他请最好的医生，钱不是事。哎，这就对了……"

王大爷千恩万谢，好歹才表态完自己的感激之情，"亲孙子"叫了上百遍，这才让对方放下电话，等着接收钱。

瞅了一眼计时表，王大爷无比遗憾，自言自语："这大半辈子好容易碰上个电话聊天的，半个小时哪过瘾啊，这小子特没定力！不过还好，一辈子老光棍，没想到今天连得俩孙子，有一位还是个总！"

年龄不饶人

小食杂店老板黑生财一天收入两百多元，在全城这样规模的小店，那也是首屈一指。诀窍在哪儿？除了他的店地处火车站前繁华区，客流量大，再就是他会看人下菜碟儿，顾客一进屋，他就知道是当地人还是过路的，如果是过路旅客，他就不客气了，往死里宰，你买完了东西，就算是嫌贵，我本来也没计划你当回头客……就这样，黑老板财源滚滚。用他的话讲，那叫撑死有心眼的，饿死瞎了眼的。

这天，小店进来一位白发苍苍的老汉，手拿几份资料让他复印。黑老板一打量，这老汉虽然是本地人，可表情呆滞，行动迟缓，你就是宰了他，也没能力来找，不宰白不宰。

复印完了，老汉边掏钱边问："多少钱？"明明总共是二十份，黑老板趁对方不注意，把复印坏了的四份也算在里面；通常复印是两角一份，他说，每张四角，总共二十四份，您给九块钱得了。这是他惯用的高招，平时短斤少两的同时，他在结账时抹去顾客一点零头，一般人就以为他仗义，便被他蒙混过去。老汉听了一愣，问："我听说好像是两角。"黑老板能被这点质疑难住，话早编现成的啦："哎呀，老爷子，您有所不知，他们便宜，是质量不好，您老人家贵人买贵物，瞅瞅这质量。"

老汉把钱递过去，说："开张发票吧？"

"您老有报销单位？"黑老板有些后悔，知道报销，再多宰点就好了。他按照老汉所说，开了张内部发票。老汉临出门时，意味深长地瞅他一眼："怪我没事先打听，让你给宰了。"

不宰你宰谁呀。黑老板暗自好笑，年龄不饶人，瞧你老成啥样了，谁还指望你下次再来？笑过了，他依旧忙他的生意去了。

黑老板做梦也没想到，自从那老汉离开小店，他这里就突然冷清起来。头一天没警觉儿，一连三天，黑老板疑窦顿生，物价再涨，影响不到我这儿，咋回事？他关了店门，出去打探情况。

一出门，黑老板呆住了，三天前到他这儿复印的那老汉，就徘徊在他小店附近，遇有想往这边走的，老汉就过去拦住，跟人家说了句什么，那人立即绕到别处去了。敢情老黑这几天零星接待的顾客，都是趁老汉上厕所时漏掉的！

黑生财这个气呀，心胸狭窄的老不死的，必是那天吃了点亏，耿耿于怀，难为你劳力费神地跑来诬蔑我。天理良心，我不过赚你几块钱，你居然坑我三天的生意，就是法院，也没这么重的刑罚呀。

黑老板换个角度，朝着老汉走过去。老汉根本不认识他了，以为是要去他小店的顾客，赶紧迎过来，说："先生，那家店的老板贼黑，不信你就去。"黑老板恍然大悟，原来他是这么坏的我，无论是谁听了这话，信不信，也不可能再去照顾他的生意！老黑装出一副笑模样："老人家，您怎么就知道他黑呢？"

"我这把年纪能撒谎？"老汉一本正经，"我复印材料，他要了我一倍多的钱，还骗我说他印得质量好。这个月不是学雷锋嘛，我在这里做好事，提醒大伙别受骗。"

"大冷的天，为这点事惹气，您值得吗？"黑老板劝老汉说，"回家享福去吧，受这辛苦干什么？"

老汉脸色一下子变了："你这年轻人咋这觉悟，你是不是跟他一伙的？告诉你，我不怕累，只当锻炼了。年龄不饶人啊，过去我是治安模范，抓过好几个判死罪的逃犯。现在不中用了，只好收拾点小鱼小虾……好不容易找到个发挥余热的地方，这剩下的日子就干这个啦。"

一番话把老黑吓得魂不附体，这老汉虽然年纪大了，但活个十年八年都备不住，他这小店岂不要黄铺？他竭力挤出一丝笑："大爷，我去帮您把他多收的钱要回来，您别跟他一般见识了。"

"那不行。"老汉脖子一挺，"小偷偷人钱包，还给失主难道就没事儿啦，你懂不懂法呀？坑我一个无所谓，他这些年坑了的那些人怎么办？我这三天的辛苦费谁掏？不瞒你说，我还讨了他的发票当证据，那小子敢碰我一下，哼哼，我就找到养老送终的啦……"

黑生财的脑子一家伙胀得老大！年龄不饶人，原来是年龄大了不饶他老黑这种人！这老汉扯不得劝不得，若是彻底不饶他，还真就难办了……

平均室温

搬进新居，几次遇见二楼老别头问我："咋这么冷呢？你家室温几度？"我答："20度。"老别头皱着眉头自言自语："哟，这是怎么回事？我家老冷了，才14度。"我立刻就有了自豪感，你家怎能跟我家比，我家五楼，这供暖是从上面往下热。

有一天，弟弟到我家做客。他坐在沙发上，问："你家多少度？咋这么冷？""21度。""21度，不会吧？穿羊毛衫都冷，还冻脚趾。"

听到有人贬我的室温，我当然不高兴，从墙上摘下温度表："你自己看。这东西也不是你我说了算的。"

弟弟看了温度表，也连称奇怪。不大工夫，他像是搞成了重大科研项目一样，兴奋地告诉我："哥，你家这玩意儿不准。"他把表递给我，"我用手一握，它升到40度，难道是我发高烧？"

我不得不承认可能是温度表出了问题。第二天，我又去那家"两元店"买回来一支，往墙上一挂，老天，13度！一只20度，一只13度，我该信哪一支！

反正两元一支，我再次下楼，那家店里的温度计几乎一支一个数据！这难不倒我，我一下子买回5支，并排着挂在墙上，构成了一道亮丽的风景！

这天晚上，老别头来敲我家的门，问我："你再看看，你家多少度？我家还是14度。"

　　这老头真多事，管它多少度干什么，多少度你不也还得在室内待着！我让他稍等，关上门，认真帮他统计。五分钟后，我开门告诉他："我家的平均室温，18到24度！"

　　"平均室温？"老别头已经等得极不耐烦了，听我这一说，满脸疑惑，"头一回听说。"

　　好你老别头，自吹天天在家看电视，都学了些什么？电视上天天搞大赛，评分方法哪个不说客观公正：我家七支温度计七个不同度数，这有何难？去掉一个最高度数，去掉一个最低度数，剩下的五个相加除以五，就是平均室温！

对付老婆

小吴结婚不过半年，就找到好友小苏诉苦："结婚是爱情的坟墓，这是哪个混蛋发现的，太准了。你说我们家岳欣如，恋爱时小鸟依人，现在明明是一只母老虎嘛。"小苏仔细问，才知道那岳欣如对小吴盯得紧，下班后不分青红皂白，一定让他立刻回家，迟到片刻，电话就跟屁股催，接着没完没了地唠叨，烦透了！

"你们是校友，你帮我劝劝她行不行？"小吴央求道。

"我？我还想求你来着呢，我家那位还不如欣如通情达理。"说着，小林和小于也来了，都是在省城大学认识的朋友，结婚时间最多没差上两年，可四个男人的感受却是惊人的相似，不自由，老婆不讲理。

用小品明星的话，这叫病人和病人之间的交流啊。

忽然小林一拍大腿：有了，咱们联合起来，巧施"苦肉计"，共同面对老婆们，怕她不陷进去才怪。他如此这般说了一遍，小吴还不敢相信能奏效，大家决定让他回避，先从岳欣如身上开始。

苏、林、于三个就由小苏出面，打电话约了岳欣如到小酒店喝了点小酒，共叙友情。如今酒店里迎合顾客，都备了麻将，酒喝得差不多时，四个人就停杯，改搓起麻将来。岳欣如手头特别冲，连连坐庄，她不知道另外三个人故意"喂"她的。正得意忘形时，小苏的手机响了，他赶紧出去接了一阵，回来脸色苍白："哎呀，我老婆让我快回去，咱们改日再决胜负吧。"岳欣如正在兴头上,好话说尽,小苏就是不敢再战,麻将局就给搅散了。

　　岳欣如回家,冲小吴撅着个嘴:"小苏现在怎么变得这样让人恶心,哪像个男子汉!"小吴故意不解,其实电话就是他打的。问明情况后,小吴没当回事:"那有啥,老婆叫,必是有事。""你少替他粉饰!那还叫男人?呸!今后记住,正常的应酬,必须得拿出男子汉的魄力来,我支持你,别学那窝囊废的样!"

　　小吴差点没笑出来。嘴上却说:"再应酬也得尊重你呀。"心里却合计,下一个,该是帮小林的啦,背黑锅的,就是本人!

第七辑 哲理感悟

南方人与北方人

太突然,他们那次相遇。

一个在长白山下,东北;另一个在黄山附近,安徽。相距五千里,一个偶然的机会,可就遇到一块了,你说。

都穷困潦倒,也都仇视穷困潦倒。他们不得不外出谋生,一个向南,另一个向北,就在山海关的一辆车上等着发车,俩人唠得很投机。

都是穷困,都不想让对方知道自己穷。穷是被瞧不起的。于是一个对另一个说:"我们长白山,富裕得很呐,别说关东三宝,就是细辛五味子之类的药材,满山遍野都是,足够养活那一方黎民百姓。"

另一个也不甘受贬:"我们黄山——五岳归来不看山,黄山归来不看岳——别说风景了,单是灵芝、黄山茶,只要盯上了,吃穿不尽。"

说者都无心,听者都有意。

北方人乘车去了南方。果然,黄山好。在长白山钻老林子,可受够那苦了。这儿不冷不热,风景宜人。再一看,果然有灵芝,有茶,心里一热:此时不捞钱,穷死没人怜!

南方人乘车去了北方。嚄,长白山名不虚传。单那细辛,在南方上哪找去!南方有甚好的!光秃秃的石砬子,零星几株病松树。赚钱,得去当挑夫,步步上坎,压死了晒死了!看人家,这儿凉丝丝的多带劲?细辛这玩意儿抠着栽怎么样?抠!

一个在黄山种灵芝，效果十分好，真见了回头钱；又贩茶，更有赚头：贱价收下，偷偷运到北方，加上灵芝收入，几年间腰缠数万。

另一个在长白山突发奇想，竟将细辛栽培，成功了。大面积发展，大面积成功，不久便成为细辛栽培大户，一跺脚，方圆几十里颤颤巍巍，看神气得！

一个与另一个又遇见了，谁也绝口不谈自己现在在哪儿或干什么。

客套寒暄，酒楼，舞厅，大把大把地甩钱，真潇洒，真有风度。

一个想：名不虚传，果真是黄山富庶，幸亏他透露给我信息。那一次见面，千金难买。

另一个想：眼见为实，到底不愧长白山宝地，若不是他告诉我真情，我不得在南方穷死？那一次见面，千载难逢。

噩 梦

小洁被一个噩梦惊醒，越想越怕，就咋咋呼呼地喊丈夫："吓死我啦！吓死我啦！"

丈夫阿南夜里失眠，折腾了三个小时，刚刚迷瞪过去，一阵吵嚷，嘴醒了脑袋还在梦里，他抓住小洁问原因，才知是一个梦。阿南心里嘟囔了一句，又是梦。阿南顶讨厌小洁做个梦就唠叨个没完，尤其是他此番要再次受失眠的煎熬了。他一边哄小洁："不怕不怕，一个梦有什么好害怕的，梦是劳累的大脑休息时反弹的正常现象。"说罢又欲睡去。

小洁怎肯罢休？她做这样的噩梦，多么期待丈夫的抚慰和体贴啊，而阿南竟然漠不关心。她缠着一定要把梦讲出来，阿南就闭着眼："你说你说。"

小洁就开始讲她的噩梦，不时问，你听着吗？阿南说，听着呢。他绷紧神经，边叮嘱自己别睡过去，那样小洁会发火；边做好心理上的准备，别让那梦恐怖得后一段睡不着。小洁方才是梦见自己结婚，新郎竟不是阿南，她向家人抗议，而家人竟强行要她与另一个男人行大礼，于是她不知从何处寻着了阿南，二人携手逃走，家里人紧紧追来，就这样，吓出一身汗。

"完了？"阿南含糊不清地问。

"嗯。"小洁还沉浸在逃婚的悲壮中，她想，阿南定会抱住她软语温存，她在梦中都如此坚贞呢。而她最不敢道出的是这梦都说不吉利，她单位的一位同事夜里做梦与别人结婚，结果第二天丈夫就被汽车轧死了。小洁等待丈夫说几句什么，这时她再婉转地说出她的担心，一定要叮嘱阿南，天明干脆不上班了，在家里待着，汽车难道会开到楼上来？

谁知阿南还恋着刚扰醒的那半截觉呢，听完叙说，只拍了拍小洁："我当多吓人呢。"要睡，又怕小洁纠缠，干脆一道说了："痴人说梦。你是有知识的人，别那么低智商。"

小洁的火腾地上来了，这几天楼里停水，弄得家里脏如候车室，本来就压抑，这下全冲阿南来了。小洁说了不少刻薄话，她使起性子时专挑杀伤力大的讲，如同一名棋手，恨不得一步将死对方。

阿南被妻子的"噩梦"断了好梦，这回彻底醒了，他也委屈；就这么个无聊的梦，难道也要大做文章？人生好难。楼里断水他也窝着气呢，这一顿吵闹，更如火上浇油，但他不想跟妻子吵下去，恰这时有些腹胀，干脆出门，反正家里厕所不能用，公厕里大便，兼避战火。

阿南下楼。拐角的黑影里撞出条汉子，手持尖刀，要劫他钱财，阿南哪里有准备？两手空空，歹徒翻不到值钱的，恼羞成怒，只一刀，把阿南扎倒，扬长而去。

小洁犹自对着空屋发牢骚呢，阿南敲门，半天不给开，敲烦了，她猛地推开，血糊糊的阿南扑倒进来，吓得她尖声大叫。

小洁后悔不迭。明明是做了噩梦，为什么不拦住阿南，别让他出去呢？噩梦说破了，就可得缓。天意。即使阿南晚些出门，今日也要出事的，不然黑影里怎会躲着一个歹徒？

小洁迷上了解梦。她买遍有关圆梦的书，据说研究出些门道来了，最近，她辞职在街上摆摊，用赚得的钞票养活残废了的丈夫，日子相当红火。

哪个男人在我家

沿江区法院民事庭审判员罗玉胜周五下午接到经济庭周庭长的电话，约他去上甸子乡吃林蛙，他想，还是老周有水平，近日院里纠风，不许变相勒索当事人，可人家安排在周末晚上，悄悄吃，谁会知道。老罗收拾收拾，挤上庭里的执法车就去了上甸子。

庭里最近接了一桩财务纠纷案，觉得可以下手了，周庭长就打电话暗示原告，打算去那边调查情况，对方立刻心领神会，说我请你们吃林蛙。院里惯例，有好事，总要约上兄弟庭的朋友，周庭长就召集了7名要好的同事，驱车直奔上甸子乡。

主人热情，法官们也跟到自己家一样，吃得踏实、实惠，只后悔约少了人。酒到半醉，主人又请大家在这里玩两天，反正明天大礼拜，在哪儿还不是吃酒打麻将。这林蛙、狗肉、土鸡、牛鞭，还有漂亮的女书记员……谁舍弃谁就是弱智！罗玉胜悄悄溜出去，给爱人柳雪娟打电话扯个谎，说单位下乡办案遇到了麻烦，回不去了。雪娟在图书馆工作，没应酬，又十分体谅他工作累，只要打个电话，没有不成的事儿。

罗玉胜掏出手机，拨通了自家的电话，可是，接电话的是个口齿不清的男人，听味道跟他差不多，也喝多了。罗玉胜家里没一个男性亲戚，谁敢在他家接电话？他马上警惕地问：“你是谁，怎么在我家？”"我……"对方"啪"地挂断了电话。

罗玉胜的酒立刻吓醒了三分,深更半夜,有个男人在他家,而且喝了酒,而且一听是他的声音,立刻感觉自己不该接,赶紧挂断?怪不得柳雪娟从来不过问他夜不归宿的事,敢情她有了外遇,巴不得他住在外边!

再好的酒菜,老罗也不能再吃下去了,他马上返回酒场,对同事们撒谎道,老婆突然有些不舒服,他得连夜赶回去。老罗从来不逃席,极有信誉的,所以大家不怀疑。他匆匆打了个出租,花掉三十元钱,疼得他直龇牙花子。

罗法官蹑手蹑脚上楼,把门打开,见柳雪娟正蒙头大睡,他的火气腾地就上来了,那男人哪去了?他一推理,从打电话到他回市区,至少也有1个小时,再傻的奸夫也有机会溜走。看雪娟越像没睡醒的样子,他越来气,这偷汉子的女人装起相来太专业了!老罗瞪着眼睛问:"家里的人呢?"老婆说:"家里就我还不够?""我问的是男人。""你不是男人?你骑驴找驴,喝了多少马尿醉成这样?"

两人话不投机,一直吵到天亮,老罗抬手打了雪娟,雪娟不依不饶,哭着说不跟他过了,一定要找院长评理。恰在这时,办公室主任打来电话,说出大事了,让老罗马上到院里去,老罗不敢再恋战,扔下句"你等着",就匆匆走了。

老罗赶到院里才知道,二十分钟前,周庭长一行六人玩够了,乘车回返,路过一个路口,与火车相撞,车上人无一生还!

想不到老婆偷人竟然救了他一命!老罗现在说不清什么滋味。挨了院长一通训,他回家拿点钱,好料理同事们的后事呀,雪娟还在家哭呢。他说:"别号啦,得感谢那男人,不是他在咱家,你现在得去火葬场了。"老婆这才止住哭,问清单位出人命的事,她诧异道:"我回来洗了半宿衣服，咱家哪有陌生男人？"让老罗查看手机号，老罗一瞅，昨天真喝高了，那手机末尾把"0"拨成了"8"，可不打到别人家了咋的！

  为感谢救命之恩，老罗事后跟妻子找到了那男人的家，对方是个银行职员，说起那天的情况，原来他也正喝得烂醉，听到电话里盘问他，也有些糊涂，我真是上别人家了？正犹豫间，那边已挂断，他确认自己没错后就又睡了过去，哪承想救了法官一命。

  打那以后，老罗坚决再不喝蹭酒。不是后怕差点丢了命，是他听到，周庭长一伙出事后，有不少老百姓公开放鞭炮，庆贺少了些贪官污吏，——人死了被大家庆贺，这蹭酒喝得还有什么意思！

换种说法

胡小芸跟霍玉香是闺中密友，好得形影不离，最近她们的丈夫同时遭遇下岗，由于事先缺乏心理准备，俩男人整天弄到一块儿，不是喝闷酒，就是找闲人打麻将，家里的事，简直是倒了油瓶不扶。小芸和玉香在单位累个贼死，回到家还得伺候大爷一样地服侍赌徒或者是醉鬼，日子没劲透了。

"我们真是命苦，当初怎么就瞎了眼，嫁谁不比这强。"俩女人找到一起，相互哭诉了一通，"得找他好生谈谈，不想过了，就干脆拉倒。"俩女人盛怒之中，下定了决心，回家立即摊牌，一分钟也等不得。

分手后，俩女人突然忙了起来，便很久很久没聚在一起，长了，竟然都把对方淡忘。偶然一次，在市场上，她们碰了头，这才吃惊地想起，怎么这么久没关注过好友的情况了。

"离了。"胡小芸长叹一口气，"我知道独身女人不容易，然而，我不可能跟这样的男人搅在一块儿。"

她没想到的是霍玉香如今进入了小康。她打那次跟丈夫摊牌后，男人找了个单位，晚上打更，白天上街蹬三轮，同时考察市场行情；不出一年，用赚得的钱在市场边上开了家干洗店，生意红火，正打算让媳妇辞掉那份工资低、班又上得累的工作，帮他一起打理呢。

小玉呆了。"我当初就跟他说了一句话，他破罐烂摔，脾气更坏了，怎么将就？看来两个男人素质相差得太多。"小玉羡慕地说。

"你当时说的什么？"

"还是咱俩说的那话啊。我说，我真是瞎了眼。你呢？"

"也是。可话到嘴边，我突然想，虽然在气头上，干吗斩尽杀绝呢，换种说法也未必不可。我说，我坚信我没瞎眼睛。就这一句话，他受到了刺激，啥也没说，就埋下头去，让事实证明我的坚信没错。"

是啊，盛怒之下，稍微退一步想，结果会大出人意料。

英 雄

英雄是偶然被发现的。

在单位领导的眼里,英雄本是个不起眼的人物,无特长,犟犟的,好顶撞领导且不团结同志,因此评先进评职称涨工资之类的实惠事,他总得往后排。英雄只埋头干活,从来与功利无缘。

可是老婆受不了。"你工资低名誉差连个房子都没混上,租了十几年房,日子还怎么过?"老婆便骂,"窝囊废,当初我瞎了眼。"英雄不语。女人更是变本加厉,惹得丈夫发了火:"全世界的人都欺负我,也不该轮到你呀,揍你个孬种。"一顿拳脚,打得老婆满地找牙。英雄牛刀小试便取得辉煌成绩,其代价是妻子起诉法庭且宁死不回头,终于和他离了婚。

离了婚的英雄难以生活下去,生炉子做饭洗洗涮涮他干不了,夏天可以吃食堂,而冬天不生炉子会把人冻死。绝望中的英雄乘车南下,他要看看大海,然后自杀。就这样,他才得以坐上这辆长途汽车,才让他遇上这个命中该死的歹徒。

歹徒拔出刀,让车里的人都举起手,然后搜身。如有故意藏匿不报者,便赏一刀。有一位乘客,为及时将钱塞进袜筒里,肩上已流出了血,哎呀哎呀地惨叫。

司机手握方向盘,目视前方,仿佛跟往常没什么异样;售票员手握装钱的兜，眯着眼打盹儿。歹徒只劫乘客不伤车主，这是此地的规矩。

英雄的大脑一片空白，他的钱一旦被劫，靠什么去看大海！这时那歹徒已离他很近，并逼一个漂亮的姑娘脱裤子，说是姑娘肯定把钱藏在裤衩里了。说着，一只手便拼命往姑娘裤腰里插去。姑娘弓下腰，以阻止那只手继续深入，嘴里忍不住嘤嘤地哭出声来。

英雄怒火中烧，老子不活了，看他娘的什么海！他呼地一拳猛袭过去，直打得歹徒"妈呀"一声，刀子也顺势扎进英雄的左后背。挨了一刀的英雄反而更镇定更勇敢，刀扎一家伙原来不过如此，痛不死人的。他扑上去死搂住对方，脑袋抵住歹徒腹部。歹徒背部顶在座椅上，要害处受不住，虽然又连扎了两刀，却越扎越无力，而负痛的英雄越痛越用力，歹徒第三刀未举起，人已昏过去了。

歹徒此前就作恶累累，被送上断头台。英雄在当地群众的募捐中康复。从南方巡回讲演，又被原所在地市政府派专车接回。副市长、秘书长、政府办主任还有他单位的领导夹道欢迎。报纸采访，电视录像，工资跳三级，职称提一格，公寓楼也给了。英雄成了当地响当当的人物。

南方被救的那位姑娘，自费来北方，不嫌英雄年纪大和有婚史，一定要与之结百年之好。英雄也是有血有肉的人啊，半年后，终于同姑娘登记结婚，并被特批婚假一月，带上娇妻南下，看大海，度蜜月，英雄上次没见到大海呢。

岂料在中转站城市，晚饭后他挽着娇妻散步时，又遇上了歹徒。

刀子亮闪闪的，抵住他的面部，把他俩劫持到这个城市的一条僻静的胡同，然后命令他面朝墙站着，不许动弹，不许喊叫，否则……

刀子冷飕飕地抵住他的面部，一拳打过去？这刀子肯定刺在脸上，他可成了丑八怪，本来就老。若是扎在眼睛里？若是三刀五刀或是刺中要害？职称、工资、房子，还有这含苞乍放的新娘……

英雄说："兄弟，别，有话好说，我，我求您了……"他双膝一软，竟然跪了下来。这时候，英雄觉得，其实下跪也不是件很难的事。

心宽路不窄

矿工的住宅都盖在山坡上,两个小邻居,几乎每天见一面。

男孩儿患小儿麻痹症,只能坐在轮椅上打发时光。九岁时,妈妈说,儿呀,你不学点本事,将来妈死了,怎么办?于是妈妈教他识字。他天资特好,过目成诵,三年后,女孩不在身边的时候,他基本可以在书海里徜徉。

女孩儿活泼快乐,极富同情心,她是唯一经常来看望男孩儿的小朋友。别的孩子打男孩院前经过,总要编顺口溜气他:"瘫子瘸子蔫茄子,我是你家老爷子……"男孩气得哆嗦,女孩总是粗鲁地高声叫骂,并捡起院里的碎砖块抛掷过去。女孩也是唯一叫他"小哥哥"的孩子。女孩儿常常对她的妈妈说,小哥哥多好哇,为什么别的男孩都能站起来,就他站不起来?我想分给他一条腿,哪怕我俩一人站半天不好吗?妈妈说,傻丫头。女孩妈妈去跟男孩的妈妈说这事,无意间让男孩听到了,男孩一整天没吃没喝,谁也不知道他为什么。男孩想,迟早我要站起来,站起来就找她当媳妇。

女孩放学后,便来教男孩算术,男孩就给女孩讲古书里的故事。这情景常常让男孩的妈妈热泪涟涟,说,这孩子,他要是能站起来……

后来男孩在轮椅上长成一个英俊博学的小伙子,女孩儿也在山路上长成一个充满青春活力的姑娘;女孩上了高中,便不常来坐了。男孩莫名其妙地想,她是有了男朋友了吧,早恋,可耻。男孩儿又感觉自己其实更可耻,她有没有男朋友该你管的吗?这一天,男孩儿又没吃没喝。妈妈说,这孩子,有事说事,动不动不吃不喝,咋的啦。

他说,不咋的。我爱吃就吃,不爱吃就罢。

打那以后,男孩的心理不知道发生了什么变化,他眼前总晃动着女孩的那对浅浅的酒窝和一条黄茸茸的马尾辫。他想,如果将来能娶得这女孩儿为妻,他会豁出自己的一切让她过得幸福!古书中的才子佳人故事经常就在他眼前、梦中出现,他和女孩儿就是主角。他多想梦见自己能站起来,用强有力的双手把那女孩领着走向自己的卧室。可是,他没有成功。每次梦里,他不是虚幻地在空中乱飞,就是自己坐在轮椅上……男孩第一次哭了,老天,连在梦里站起来的机会都不给他!他哭自己,也哭那女孩儿。

有一天,压抑得太厉害,男孩摇着轮椅走出门去,想找女孩吐露一下心迹,哪怕只是把话说出来,他就解脱了,保证回头就走。可是,摇出几步,他就愣住了:两家之间用篱笆圈着各自的菜地,中间那条窄窄的小道,他的轮椅无法通过呀。男孩子恨恨地想,这分明是故意不让我过去。不去就不去。

男孩儿又把轮椅摇回了他的小书房。

日子过去了一些年头。

元旦,女孩儿来男孩儿家中坐,有一句没一句地聊天。女孩已经落榜,在家待业两年了。女孩说,有人给她介绍了一个人儿。男孩说,好哇,祝福你。女孩说,那男的家挺远的。男孩说,亲戚远来香啊。女孩就低了头,默默无语。当时,男孩真想一把搂住她,说,我喜欢你。可是,男孩把握不住女孩会不会突然跳起来抽他的耳光,男孩儿只有这一点希望了,无论如何,女孩至少会来看他;随着她的耳光,她就不再可能在这充满煤烟味儿的小屋里出现,以后他怎么有勇气活呀。

女孩默默地离开了。女孩不久就出嫁了。女孩出嫁那天,男孩的全家都去送亲,男孩独自在家,把自己喝得一塌糊涂……

男孩酒醒后,拼命写东西,他的东西都是写给女孩的。男孩儿不断有东西发表,不断有稿费汇过来……也有给男孩儿介绍对象的,毕竟男孩儿是个才子,矿山的邮递员都羡慕他的汇款单真多,有些女孩子愿意嫁给他。

男孩儿一律摇头:不找。

后来,男孩断续地得知女孩一些情况,她过得并不幸福。男人喝酒,喝了酒就打她,折磨她。男孩原来很爱喝酒,听到这消息,他愤然把酒戒了。可他戒掉酒,那女孩的丈夫喝得更凶了。终于有一天,他将女孩的肋骨打折眼睛打斜,女孩起诉到法院,跟他离了婚。

离婚的女孩又回到娘家,头一个就是来看她的小哥哥。她欣喜地说:"打折了好。打斜了好。"男孩儿心中一凛,她知道我是这么想的?她是嘲讽我幸灾乐祸的卑鄙心理?

男孩儿跟女孩儿相对,反而无话。俩人就改在网上聊,说东说西,聊得热火朝天,聊得难舍难分。女孩儿问:"小哥哥,你怎么不找个人儿做伴?"男孩儿答:"除了你,我谁也不要。可老天爷不让我站起来。"女孩儿说:"坐着好,你坐着我离你的怀抱更近。当年我等你开口呢,你为什么多少年说不出这一个字?看我现在残花败柳……"男孩儿说:"我爱你。我爱你。"男孩儿真感谢科学家发明了上网,说起话来无比顺畅!

电脑停留了片刻。男孩仿佛感觉出,女孩在那边哭了。好久,屏幕上出现了女孩儿的回应:"家中就我自己。你为什么不过来?"

男孩立即儿扔下鼠标,摇着轮椅就飞出了门。他望见,女孩儿站在她家的门口,向他招手。男孩把轮椅迅速摇过去,他发现,那条篱笆道儿足够他的轮椅开过!他伏在女孩怀里喃喃地说:"这道儿什么时候变宽了……"女孩儿说:"多少年就这样子。从前你不敢过来,是你的心窄,现在你的心宽了,这路能不宽吗?"

重复的故事

星期天，赵文的老婆小孙早早就起来嘟囔，昨天玩了一天，也没个够咋的，真好耐性。咱家那玻璃，你还不擦擦，瞅着多闹心。赵文一听这话就烦，玻璃玻璃！我四十多的人啦，能跟猴儿似的爬窗台？"他一赌气，扔下一句：雇人擦，三十块钱足了，还乐得照顾下岗工人。甩手出了门，关上手机。今天去哪里？城北钱武家。老伙计为什么一个月没抓着影儿啦，看看去，莫不是重色轻友，轧上女朋友啦？

也是这天，钱武的老婆小李早早就起来嘟囔，昨天玩了一天，也没个够咋的，真好耐性。咱家那玻璃，我恐高，你还不擦擦，瞅着多闹心。钱武一听这事就烦，玻璃玻璃，我四十多的人啦，能跟猴儿似的爬窗台？他一赌气，扔下一句：雇人擦，三十块钱足了，还乐得照顾下岗工人阶级。甩手出了门，关上手机。今天去哪里？城南赵文家。老伙计为什么一个月没抓着影儿啦，看看去，莫不是重色轻友，轧上女朋友啦？

赵文去了钱武家。钱武去了赵文家，跟听从导演指挥似的。

钱武的媳妇小李三十出头，嚷过了，有心打电话雇人，想想，那钱是大风刮的吗？就自己慢腾腾地擦。这时候，赵文来了，问，钱武哪去了？小媳妇边热情地让座倒水，边说，可能有点急事，出去一小会儿，赵哥怎么这么久没见着，是不是他钱武有不对的地方？赵文急说，哪有啊，都是穷忙。怎么让你干这活儿呀？钱武媳妇笑笑，我就不是劳动人民了吗，赵哥您只管坐，他一会儿准回来，你俩好好喝几盅。赵文心里立刻暖洋洋的，想，瞧人家这小媳妇，多懂事儿，哪像我们家小孙，倔倔的。瞅着那么娇小的女子爬上爬下，赵文心中好生不忍，说，让我来，我干这个最拿手。

赵文不由分说，帮钱武媳妇擦玻璃，他此前从未干过这活，没想到擦玻璃原来比喝酒打麻将还有意思，且擦得如此干净，连小李也吃惊："哇，赵哥这么能干呀，你家小孙可真好福气。"忙活完了，钱武还没回来，手机又联系不上，钱武媳妇坚持请赵文去楼下小吃店里小坐。听着小李不住口地感谢夸赞，赵文喝了不少酒，还清醒地提醒自己，千万不可失态，这可是朋友的媳妇呢。

赵文的媳妇小孙三十出头，嚷过了，有心打电话雇人，想想，那钱是大风刮的吗？就自己慢腾腾地擦。这时候，钱武来了，问，赵文哪去了？小媳妇边热情地让座倒水，边说，可能有点急事，出去一小会儿，钱哥怎么这么久没见着，是不是赵文他有不对的地方？钱武急说，哪有啊，都是穷忙。怎么让你干这活儿呀？赵文媳妇笑笑，我就不是劳动人民了吗，钱哥您只管坐，他一会儿准回来，你俩好好喝几盅。钱武心里立刻暖洋洋的，想，瞧人家这小媳妇，多懂事儿，哪像我们家小李，倔倔的。瞅着那么娇小的女子爬上爬下，钱武心中好生不忍，说，让我来，我干这个最拿手。

钱武不由分说，帮赵文媳妇擦玻璃，他此前从未干过这活，没想到擦玻璃原来比喝酒打麻将还有意思，且擦得如此干净，连小孙也吃惊："哇，钱哥这么能干呀，你家小李可真好福气。"忙活完了，赵文还没回来，手机又联系不上，赵文媳妇坚持请钱武去楼下小吃店小坐。听着小孙不住口地感谢夸赞，钱武喝了不少酒，还清醒地提醒自己，千万不可失态，这可是朋友的媳妇呢。

星期天的晚上九点多，赵文和钱武俩分别带着七分酒意，回到各自的家，家里的玻璃擦得锃亮，但他们都没留意，一个大男人，谁会那么婆婆妈妈地关注那些鸡毛蒜皮的小事呀。

房子问题

迁入新居，老白觉得自己长高了半个脑袋，从郊外的小山村到市区的取暖楼，这一步迈得够大的。忽然想起近九个月只忙着购房、装修，与外界几乎断了联系，连他的挚友老吕、老金也没会过面。今儿就去看望二位，顺便约个日子，请他俩到新居小酌，一来分享一下他的快乐，再者啦，他俩也好有个目标，不能再挤那老式公房烧煤玩啦。作为朋友，老白觉得他应当为对方做些什么。

老白兴冲冲地与老金通了电话。老金兴高采烈地说："你老伙计咋啦？座机报停，手机换号！老吕跟我在一起呢，这样，不能到家，十点在邮局营业大厅见面，我请客。"

见了面，不等老白开口，老金说："俺俩搬家了，就在附近。先请您认认门，然后，去'聚仙居'搋一顿。"

中午，老金、老吕约来几位圈内朋友，好一顿神搋，却把个老白弄得万分堵心。回家看看自家那房，多亏没来得及炫耀，否则，那人更丢大啦。瞅人家二位的房，黄金地段，地热，纯木装修……他开始恨老金、老吕了，啥朋友，办事跟做贼似的。你旧房拆占，吱一声，莫非我能占你们什么便宜？咳，人哪，交不透！交不透！

老白居然病倒了，打针、吃药，效果甚微。

这天，好友老吴来看他。闲聊中，老白说了老金、老吕住上新房，好不阔气的事，"咳，人比人得死，货比货得扔……"

"他们那房有什么好！"老吴嘴一撇，"紧靠大道，车水马龙，彻夜不断，轰隆隆乱响，哪里睡得着觉？我看是花钱买罪遭！还有那空气，多污浊？哪比得上咱这儿清静。他就是花钱雇我，我都不去住，你还羡慕上了，真是。"

老白觉得病一下子好了大半。自己身在福中不知福，可笑。要紧的是赶紧约老金、老吕来聚一聚，上次破费了人家，总得讲个礼尚往来吧。虽然是几十年的铁杆朋友，长期不走动，也显得疏远了不是。

超 脱

慧觉大师在终南山下的一个市镇中,发现了一个少年,大师终年云游四方,现已年过半百,此前曾遇上过好多聪明的孩子,但他细观察,都不及眼前这个少年的悟性好。大师一颗求才之心终于得到了宽慰,他征得少年的父母同意,便带他去了深山,传授他武艺、佛法。

大师第一天给他的徒弟上课,就说,修行的最高境界就是超脱,超然物外,你遇到的多少快乐都引不起你的喜好,你撞上的多少坎坷都激不起你的恼怒,这样,你在悟道时眼前就只有道,你在习武时,心里就只有打击的目标,学艺有了这样的心态,那还差什么?达到这境界并非易事,为师为此研摩了大半生。今后,你每天醒来第一件事,就是把这话念叨一遍。

徒弟牢牢记住了。

大师脾气一点也不凶,他有超脱的心态,所以才艺高道深,名震天下,无论宗教界还是世俗界,凡习武人没有不敬仰他的。大师每天很早起来,唤徒弟诵经,然后给他讲道,促他练功。徒弟长进很快,师父说,我果然没看走眼。你早早成材了,我圆寂时也放心。

这天,徒弟受命站桩,师父陪在一边打坐,那样子,师父像是睡着了,时过中午,还没有醒来的意思。徒弟不经意说出一句"响了",见师傅端坐依然,就知道失言了,自己离师傅的境界差远了!

又一天，师父还是打坐。徒弟练功时，忽然听到草丛中声音响动，原来是当地一种很凶猛的蛇，蜿蜿蜒蜒，竟朝着师父爬去。徒弟吓出了一身汗，却不知如何是好：发暗器相救吧，未得师父允许，那是绝对不可以的；而又不能提醒师傅，他老人家一动，那蛇可就下口了……他目瞪口呆地看着毒蛇从师父膝盖上缓缓爬过，又隐入草丛。蛇过去了，师父似乎毫无知觉，依然打坐入定。徒弟不由暗暗佩服，这便是超脱了。他也学着师傅，忘却周身所有的事，那功夫也更是一天一个样子。

转眼五年过去。徒弟差不多学尽了师父所传，某些武功方面的招式，比师傅做得还到位。这天夜里，师傅给他讲了半夜经文，第二日醒来，却发现徒弟的卧室里人走屋空，师傅赶紧顺着下山的路追赶，果然，远远地看见徒弟一路东张西望着，往山下走。

师父问徒弟："你要做什么去？"

徒弟说："我寻思跟师父也再没什么可学的啦，应当到山外去见识见识，岂不是好？"

老师父这下子脸色变了："好你个没良心的东西！我从芸芸众生中把你找到，又苦心教你多年，你怎么说走就走，连个招呼也不打！"

徒弟扑通给师父跪下了："徒儿怎么会不辞而别，扔下师父？徒儿只想跟师父开个玩笑，看师傅真的超脱了没有啊，求师父不要责怪我。"

老师父顿时面红耳赤！呆了半晌，才双手把徒弟扶起来："我教你五年，不如学你一朝，你点醒了为师，什么事情都是不能做到极致的，包括这佛学和武功。"

"一把手"

肖月光打六岁起，在孩子堆里一站，见到的都说："这孩子！"肖月光从爹妈的眼神里就读懂了这仨字的含义。渐渐地，他童稚的心掺杂上了大人的思维：我肖月光不能跟一般人一样，我得当大官。

大官不是风刮的。想当大官的肖月光在学校里立志好好学习，天天向上。这孩子用心读书，听老师的话，不久，当上了班长。准备先当小官后当大官的肖月光对那些伟人和英雄崇拜得五体投地，学着学着，他自己仿佛也就成了英雄，走起道来，小胸脯挺得"倍儿直"。

那些日子，肖月光学了《刘文学》这一课。老师在讲课时，特地教育同学们，要像刘文学那样，誓死保卫集体财产，跟坏分子坚决斗争，绝对不能后退。肖月光背诵着少年英雄的事迹，放学后路过煤矿家属大队谷地时，突然就看到谷穗儿晃动得反常。谷穗儿动了，肖月光心里就一凛：有人在破坏集体财产！他蹑手蹑脚从垄沟里溜过去，果然，邻居王二娘以掐谷莠子为名，实际是掺杂了谷穗！正想学英雄的肖月光上去抓住王二娘的篮子："你家男人什么党员干部，你怎么敢偷集体的谷穗儿！"他原以为王二娘会起身就逃，哪知话音未落，就让那胖婆娘一巴掌打倒在地垄沟里："小必养的，谁教育你成这样子！"

被打得嗷嗷哭但正义在手的肖月光回家找爹妈评理，却又被爹妈各打一顿："你这死彪（傻）小子，再让你嘴贱，多管闲事！"

肖月光便肿着两眼问他的老师去，保卫集体财产，跟坏人斗对不对？老师盯了他半天，叹口气："肖月光，你还小，有些事不能光听书上的，长大了自然会明白的。"这话把肖月光说得先糊涂后明白，他扔下一句："管他的刘文学"，转身就走，从此说死也不再读书。

不读书的肖月光就流落在社会上，跟一些别人说的社会渣滓混，别人说社会渣滓，他就认定是好人，别人说偷盗可耻，他却认为光荣，最后，因为偷矿上的块煤被警察抓住，他骂，别人把煤矿偷黄了你不管，却单盯着你爹！一顿拳脚，反把警察打断两根肋骨，肖月光被判了三年徒刑。判了刑的肖月光毫不后悔：你们有本事，就枪毙了我。

法院没本事，三年就是三年。

肖月光在服刑期间，一分一秒也没老实了，精力无处发泄时，他就鼓捣这，鼓捣那，学成了好多门手艺，并且会一门，精一门。尤其是他那种一不怕死、二不怕政府的气概的确震住了不少犯人，他竟然成了犯人的小头头。

被管教哄着劝着当上犯人小头头的肖月光没几天便开始反胃，这算什么鸟事呀。自古犯人和狱卒是死对头，那么他这样做是不是被招了鸟安？肖月光上学不多，闲书却囫囵半片地读了不少，越想越是这理儿，他悔恨之余，就想收拾一下那伙管教。

这一天，犯人们被强迫顶着小雨挖水沟，被肖月光称作狱卒的管教披着雨衣吃三喝四，高档烟一根接一根地抽。肖月光恨恨地想，你个狱卒有几大工资，这都是犯人家属的血汗！揍你个王八蛋，大不了枪毙老子，也比受这洋罪强。这样一想，管教来到他跟前时，他大喝一声："滚开！"搂住对方就滚到了泥浆中。

肖月光不过是想跟管教干一架，在老犯们中立个"棍儿"，但二人倒地时却听到"轰隆"一声巨响，他感到脸一热，身上一麻，竟然失去了知觉。

肖月光被炸掉一只胳膊。不知谁埋在地下一包炸药，当时被一个犯人给刨响了，肖月光因为救管教被减刑放了回来，安排在小矿坐办公室，大伙戏称为"一把手"。

坐了办公室的肖月光几乎没有事做，写材料肚子没"水儿"，干活他独臂，听会议他犯困，整个儿闲肉一堆。矿上效益太差，拖欠工资十五个月。工人们也学大地方的同行，去矿办公大楼讨说法。人刚齐，矿长倒背手踱出来："咋？不上班找我啥事，站出来说。"人群中竟没个敢吱声的。

这时，肖月光单臂提一瓶热水经过，"咣"地掼在矿长脚前："他饭都不给吃了，你们听他个屁！你们肯听我的，我保你们工资。"人群中"嗷"地就欢叫起来。"一把手"对矿长说："听见了吧，这就是群众。你还没进过监狱，玩政治，嫩了。限你三天，若没个表示，全矿人我80%拉走！剩下这支胳膊陪你玩。"矿长哪想到这位刑释人员如此嚣张，嘴干哆嗦，说不出个一二三来。"一把手"拉他到一边："你那些事还需我当众曝光？这小矿炸药多的是，需要时咳嗽一声。"矿长的脸霎时就变成炸药色。

三天后，小矿工人就发了五个月工资。工人们简直像白捡了钱，一片欢呼都冲着"一把手"，发钱的矿长倒像个三孙子。发钱的同时，"一把手"被任命为办公室副主任。"一把手"说："我这人不学无术，可就不喜欢被人管，当副的没劲。"

工人们自愿集资，给"一把手"装假肢。肖月光嘴叼一支烟，又掏出火柴，用拇指按在磷面上，无名指一弹，"嚓"地燃起，他点着烟，得意地问："够不够？要恁多手干什么，手多的还得听我号令。不信你们瞅着。"

瞅着瞅着，就见"一把手"跟矿长关系不同寻常，总是矿长去找"一把手"。小矿人好奇，乘肖月光喝高兴了时想探听点什么，"一把手"酒醉，心却不糊涂："拿你工资得了，管那么多作甚！"

有件事到底不知是真是假，说"一把手"人前从不相信书籍报刊，小时候吃刘文学的亏太惨痛了；可他每在夜深人静时苦读，并警告老婆："你敢瞎咧咧出去，我将你锁子骨打折。"

过　关

镜湖山旅游区乘索道至山顶，饱览风光后，再乘坐索道奔下一个峪口。购票前，有两种选择，一是直接乘索道前行，票价十元；二是先入另一个通道，参加一种翻番奖励游戏，连过七关，奖励结果各关不同，全凭自己把握，然后再乘索道，票价十五元；大部分游客都怀着不到长城非好汉的心态，既然到了山顶，还差这五元钱了？赌一次！

剪了票的游客被带进一个封闭的通道内，每次只能过一人。入第一关，电子屏幕上写着：现在，您已经获得了五元钱的奖励，如感到满足，您可以结束游戏，从侧边出去领取奖金。游客想，我花五元钱就这结果呀，那还不如不玩，继续。就进了第二关。第二关屏幕上写着：现在，您已经获得了十元钱的奖励，如感到满意，您可以结束游戏，从侧边出去领取奖金。游客想，我取得此机会容易嘛，再走。第三关，奖金成了二十元。游客想，下一个定是四十元了，继续……到了第六关，屏幕上写着：现在，您已经获得了三百二十元钱的奖励，如感到满足，您可以结束游戏，从侧边出去领取奖金。游客想，我不过花费五元钱，就赌它一把，下一关应当是六百四十元了！

然而，游客进入第七关时，见那里只有负责剪票的工作人员，手中持的是一个印有"欢迎下次光临"的牌子。后退是不允许的，索道又催，只好怀着一丝遗憾离去……

这个创意让旅游区获得了相当丰厚的利润。据说起初论证时，好多董事提出质疑，旅费昂贵，再回第二次的可能性不大，但是如果上当者告诉后来人，都在第六关满足，那可赔惨了……策划者说，不可能。这关过的其实是欲望关，很难超脱的；凡好赌者都盼望别人比他输得更惨呢，他们最喜欢有更多的人上当，才能保持心理的平衡，怎么可能告诉别人呢？万一有那天，停了这活动就可以了。

时过三年，还没有一个人在第六关就满足的，旅游区的盈利仍在继续，这一步，连策划者也始料不及。

变换角色

这一天,老赵、老张和大李在酒店小聚。老赵喝上几杯酒,禁不住倾诉起他家庭的烦恼。原来,老赵的老婆小孙因单位效益不好,被精简在家,没事做,夫妻间就增加了一些无谓的摩擦。老赵是个作家,每天爬格子,见妻子本是打字员出身,就说,现在好多杂志都时髦无纸化办公了,你就帮我把手稿打打字吧,不然,我也得下楼去打字社雇人打,省下这笔钱只当你的工资了。

妻子起初很高兴,兴致勃勃地开始工作,每天还把她的战果记录在本子上,今天三千字,明天五千字……老赵的稿费到账,还当真把劳务费开给她,每月总有八百元到一千元以上的样子。夫妻俩不是AA制,小孙接过工钱,也都用来买了菜,然而她心里舒服啊,这钱是她赚下的,绝不比在单位上班挣得少,并且不用抢点、打卡,不用受领导的气,何乐而不为?

不过,这私家打字员没做上一年,老赵发觉情形有些不对:小孙没有了起初那股热情。其实每天也就那么几千字,三两小时就"噼哩"完了,但老赵每次让她打字,动不动要看她的脸子,不是说"你这是哪里淘弄那么多生僻字,难打死了",就是斥责老赵:"我整天瞅你那些'死不滥颤'的文字,都要产生过敏症了"……有时候,小孙把字打错了,严重时甚至整段整段地遗漏,老赵让她纠正时,要先酝酿好笑容,煞费苦心地琢磨妥当说话的角度,生怕闹不好挨她的顶撞;遇到哪地方要修改,小孙常常不耐烦地拿话噎他:"你哪那么多事,想好了再写!"老赵心里憋气,我也是花钱雇你呀,这叫什么事?给自己男人干活还怨声载道,去单位如何更可想而知,难怪你下了岗!老赵此前也找过打字社,瞧人家那态度,把你当上帝!话说回来,那钱总不能眼睁睁地让打字社给赚了去,于是老赵就忍一天是一天,越忍越累。

老赵这一开口,老张和大李异口同声:"同病相怜呀……"敢情他两个的老婆也跟小孙状况差不多:老张办公司,也是为了省钱,让老婆大琴帮他负责进出货物的微机输入。活并不怎么累,可大琴一天到晚叫苦连天,总把"姑奶奶没白带黑给你扛活,我上辈子欠你家的"这话挂在嘴边上,搞得老赵进退维谷;换人吧,这女人一改嘴,又得说成:"我累死累活,你咋就是瞧不上呢"……大李在火车站附近搞打字复印,接的活大部分都是老婆于淼干,大李也是一天到晚听她不尽的抱怨和无休止的唠叨……

这却如何是好?老婆就这样子,总不能开出去吧。

忽然,老张灵机一动:"有了!"他说春节回父亲家拜年,兄弟姐妹凑一起赌麻将,他手气出奇的好,赢了四百多元,可半点成就感没有;这若是换成跟别人赌,那说不定多得意呢。原因是赢自己人的钱不像是真赢,一点也不刺激。那么,老婆给丈夫干活,仿佛把左口袋的钱赚了,再装进右口袋,是不是也像赢自己家人的钱一样的感受呢?既然如此,咱不妨试验一下,让各自的工钱来一次旅行,让老婆们换换角色如何?大张如此这般说了一通,另两位半信半疑地点了头。

几天后,老张按计划去老赵家串门,见小孙在电脑上打字,忙夸奖:"嫂子还有这手艺!我有个朋友大李在火车站开打字复印社,正缺懂微机的人手呢。你若是有意，我给介绍，工钱可以多一点。"小孙不认得老张，更不知道他们酒桌上的圈套，立即兴高采烈："那敢情好，哪天我去面试。"老张说："明天一早听我电话。"

老张走后，小孙把老赵的稿子一扔："看谁打得好，你找谁去吧，本太太不伺候了。"

就这样，老赵的老婆小孙给大李管着电脑兼打字，大李的老婆于淼帮老张负责进出货物微机输入，老张的老婆大琴帮老赵打文稿。这三个女人不知道老板是丈夫的朋友，工作起来风风火火，脸上却整天挂着微笑，对老板毕恭毕敬，吩咐一声，那根本不用操心，活干得那叫一个利索。平心而论，女人们的工作量与以往在家中相比，差不多增长了一倍，薪水比每月老公给的少一百元以上，还得起早贪黑踩着点儿上下班，但她们却是个个任劳任怨。回到家里，也都是一团喜气，动不动眉飞色舞地跟老公讲述单位或者老板的趣事，说："自食其力的感觉真是好，比窝在家里给你扛活强百倍，累死也值！"

年底，三个男人又聚在一起，把雇别人老婆打工省下的钱凑在一起两三千块，好一通潇洒。疯够了，谈论到各自的女人，没想到换个角色居然能让她们表现得这么好。仨男人始终搞不清楚："给别人做起来，反倒比干自己的还卖力，搞不明白这些女人犯的什么邪！"

思维方式

许天在文化馆当创作辅导员,其实他的功力并非一般同行所能比拟,老伙计在国家的刊物上都发表过一次作品呢。

成果大了,经常有人登门求教,他也免费办过讲习班。学员水平参差不齐,其中有个叫李杜的,东西写得泻肚般利索,可是实在不够发表档次,请教的次数多了,许天有些烦:"你也得多用脑子想想再写,文学需要作者以与众不同的方式进行思维,我讲过多少次了。"

李杜便不再来找他。许天感到轻松了不少。

李杜不找许天了,他便动脑子要超过这个看低了人的许老师,他决定巧干:先看当地领导喜欢什么。领导在电视上说要弘扬青龙山文化,他不管自己懂不懂,到处找资料,东抄西剪居然拼凑了所谓论文参与到研讨会上宣读;而许天没有,许天暗说,李杜白瞎那么个好名字,他本来就是蠢材,扯那个算是文学?李杜听说许天参加过一次由编辑部出资的笔会,他想,我也能。眼下有不少刊物为了骗钱或自救,搞一些所谓笔会,实则给钱就妥。李杜的水平参加这样的笔会当然不成问题,他便注意跟领导处好关系,于是邀请信一来就可以出席,而且出席后只要给足钱,作品可以评奖,除去没有奖金之外,证书一点也不差,还有国家级的权威报刊。这样,李杜获奖证书跟他的名气相伴,与日俱增;李杜还注重向知名度要效益,凡是各编辑部出名人词典什么的,他是能入必入,他也知道这玩意儿一文钱不值,但是他有他的思维方式。随着一些自费版面发表作品和载有李杜大名的名人录的问世,李杜的名气大了,市区领导都有了些印象,一些场合就让他出席,电视上常常有影儿。许天看了,冷冷地道,文学是得靠真功夫,早晚有一天,他会知道。

后来评职称,许天学历不够,破格弄了个助教级,他原没什么不满,总算破格了嘛。可是后来听说李杜评的是副高,市长要发现人才,专程去省里为李杜请的,许天心里有些不平衡了,自己完全应当争取一下嘛。他找市领导。领导说:"你学历不够,已经是照顾了。又不存在显著的业绩,你看李杜——人家那名字也好——若能赶上他一多半,我们也可以考虑个中级。"

那一刻,许天差点儿放声大哭!

有一次,去省城开会,没卧铺,正着急时,遇见李杜,热情地邀请他同去软卧。许天是初级职称,哪能报销得了哇。李杜看出了他的心病:"没什么的,老许,包在我身上……"

进入软卧,许天得跟人家搭讪以表示感激呀,便假意夸了李杜这几年进步得让人不敢想象。李杜说,其实您早就讲过多次,文学要求作者用与众不同的方式进行思维。您自己反复讲,到头来还是纸上谈兵,否则,区区软卧还犯得上这么难?

许天只是干笑,接不上话来。

正确引导

山区的空气水土，那真是没说的，老爸八十二岁，百病不犯，耳不聋，眼不花，一口好牙，两条快腿，说话膛音特足，震得屋子嗡嗡响，到我家小住，顿顿三两散白酒，给别的喝不惯；那猪头肉吃得，我和妻子都不敢多看，老人家矜持着不好意思多喝，大米饭却夯夯实实地吃两碗……距火车站两公里路，坚持步行："才几步就坐车，那不成纸糊的人了吗！"害得我送他一次就累个虚脱，不由打心底佩服，瞅这架势，老人家活到一百岁，啥说道没有！

老爸每来过一次，我们家好几天都是他的话题。妻也由衷地服气："爸这身板，美中不足的是不讲究科学养生，他的许多饮食方式是有害健康的，若能改正一下，那等于锦上添花，一百岁挡不住。可惜我爸，要是比得上他老人家一半，也不至于五十八岁就去了。"

对呀。山沟里信息差些，老爸那么大年纪，仍然只顾忙，哪里关注电视上的科学讲座，更谈不上别的。他来这里，我不能说，您别总吃这么多肥肉，晚饭不要吃这么饱……好像我心疼似的，我得正确引导。等回家时，给他讲去，为的是让他老人家多活几年，这好日子，不享受岂不可惜呀。

春节，我特意多带上些礼物，回家看望老爸。吃饭时，我就对老爸说，爸呀，您拿着咸鸭蛋当命，这是不科学的。我说了蛋黄增加胆固醇，多吃盐有哪些哪些坏处，又提到肥肉、辣椒……"就说您喝茶吧，泡那么浓一茶缸子，跟汤药似的，过了一宿，早晨接着喝，科学研究表明，隔夜茶伤脾败胃……"我几乎是半个养生学专家，这终于学有所用，给老爸上了一课。老爸听得一愣一愣，半天，才喃喃地说了一句："我一个老土，哪知道这些呀？"

"爸，往后讲究点科学健身。"反正他的酒和茶由我长年供应，吃瘦肉比肥肉贵不假，但老人家的伙食费我全包了，这么说，爸不会多想。

"我当然想使劲活着。"老爸笑得像个孩子，"生产队刚垮台那阵子，我幻想，哪一天我能养上头驴，替你妈推磨，一礼拜吃上一回白面卷子，就着咸鱼……如今最穷的也比那标准强呀。你妈没福，我可得好好保养。"

一番正确引导后，我回家跟妻汇报。妻也兴高采烈，说爸若是再年轻三岁就好了，建国八十周年正好一百大寿。我反驳她道，这你就无知了，民间风俗讲虚岁，再加天一岁，地一岁，九十八岁就是百岁寿辰。一句话让我俩兴奋到半夜，策划着到那时，好生张罗一番，把乡下差不多的邻居都请到市区大酒店……

没想到，过了二月二，哥和姐都来电话，说爸身体一天不如一天。我惊诧，是不是暴饮暴食了？回答，没有啊，爸反而特别讲究科学养生了。我说赶紧送到市里检查。姐说，县医院查过，没啥病，就是有点蔫。我忙打过电话去，爸说，啥事没有，你别回来。

端阳前，哥突然打电话，老五，快回来，爸怕不行了。我急忙带妻儿匆匆赶回，可爸已永远离开了。什么病，到底没有确诊。

送走爸，姐犹豫了半天，说："老五，事情过去了，大家都为孝敬老人，出发点是好的。爸这病，可能是愁出来的……自打你给他讲了养生课，他就一天到晚心事重重。今天怀疑胆固醇作妖，明天又担心血脂和脾胃，谁劝也不信，就感觉自己哪都不对劲了。"

怎么会这样？我瞠目结舌："我那是正确引导，不是歪理邪说，老人家到底有没有病，自己还感觉不出来吗？"

"唉。"几位哥哥摇摇头，"你的话，就是圣旨，咱爸一听你说的，连他自己也不信了。"

我的老爸，难道是儿子害了您……

喜鹊的故事

他一下子愣在了那里：真是奇才呀，达到此种境界，这要付出多少智慧与耐心。

鬼使神差，他突发奇想要早起，独自到公园里走走。于是连司机也没惊动，独步踱到了这里，便见到了眼前的一幕。

那位其貌不扬的驯鸟人，肩头蹲着一只羽翼丰满的喜鹊。据说，也就四个月大小，尾巴一翘一翘的，似是在掌握平衡。待主人一个信号发出去，它便腾空飞起，与此同时，主人手一扬，把右掌中握着十余粒手指肚大小的玻璃球儿抛在地上滴溜溜乱滚。驯鸟人对鸟儿吩咐："宝贝儿，叼回来。"那喜鹊一下子明白了主人的指令，飞过去，落下。对于它，球儿实在不算小，它得极大限度地张开嘴，方能衔住衔稳，然后，叼着飞回主人掌心，把猎物放下，仰脸盯着主人看。

主人说："再叼。"

鸟儿便重复上次的动作。片刻，十几只玻璃球完璧归赵，喜鹊又去主人肩头站了站，突然扑地一声飞向高空，打了个旋儿，顷刻不见了踪影。

围观的不下百十人。有人担心地问："不会飞丢了吧？"

"它还会回来？出笼的鸟儿呀。"

驯鸟人笑笑："怎么会呢。我买回家训练了三个多月了，它认识主人呢。除非是遇上了老鹰。"说罢，抬头起身，朝空中打了个响亮的呼哨，也不知道喜鹊从哪儿冒出，一个猛子，就降落回主人的肩头上了。

走出二十多步，他越想越感到离奇。那仅仅是个民间驯鸟人呢，非马戏团的专业人员可比，哪来的那么高的智慧。他又想起了那喜鹊，按比例，好比人扛一袋子米了吧，十几枚玻璃球反复衔回，付出应当不少，它怎么那样听话？为什么他辖下的老百姓总是隔三岔五给政府出难题，如果学习一下喜鹊这种任劳任怨的精神，该多理想。

求知欲驱使他急匆匆地返回。

喜鹊再次被主人驱赶着飞到空中，打了个旋儿，落地，依旧衔回玻璃球儿，放下，再衔…

他蓦地发现，喜鹊在放下玻璃球与再次飞起之间有个极迅速的小动作，它是把地下一块暗黄色的东西叼起来，吞咽下去，然后才飞起的。于是更细地观察，果然，那喜鹊每完成一次劳动，就去地上或主人掌心叨一粒什么东西咽下去。

干干净净的石板路上，哪来的东西吃呢？

终于忍不住发问："它吃的是什么？"

"虫。"鸟主人抬起头来，"是我喂给它的。"说着，左手指一漏，这回他看清楚了，驯鸟人左手一直握着一只火柴盒大小的竹笼，竹笼上有机关，可能每按动一次，便从中掉出一只虫来。只不过动作太熟练，他没发现而已。

心陡地一收缩。他再问："你每次都喂它虫吃吗？"

"那是必须的呀。差一次也不行。吃不到虫，它就落我肩膀上等候，类似罢工静坐请愿什么的吧。"鸟主人很得意地炫耀，"驯养的前提，就是引诱。不冲着这好处，它怎么可能一遍遍地任你驱使？'人为财死，鸟为食亡'，有数的。"

他霎时如醍醐灌顶！

这次会议结束，他回去第一件事，就是把那几十幅字画全交到了纪委。

他可以说是个清官，沾钱的事，绝对不伸手。唯一的爱好，就是书画，简直达到痴迷的境界了。于是，比较知己的朋友便投其所好，送他的这些当然全是稀世珍品。他曾多次自我安慰，都是好朋友，与行贿无关的。何况书画是他的命，他永远不舍得出售，这不换钱的东西，是高雅人之间的感情交流，怎么可以算作受贿呢。看到喜鹊那一刻，他大彻大悟：假如他是乞丐或者平民，这字画会有人送吗？哪怕是骨肉至亲。凡事都有个"为"，虽然当时不提回报，可被感动来感动去，他最终还是得拿什么去回报对方的吧，人是感情动物呀。

在全县干部大会上，他不无惭愧地讲了喜鹊的故事，并阐明自己的观点：从今往后，他与书画绝缘了。请赠送礼物的朋友，别把他当成那只喜鹊。"我是公仆。假如接受了哪个的馈赠，我迟早会成为某些人的私仆。不想陷我当私仆的朋友，望三思。"

三年后，他驱车到某山区调研，此时，他已经当上了市委书记。微服经过一个鸟市，书记突然发现笼子里关着一只待售的小喜鹊。他马上掏出钱，交代秘书："那可能是我恩人的后裔。你去把它买下，马上放生。"顿了顿，他又似乎自言自语："它本来是自然界的精灵，完全可以自食其力，无忧无虑地生存，是谁一定要挖空心思，把它驯养成奴才了呢？"